소지음 新무협 판타지 소설

무정난담

무종도담 6

소지음 新무협 판타지 소설

초판 1쇄 찍은 날 § 2004년 8월 30일
초판 1쇄 펴낸 날 § 2004년 9월 10일

지은이 § 소지음
펴낸이 § 서경석

편집장 § 문혜영
편집책임 § 유경화
편집 § 장상수 · 김희정
마케팅 § 정필 · 강양원 · 이선구 · 김규진

펴낸곳 § 도서출판 청어람
등록번호 § 제1081-1-89호
등록일자 § 1999. 5. 31
어람번호 § 제2-0424호

주소 § 경기도 부천시 원미구 심곡1동 350-1 남성B/D 3F (우) 420-011
전화 § 032-656-4452 팩스 § 032-656-4453
http://www.chungeoram.com
E-mail § eoram99@chollian.net

© 소지음, 2004

값 8,000원

ISBN 89-5831-223-8 04810
ISBN 89-5505-962-0 (SET)

무종도담

武終刀譚

6
완결

Fantastic Oriental Heroes

소지음 新무협 판타지 소설

도서출판
청어람

목 차

□ 제35장 □
세상에 알려지지 않은 이야기

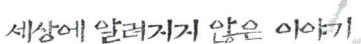

세상을 뒤엎는 대홍수(大洪水)와 천재지변(天災地變)이 계속해서 일어나 수없이 많은 인간이 죽어 나갔다. 소수의 살아남은 인간들은 무서운 자연의 분노에 삶의 터전을 잃어버리고 살 곳을 찾아 떠돌았으며 혹독한 질병과 기아에 시달리게 되었다. 이에 인간들을 불쌍히 여긴 환웅천왕께서는 인간들을 도울 수 있게 해주십사 하고 환인천제께 간청하였다.

환인천제께서는 환웅천왕께 천부인(天符印)을 주시어 인간 세상을 구하라 하셨다. 인간 세상에 내려오신 환웅천왕께서 천부인을 부려 대홍수를 다스리시고 무릇 인간의 삼백육십여 가지 일을 모두 주관하시며 세상을 교화하셨으니 널리 인간 세상에 유익함이 있었다. 후세의 사람들은 이분을 거발한 환웅이라 칭송하며 높이 섬겼다(BC 3898).

세상이 안정되자 환웅천왕께서는 다시 천상으로 올라가셨고 천부인은 거불리 환웅께 전해졌다. 거불리 환웅께서는 환웅천왕께 물려받은 천부인의 힘으로 세상 사람들의 삶을 더욱더 복되게 하셨다. 세상은 평화로워졌으며 인간들의 삶은 날이 갈수록 윤택해졌다. 거불리 환웅께서는 이제 인간들의 힘만으로도 능히 세상의 어려움들을 극복할 수 있다 여기시고 천계의 물건인 천부인을 소멸시키고자 하셨다.

그러나 어리석은 인간들은 거불리 환웅께서 근심하시는 바를 이해하지 못하였다. 인간들은 자신들의 힘으로 어려움을 극복하려 하지 않고 오로지 천부인의 신능에만 의지하려 하였다. 만백성이 거불리 환웅께 몰려가 천부인을 계속해서 이 세상에 남겨주십사 하고 간청하였다. 이에 거불리 환웅께서 탄식하며 말씀하셨다.

"너희의 힘으로 이미 모든 어려움을 극복할 수 있거늘 스스로 노력할 생각을 하지 않고 천부인의 신능에만 의지하려 하니, 이는 지극히 어리석은 일이로다. 내 너희를 불쌍히 여겨 지금 천부인을 소멸시키지는 않겠다. 그러나 항상 경계하여라. 언젠가 너희들 중에 사욕(私慾)을 채우기 위한 수단으로 천부인을 이용하고자 하는 자가 나타날 것이다. 천부인은 천계(天界)의 물건이라 천부인의 신능을 사욕을 채우기 위한 수단으로 사용한다면 반드시 큰 재앙이 일어날 것이다. 그러니 너희들 중에 천부인에 사욕을 품는 자가 나타나기 이전에 반드시 천부인을 소멸시켜 이 세상의 재앙을 막아야 할 것이다."

거불리 환웅께서는 신하 중 한 사람에게 천부인을 맡기시고 신선이 되어 세상을 떠나셨다(BC 3718).

거불리 환웅께 천부인을 수호하란 임무를 부여받은 분이 바로 수호문의 시조(始祖)이신 해수르님이셨다. 해수르님은 천부인을 지키고 보호하기 위해 환웅천왕께서 이 땅에 내려와 계셨던 태산에 수호문을 만드셨다. 이때부터 천부인은 신시(神市)에 보관하게 되었고 수백 년 동안 인간 세상은 태평성대를 구가하게 되었다. 그리고 천부인은 천재지변이 발생하지 않는 한, 일 년에 오직 한 번 하늘에 제사를 지내는 경우에만 수호문을 벗어날 수 있었다. 그러나 거불리 환웅께서 예견하신 시간은 너무도 빨리 찾아왔다.

육대 해아사 조사의 시대 때 하늘에 제사를 지내기 위해 수호문을 떠난 천부인이 서쪽의 오랑캐 도적들에게 도난당하는 일이 벌어지고 말았던 것이다. 이에 전 수호문의 제자들이 구름처럼 일어나 도적들을 추적하여 천부인을 회수하고자 하였다. 오랑캐들은 천부인을 하나씩 나누어 가지고 세 갈래로 도망을 갔으나 수호문의 눈을 벗어날 수는 없었다. 수호문은 마침내 세 개의 천부인 중 우사(雨師)와 운사(雲師)를 회수할 수 있었다. 그러나 풍백(風伯)만은 도적들이 도망치는 와중에 잃어버려 끝내 종적을 찾을 수가 없었다. 다행한 것은 풍백의 힘을 증폭시키는 운사와 풍백의 힘을 제어하는 우사를 회수할 수 있었다는 사실이다. 운사와 우사마저 같이 잃어버렸다면 세상을 파멸시킬 수 있는 큰 재앙이 벌어질 수도 있었던 것이다. 운사와 우사가 없는 풍백은 원래의 신능을 발휘하지 못할 것이고 사용자에게는 그만한 대가를 치르게 할 것이다.

그럼에도 불구하고 해아사 조사께서는 안심할 수 없었다. 세상에 홀로 유출된 풍백의 힘조차 인간의 힘으로는 막을 수 없는 것이기 때문이었다. 해아사 조사께서는 거불리 환웅께서 예언하신 대로 이제 '인간들이 사욕을 위해 천부인을 이용하는 시기'가 왔다는 것을 아시고 회수된 두 개의 천부인만이라도 먼저 소멸시키고자 하셨다. 그러나 천부인 운사와 우사는 용암에 넣어도 타지 않았고 만근거석을 떨어뜨려도 흠집 하나 나지 않았다. 강물에 넣으면 강물이 범람하였고 바다에 넣으면 큰 해일이 일어났다. 천부인을 소멸시키려면 세 개의 천부인이 모두 있어야 했다. 풍백 없이는 그 어떠한 방법을 쓰더라도 천부인을 소멸시킬 수가 없었다. 이에 해아사 조사께서는 풍백을 찾을 때까지 천부인 운사와 우사를 보호하고자 인간의 탐욕이 미치지 못하는 곳, 세상의 끝에 이 두 개의 신기를 봉인해 놓으셨다(BC 3395).

안휘의 숙주(宿州)현을 지나 회원(懷遠)으로 가는 널따란 관도.
두두두두!
세상 만물이 긴 밤의 숙면에서 벗어나 막 용틀임을 시작하는 이른 여명의 아침, 조금은 쌀쌀하게 여겨지는 대기를 가르며 멋들어지게 말을 달리는 세 명의 기수가 있었다. 사나이 대장부의 호쾌한 기상에 젊은이답지 않은 현기 가득한 눈빛을 지닌 기수를 중심으로 왼쪽으로는 패도적인 기세를 물씬 뿜어내는 산만한 체구의 기수가 있었고, 오른쪽으로는 옥을 깎아 만든 것처럼 영준하면서도 밝은 기상을 지닌 기수가 말을 몰고 있었다. 무슨 급한 일이라도 있는 듯 이른 아침부터 빠르게 말을 달리는 이들 기수의 옷에는 이미 먼 길을 서둘러 달려왔음을 증명이라도 해주듯이 먼지가 뿌옇게 내려앉아 있었다. 그러던 어느 순간, 왼쪽에서 말을 달리던 기수의 얼굴에 다급한 표정이 떠올랐다.
"형님, 좀 천천히 가면 안 될까요?"

조일봉의 다급한 외침에 고개를 돌려보던 장무위의 입가에는 미소가 떠올랐다. 조일봉이 타고 있는 말이 거의 빈사지경에 처해 있었던 것이다.

"후훗, 알았네. 천천히 가세."

장무위는 말고삐를 당겨 속도를 떨어뜨렸다. 그러자 유소백도 덩달아 달리는 속도를 떨어뜨리더니 건수를 잡았다는 듯 곧바로 조일봉을 놀려대기 시작했다.

"하하하, 일봉 형님을 태운 말들은 당최 버텨내질 못하는군요. 아예 번갈아가며 타실 수 있도록 말을 한 필 더 사야겠습니다."

"아니야, 이 말이 부실했던 거라고. 좀 더 비싼 말을 샀어야 했어."

조일봉이 즉시 억울하다는 듯 손사래를 치며 변명했다. 그러나 사실 조일봉이 탄 말은 세 사람의 말 중에서도 가장 비싼 양마였다. 돈 값을 하는지 체고도 높고 눈동자도 맑은 것이 장무위나 유소백이 탄 말과는 차원이 다른 그런 말이었던 것이다. 그럼에도 불구하고 말이 버텨내질 못하고 있는 까닭은 말을 탄 기수의 체구가 너무 컸기 때문이었다. 말과 그 말을 탄 기수의 체구가 별 차이가 나지 않을 정도로 비슷한데 어떤 말이 버텨내겠는가? 조일봉은 그동안의 경험을 바탕으로 하여 즉시 화제를 돌리기 시작했다. 자칫 늦기라도 하면 유소백의 일방적인 놀림을 받아야 하는 것이다.

"형님, 남궁 늙은이가 무림맹주가 되었단 소릴 들으니 배가 아픕니다."

속이 뻔히 보이는 행동이었지만 장무위는 아무런 내색도 하지 않고 바로 말을 받아주었다.

"그자가 행한 일들이 밝혀진다면 지금의 영화가 오래 가지는 않을 것이야."

유소백도 조일봉을 놀리는 것보다 진지한 대화가 하고 싶었는지 금세 장무위의 말을 받았다.

"맞습니다. 자인 도장을 비롯한 무림의 명숙들이 살려주겠다고 한 여인을 끝까지 죽이려고 했다는 그 사실 한 가지만 알려져도 당장에 큰 곤경에 처하고 말 겁니다. 큰형님께서는 이 사실을 명나라 무림인들에게 알리실 생각이신지요?"

"글쎄."

장무위는 문득 고삐를 잡아당겨 느린 걸음을 옮기고 있는 말을 멈추게 하고는 훌쩍 뛰어내렸다. 기왕 천천히 이동할 바에는 차라리 두 발로 걸으며 이야기를 나누고 싶었던 것이다. 그러자 조일봉과 유소백도 즉시 말에서 내려 장무위와 함께 걷기 시작했다.

한동안 생각에 잠겨 있던 장무위가 두 사람을 돌아보며 말했다.

"내가 굳이 나서지 않아도 될 것 같아. 세상에 비밀은 없다고 하지 않던가? 당시 그자가 데리고 왔던 자들 중에 살아난 사람도 몇 있었으니 조만간에 무슨 사단이 일어날 걸세. 그러니 우리도 조금 서둘러야 할 것 같아. 혹여 궁지에 몰린 남궁산이 사람들에게 풍백을 사용하기라도 하면 큰일이니까."

조일봉은 하늘과 같은 장무위가 풍백을 너무 두렵게 생각하는 것 같아 고개를 갸웃거리며 말했다.

"풍백이 아무리 무서운 물건이라 해도 형님께서 미리 알고 방비하시면 능히 막아내실 수 있을 겁니다. 너무 걱정하지 마십시오."

"일봉이가 그렇게 나를 믿어주니 고맙네만, 전에도 말했다시피 풍백의 위력은 내 능력 밖일세. 소백이와 자네가 탕구라산의 중턱에서 본

폐허를 잊지 말게. 난 정말로 풍백을 감당할 수가 없었어."

장무위는 말을 하다 말고 직접 몸으로 겪어야 했던 풍백의 경천동지할 위력을 생각하며 치를 떨었다. 풍백은 장무위의 힘으로 막을 수 있는 것이 아니었다. 전력으로 펼친 무상구도의 후 이 초 백두지명도 풍백의 신능 앞에서는 별 위력을 발휘하지 못하고 수그러들어 버렸다. 힘으로 맞설 생각을 버리고 즉시 생사탄강을 펼쳐 몸을 보호하지 않았다면 바람의 칼날에 전신이 갈가리 찢겨져 시체도 찾을 수 없는 처참한 죽임을 당했을 가능성이 높았다. 판단이 빨랐던 탓에 목숨을 부지할 수는 있었지만 위기는 그게 다가 아니었다. 부상의 정도가 너무 심각하여 자연의 위협으로부터 스스로를 보호할 수가 없었던 것이다.

"당시에 자네들이 날 구해주지 않았다면 난 벌써 산짐승들의 밥이 되어 있었을 거야."

장무위의 말은 단순한 겉치레가 아니었다. 당시 장무위가 입은 부상의 정도는 탈태환골을 한 신체가 아니었다면 열 번을 죽고도 남았을 정도로 심각한 것이었다. 바람의 칼날에 입은 부상보다 깊은 계곡 속으로 추락하면서 입은 복합 골절과 내상이 너무 깊었던 것이다. 무상대능력의 기적에 가까운 공능으로도 그 부상을 모두 치료하는 데 한 달이 넘는 시간이 걸렸으니 그 부상의 정도를 말해 무엇하겠는가? 두 의제의 도움이 없었다면 장무위는 오늘의 해를 못 보았을 가능성이 높았다.

조일봉이 상당히 민망해하며 손으로 유소백을 가리키면서 공을 미뤘다.

"헤헤, 형님을 일찍 발견할 수 있었던 것은 모두 소백이의 공입니다.

전 가만히 기다리고 있으면 형님이 오실 거라고 믿고 있었기 때문에 걱정도 안 하고 있었습니다. 그런데 소백이가 형님께 무슨 일이 생긴 게 틀림없다면서 절 끌고 나섰었죠."

"그렇지만 일봉 형님이 먼저 혼자서 곤욕을 치르고 계시는 큰형님을 발견하셨잖습니까?"

"헤헤, 그런가?"

자신이 한 일이 기쁜지 히죽 웃는 조일봉과 자기는 아무것도 한 일이 없다는 듯 딴청을 부리고 있는 유소백. 장무위의 얼굴에 따뜻한 미소가 떠올랐다.

"자네들 두 사람 모두에게 고마울 따름이야."

그러자 조일봉과 유소백이 황망히 고개를 숙였다.

"형님, 그런 말씀을 하시면 저희들이 민망합니다."

장무위는 의제들의 얼굴을 바라보며 다시 한 번 미소를 지었다. 두 의제에게 더 이상 고맙다는 말을 한다는 것 자체가 실례일 것 같았다. 장무위는 말고삐를 잡고 걸음을 옮기면서 속으로 말했다.

'내 진심일세. 자네들의 도움이 고맙고 나에게 훌륭한 의제들을 사귈 수 있게 해준 하늘이 고맙네.'

그러나 말로 표현하지 않는다고 해서 그 마음이 전해지지 않는 것은 아니었다. 그리고 가슴으로 전해지는 그 마음만으로도 충분히 부담감을 느낄 만한 사람이 이 자리에 있었다. 바로 조일봉이었다. 장무위에게 너무나 많은 것을 받기만 했던 조일봉은 벌써 얼굴이 벌게질 정도로 민망해하고 있었다.

'에고, 난 왜 말을 하기만 하면 곤란한 경우에 빠지고 말지? 빨리 화제를 돌려야겠다.'

다그닥! 다그닥!

잠시 동안 말발굽 소리만이 정적을 깨뜨리는 조용한 분위기가 이어졌다. 조일봉은 그 사이에 계속해서 눈을 굴리다 문득 기막힌 생각이라도 났는지 유소백을 돌아보며 큰 목소리로 말을 건넸다.

"소백이, 전에 하던 이야기를 마저 해줘. 그 뒷이야기가 궁금해 죽겠단 말이야."

"일봉 형님, 말씀을 드릴 수는 있지만 비밀은 꼭 지켜주셔야 합니다. 수호문의 전승자들이 반만년을 지켜온 비밀이란 말입니다."

반만년을 지켜온 비밀이란 말에 조일봉은 순간 뜨끔하지 않을 수 없었다. 아무리 의형제 사이라 해도 그렇게 소중히 지켜온 비밀을 가르쳐 달라고 하는 것은 상당히 무리한 부탁이었던 것이다. 그러나 칼을 뽑았으면 무라도 잘라야 하는 법, 조일봉은 억울하다는 듯 눈을 둥그렇게 뜨고 반문을 했다.

"날 못 믿어?"

"하… 하… 하… 일봉 형님을 어찌 못 믿겠습니까? 믿습니다, 믿고말고요."

유소백이 상당히 부담스러운 듯한 웃음을 짓자 조일봉의 눈이 샐쭉하게 변했다.

"그러면 걱정하지 말고 어서 말해 봐."

"예."

유소백은 일단 대답부터 해놓고 공력을 돋워 주위를 살폈다. 그리고 자신들 외에 다른 사람이 없음을 확인하고 나서야 조심스럽게 이야기를 시작했다.

"당시 세상의 끝에 천부인 운사와 우사를 봉인하고 돌아오신 해아사 조사께서는 천부인의 위치를 알고 있는 모든 수호문의 제자와 함께 남쪽 바다 멀리에 있는 '보이지 않는 섬'으로 들어가셨습니다. 그리고 오직 한 분만이 풍백을 회수하기 위해 다시 세상으로 나오셨습니다. 그분이 바로 수호문의 칠대 조사이신 혁파소님이셨지요. 이때부터 수호문은 일인전승으로 이어져 왔습니다. 수호문의 전승을 이어받은 사람은 먼저 한 사람의 제자를 두어 수호문을 잇게 하고 자신은 온 세상을 돌아다니며 풍백을 찾아다니다가 이름 모를 곳에서 생을 마치곤 했습니다. 그러나 풍백은 백이십대 해동검객 강민욱님의 대에 이르러서야 다시 이 세상에 나타났습니다."

유소백은 목이 마른지 말을 하다 말고 침을 한 번 꿀꺽 삼키고는 이야기를 계속했다.

"강민욱님께서는 그야말로 천신만고 끝에 풍백을 찾으실 수 있었습니다. 하지만 풍백을 소멸시킬 수는 없으셨죠. 풍백을 소멸시키기 위해서는 세상의 끝에 봉인되어 있는 천부인 운사와 우사가 있어야 했습니다. 이에 강민욱님께서는 남해에 있는 '보이지 않는 섬'으로 가려고 하셨습니다. 그곳에 바로 천부인 운사와 우사가 봉인되어 있는 곳, 즉 천부(天府)의 위치가 기록되어져 있는 개천경(開天鏡)이 숨겨져 있기 때문이었습니다. 그러나 풍백에 욕심을 품은 자들이 강민욱님의 앞길을 막아섰습니다. 이때부터 혈로가 만들어졌습니다. 수호문의 비전들을 극한으로 익힌 강민욱님이었지만 중과부적, 끊이지 않고 밀려드는 공격을 계속해서 막아낼 수는 없었지요. 결국 중상을 입은 그분은…(중략)…풍백은 결국 제 눈앞에서 남궁세가의 도적들에게 넘어가고 말았습니다…(중략)…반혼대법으로 일시 의식을 되찾은 강민욱님은 천부인과 수호문의 역사, 반만년이라는 기나긴 세월 동안 풍백을 회수하기 위해 암중에서 노력했던 역대 수호문의 전승자들에 대한 얘기들을 들려주셨습니다. 그리고 전 그분의 사체를 앞에 두고 사명을 잇겠다고 약속을 했습니다."

유소백의 이야기에 가만히 귀를 기울이고 있던 장무위가 약간은 굳은 얼굴로 질문을 던졌다.

"그럼 소백이 자네가 수호문을 잇고자 한 것이 미안한 마음 때문이었단 말인가?"

장무위의 어조에는 걱정스러운 기색이 가득 담겨 있었다. 유소백이 만약 미안한 마음으로 인해 삶의 진로를 바꾸는 것과 같은 중대한 결정을 내렸다면 지금이라도 말리고 싶었던 것이다.

유소백이 급히 고개를 저으며 말했다.

"아닙니다. 단지 미안한 마음 때문만은 아니었습니다. 풍백을 회수하고 천부인을 소멸시키는 것이 단지 수호문만의 사명은 아닙니다. 그것은 우리 민족이라면 누구나 받들어야 할 사명이고 세상의 재앙을 바라지 않는 사람들이라면 누구나 해야 할 일입니다. 거발한 환웅께서 이 땅에 천계의 신기를 가지고 오신 뜻은 인간들을 돕기 위함이셨습니다. 천부인은 결코 인간의 사욕을 채우기 위한 수단으로 사용되어서는 안 될 고귀한 물건이지요. 그리고 인간이 함부로 사용한다면 대재앙이 일어난다고 했습니다. 제가 그 사실을 몰랐으면 모를까, 듣고 나니 모른 척할 수가 없었습니다."

"그렇다 해도 굳이 수호문의 전승을 이을 까닭은 없지 않는가? 다른 이유가 또 있었을 것 같구먼?"

"예. '보이지 않는 섬'에는 수호문의 전승자만이 들어갈 수 있다고 합니다. 그리고 기왕 풍백을 회수하고 천부인을 소멸시키기로 마음먹었으니 제 결심을 확고히 하기 위해서라도 수호문의 전승을 잇고 싶었습니다. 두 분 형님께서 절 도와주실 것이라 믿고 내린 결정입니다."

그제야 장무위의 고개가 끄덕여졌다. 사실 유소백의 입장은 이전의 수호문 전승자들과는 달랐다. 반만년이 넘는 세월 동안 흔적조차 찾을 수 없었던 풍백이 마침내 세상에 나타났던 것이다. 풍백을 회수하기만 한다면 천부인을 소멸시킬 수 있을 것이고 천부인이 소멸된다면 더 이상 사명에 얽매일 필요가 없는 것이다.

"당연히 도와야지."

조일봉도 힘주어 소리쳤다.

"소백이, 나도 최선을 다해 도울게."

"예, 감사합니다. 형님들께서 도와주시기만 한다면 천부인을 소멸시키는 일이 어렵지 않을 것 같습니다."

장무위는 감사의 표시로 읍을 취하는 유소백의 손을 잡아 일으켜 세우며 말했다.

"좀 전에 내가 자네들에게 고맙다고 할 때 그렇게 민망해하더니 이제는 자네가 나와 일봉이에게 고맙다고 하는구먼. 우리는 한 핏줄을 타고나지는 않았지만 의로 맺어진 형제가 아닌가? 고마운 마음은 그냥 가슴속에만 담아두기로 하세."

"예, 큰형님!"

이야기를 나누는 사이 시간이 제법 흘렀는지 어느새 여명의 아침이 가고 환한 태양이 떠오르고 있었다. 장무위는 떠오르는 해를 바라보며 걸음을 떼고 있다가 문득 유소백을 돌아보았다.

"그런데 남쪽 바다에 있는 '보이지 않는 섬'이라고 했는가?"

"예. 제가 강민욱님께 들은 바에 의하면 조선의 최남단에서 정남쪽으로 배를 타고 십 일가량을 가면 나타난다고 하더군요. 그러나 결계로 보호되어 있어 세인들의 눈에는 보이지 않는다고 합니다. 풍백을 회수하면 그곳으로 가서 개천경을 찾아야 하는데, 사실 저도 어떻게 찾아가야 할지 막막합니다."

"결계라면 내가 아는 것이 조금 있으니 도움이 될지도 모르겠네. 남궁산에게서 풍백을 회수한 후에 곧바로 찾아가 보도록 하세. 그런데 그곳에는 수호문이 아직도 이어지고 있는가?"

"아닙니다. 해아사 조사를 따라 '보이지 않는 섬'으로 들어가신 모든 분이 그곳에서 대를 잇지 않고 삶을 마치셨습니다. 풍백을 잃어버린 죄를 속죄하기 위해서, 그리고 비밀을 지키기 위해서였지요. 해아사 조사께서는 오직 혁파소 조사 한 분에게만 수호문의 전승을 잇게 하셨습니다."

"음, 한 가지 궁금한 것이 더 있네. 왜 수호문은 일인전승으로 이어졌는가? 제자들이 많았다면 풍백을 찾기도 수월했을 텐데 말일세. 그리고 일인전승이라는 것은 대가 끊어질 위험이 상존하는 것 아닌가?"

"많은 제자를 두지 않은 이유는 단 하나였습니다. 바로 천부인 운사와 우사가 봉인된 곳을 숨기기 위함이었지요. 수호문의 전승자들을 통해 전해져 내려오는 이야기에 의하면 운사는 풍백의 힘을 수십 배 증폭할 수 있게 해주고 우사는 그런 풍백의 힘을 자유로이 제어하며 비와 번개를 부릴 수 있게 해준다고 합니다. 천부인이 하나로 모인 힘이 악용된다면 세상에 대재앙이 일어날 수도 있습니다. 그래서 해아사 조사께서는 차라리 수호문의 전승이 끊어지는 한이 있더라도, 그리고 풍백을 회수하지 못하는 한이 있더라도 운사와 우사의 존재만큼은 숨기고자 하셨습니다. 실제로 혁파소 조사께서도 운사와 우사가 봉인된 위치는 모르고 계셨다고 합니다. 수호문의 전승자들이 알고 있는 것은 개천경이 숨겨져 있는 '보이지 않는 섬'으로 가는 길뿐이었습니다."

장무위는 내심 고개를 끄덕였다. 수호문의 대가 끊어져도 천부인 운사와 우사의 존재는 숨겨야 한다는 말에 어느 정도 공감을 했기 때문이다. 풍백의 힘만 해도 세상을 벌컥 뒤집어놓을 수 있을 것이다. 그런데 비와 번개의 힘이 더해진 그 힘을 수십 배 증폭한다면 어떤 일이 일어나겠는가? 실로 두렵지 않을 수 없었다.

비와 바람, 그리고 번개를 부리는 천부인. 제대로 사용하기만 한다면 분명히 이 세상에 큰 이로움을 줄 수 있는 신기였다. 그러나 반대로 한 번이라도 잘못 사용한다면 대재앙이 일어난다. 천부인의 신능이 세상에 이로움을 줄 것인가, 대재앙을 일으킬 것인가 하는 것은 그것을 사용하는 사람의 마음이겠지만, 칼을 잡으면 휘두르고 싶어지는 것이 사람의 욕심이었다. 그리고 장무위가 살아가고 있는 이 시대의 사람들은 자신의 이익을 위해서라면 충분히 남에게 칼을 휘두를 수 있는 사람들이었다.

장무위는 유소백을 위해서, 그리고 세상을 위해 해야 할 일이 한 가지 더 늘었음을 자각하지 않을 수 없었다.

'반드시 천부인을 소멸시켜야 해.'

휘이잉!

한줄기 서늘한 바람이 불어와 각자의 생각에 잠겨 있는 세 의형제를 훑고 지나갔다. 그때, 눈동자를 이리저리 굴리고 있던 조일봉이 자신의 이마를 찰싹! 소리가 날 정도로 세게 치며 크게 말했다.

"소백이! 운사와 우사가 세상의 끝에 봉인되어 있다고 했지?"

"예? 예."

조일봉은 유소백뿐만 아니라 장무위마저도 호기심 어린 눈으로 자신의 뒷말을 기다리고 있는 것을 보고는 히죽히죽 웃으며 한참 동안 뜸을 들이다가 의기양양하게 재차 질문을 던졌다.

"그러면 옛 조선에 있었다는 천부인은 뭐야?"

그제야 조일봉의 느닷없는 행동 속에 담긴 의미를 알아차린 유소백이 빙긋 웃으며 대답을 했다.

"그것은 천부인의 권위와 이름만 빌린 것들이었지요."

아무도 모르는 것을 알아냈다고 생각했던 조일봉의 안색이 순간 일그러졌다.

장무위가 피식 실소를 터뜨리며 말했다.

"후훗, 이제 일봉이의 말도 힘을 되찾은 듯하니 서두르세."

"예!"

유소백이 힘차게 대답하며 말에 오르고 조일봉이 무안한 기색으로 조용히 이마를 문지르며 말에 올라탔다. 그리고 세 사람이 탄 말은 순식간에 훤하게 뚫린 관도의 저편으로 사라져 갔다.

노가주인 남궁산이 당대 명나라 무림맹의 맹주가 되면서부터 안휘의 남궁세가는 연일 축제 분위기에 휩싸여 있었다. 전 강호 무림인들을 지휘하고 통제할 수 있는 당대의 무림맹주를 배출한 가문. 강호에 적을 둔 가문으로서 이보다 더 큰 영광이 어디 있겠는가? 남궁세가의 위상은 하늘 높은 줄 모르고 치솟았고 어떻게 줄을 대보려고 찾아오는 사람들로 인해 대문 앞은 문전성시를 이루고 있었다. 실로 남궁세가가 안휘 땅에 자리를 잡은 이후로 가장 경사스러운 날들의 연속이었다.

그러나 객들의 출입이 엄격히 통제되고 있는 남궁세가의 후원만큼은 별세계를 연상시킬 정도로 조용하고 차분한 분위기를 유지하고 있었다. 남궁세가의 후원은 조경에 대한 안목이 조금이라도 있는 사람이라면 모두 엄지손가락을 치켜세울 만큼 아름답게 만들어진 곳이었다. 기암괴석들로 멋을 낸 인공 가산에는 기화이초들이 만발해 도원경의 분위기를 연출하고 있었고, 맑은 물이 가득한 인공 연못에는 족히 세자 이상은 되어 보이는 잉어들이 유유히 노닐며 남궁세가의 풍요로움을 즐기고 있는 듯했다. 가히 강남 건축의 진수가 모두 담겨 있는 듯한 절경이었다. 가산의 그늘이 드리워진 인공 연못의 가운데에는 작고 아담한 크기의 수상 누각이 하나 서 있었다.

수상 누각 속에서 혼자 자음 자작하고 있는 남궁산의 주름진 얼굴에는 수면이 반사시킨 봄 햇살의 일렁임과 흡족한 미소가 사라질 줄을 모르고 있었다.

'하늘이 우리 가문에 천하를 맡기려 하심이야.'

가문의 부는 하루가 다르게 눈덩이처럼 불어나고 있었고 천하제일고수라 자타가 공인하던 절대고수, 무신의 신위를 뽐내던 도제 장무위마저도 단번에 날려 버릴 만큼 위력적인 신기 풍백이 품속에 있었다. 거기에다 이제 반쯤은 포기하고 있던 무림맹주의 보좌가 생각지도 못한 순간에 느닷없이 주어졌다. 남궁세가의 천하를 만들겠다는 꿈이 이제 실현되려 하고 있는 것이다. 평소 그렇게 즐기지 않던 술이 절로 넘어갈 지경이었다. 남궁산은 비어버린 잔에 새로이 술을 부었다.

쪼르륵!

삼십 년 이상을 묵은 죽엽청주가 유난히 맑고 깨끗한 소리를 내며 잔을 채워 나갔다. 그러나 이미 뱃속으로 들어가 버린 술의 양이 적지 않았던 모양, 술병은 잔을 다 채우지도 못하고 텅 비어버렸다.

"허! 그새 다 마셔 버렸나?"

남궁산은 빈 술병을 흔들어보며 아쉬운 눈빛을 보냈다. 하지만 새로이 술을 시키지는 않았다. 자신의 주량을 잘 알고 있었던 것이다. 원래 뛰어난 무공고수들은 신체의 기능들이 강화되어 범인들보다 술이 월등히 강했다. 그러나 세상만사가 다 그렇듯이 어디나 예외는 있는 법. 무공과는 상관없이 선천적으로 술이 안 받는 체질의 사람들도 있었다. 남궁산이 바로 그런 사람이었다. 내공으로 억누르지 않으면 남궁산의 주량은 죽엽청 한 병이 정량이었다. 그리고 몸도 급격히 나빠지고 있어 과음은 생각할 수가 없었다. 천계의 신기인 풍백을 사용한 대가를 톡톡히 치르고 있었던 것이다. 생명의 근원이 되는 선천진기가 흐트러지면서 노화 현상이 급격히 진행되고 있었고 평생 동안 수련해 온 내공의 힘도 덩달아 약해지고 있었다. 무림맹주가 된 이후에 칩거만 하고 있었던 까닭도 바로 여기에 있었다. 그러나 온갖 영약을 밥 먹듯이 하면서 거의 한 달 이상을 운공조식에만 매달려 보아도 심지가 다 타버린 등잔에 기름만 갖다 붓는 격이었다. 이런 상황에선 술이 바로 독으로 작용할 수도 있었다. 남궁산은 더 이상 술에 욕심을 내지 않고 반쯤 차 있는 잔을 들어 천천히 음미하면서 마시기 시작했다. 그때 나직한 발소리가 들려왔다.

"아버님, 소자이옵니다."

가주인 남궁인이었다. 살아갈 날이 얼마 남지 않았다는 것을 자각하고 있는 요즘은 자식의 얼굴을 보는 것이 즐겁기 그지없었다. 남궁산은 술잔을 내려놓고 일어나 남궁인을 반가이 맞았다.

"어서 오시게. 그래, 지금은 한창 바쁠 시간일 텐데 어쩐 일이신가?"

"아버님께서 혼자 후원으로 가셨다는 소리를 듣고 시중을 드리려고 왔습니다."

남궁인이 비록 시중을 들기 위해 왔다고 했지만 그 속에 담긴 뜻을 모를 남궁산이 아니었다. 남궁산은 짐짓 혀를 차며 남궁인을 나무랐다.

"내가 죽을병이라도 걸렸단 말인가? 이제는 멀쩡하니 걱정하지 말게."

"예."

하지만 대답하는 남궁인의 얼굴에는 여전히 걱정스러운 기색이 가득 담겨 있었다. 예전의 남궁산이었으면 남궁인의 이런 모습을 크게 나무랐을 것이다. 장부는 독심(毒心)을 지녀야 한다는 것이 남궁산의 지론이었던 것이다. 그러나 청해에서 돌아온 이후로 남궁산의 성격도 조금은 바뀌어 있었다. 남궁산의 얼굴에는 자신도 모르게 흐뭇한 미소가 떠오르고 있었다.

"요즘처럼 일이 잘 풀린다면 본가의 목적을 달성하는 데 오랜 시간이 걸릴 것 같지는 않구먼. 하지만 호사다마라, 긴장의 끈을 늦춰서는 안 될 것이야."

"명심하고 있습니다."

똑 부러지게 대답하는 남궁인을 믿음직스럽게 바라보던 남궁산은 이제 바닥을 보이고 있는 술잔을 마저 비웠다. 그리고는 자리에서 일어나 수상 누각에 연결된 부교 위로 천천히 걸음을 옮기며 말했다.

"자리를 옮겨서 이야기 좀 하세."

남들이 들으면 안 되는 말을 하고 싶다는 뜻이었다. 남궁인은 남궁산의 의도를 즉시 알아채고 뒤를 따르기 시작했다. 두 사람은 차 한잔 마실 시간이 지나기도 전에 세가의 지하에 마련된 밀실에 도착할 수 있었다.

남궁산이 조금은 쓸쓸한 어조로 먼저 말문을 열었다.

"사실 좀 전에는 내가 큰소릴 친 거였네. 허허, 풍백을 사용하면 대가를 치른다는 말은 사실이었어. 자네도 이미 알고 있겠지만 내 삶은 사실 이제 얼마 남지 않았어. 아무래도 내 조만간 자네에게 모든 짐을 떠넘겨야 할 것 같으이. 내가 벌였으니 내가 마무리를 지었어야 하는데… 자네에게 미안하구먼."

청해에서 돌아온 남궁산의 몸이 정상이 아니라는 것은 남궁인도 잘 알고 있었다. 상승의 무공을 익혀 노화를 늦추고 있던 남궁산이 급격히 늙어가고 있었던 것이다. 하지만 그렇게 정정하던 사람이 단 몇 달 사이에 죽음을 말할 줄이야 어찌 짐작이라도 했겠는가? 당혹감에 남궁인의 입이 일시 얼어붙어 버렸다.

'아버님께서는 영원히 강한 모습만 보여주실 줄 알았습니다. 그런데 어찌하여 이렇게 나약한 모습을 보이시는지요.'

남궁인은 멍하니 남궁산의 얼굴을 바라보다가 자리에서 벌떡 일어나 바닥에 무릎을 꿇었다.

"아버님께선 여전히 정정하십니다. 그런 말씀은 거두어주십시오. 소자 몸 둘 바를 모르겠습니다."

"허허, 사실은 사실대로 인정해야 대비를 할 수 있지 않겠는가? 요즘은 죽음이 점점 다가오고 있음을 느낀다네. 오래 산다고 해도 단지 몇 달뿐일 게야. 그렇지만 장가 놈의 목숨을 취한 대가라 생각하면 하나도 아깝지 않아. 충이의 원수도 갚고 본가의 대적도 제거했으니 말일세."

남궁인의 눈에 마침내 습기가 어리기 시작했다.

"아버님……."

"일어나게. 내 자네에게 들려주고 싶은 이야기가 있네."

남궁산은 남궁인의 어깨를 잡아 일으켜 세운 다음 장탄식을 토하며 지난날 어린 시절의 이야기를 해주었다.

"가주, 자네의 조부께서는 천하인들이 모두 우러러보며 칭송해 마지않던 일대의 대협이셨네. 지금 생각해 봐도 참으로 공평무사한 분이셨어. 그리고 백성과 나라를 위해서라면 그 어떠한 희생이라도 감수하는 분이셨어. 소싯적의 나는 그런 당신이 너무나 자랑스럽고 존경스러웠네. 당신의 언행을 따라 하고 당신의 마음가짐을 배우기 위해 불철주야 피나는 노력을 했었지. 그러나 당신께서 돌아가시고 나자 모든 것이 변해 버리더구먼. 황금으로 산을 쌓던 본가의 부는 거대 제국 원과의 항쟁에 모두 소진되어 버렸고 천하를 둘러보아도 적수를 찾을 수 없었던 본가의 정영들도 원의 강병을 맞아 모두 전사해 버렸지. 하인들도 모두 살길을 찾아 뿔뿔이 떠나 버렸고 내가 물려받은 것은 바로 텅 빈 몇 채의 건물들뿐이었네. 천하제일이라 일컬어지던 본가의 몰락이었지. 하지만 그때까지만 해도 난 세상의 인심이 그리도 각박한지 몰랐었네. 그런데 당신을 그렇게 떠받들던 강호의 동도들이 우리 가문을 무슨 천덕꾸러기로 취급하더구먼. 도움을 요청하는 나에게 이 핑계 저 핑계를 대며 외면하던 그들을 난 지금도 잊을 수 없구먼. 후훗."

뿌드득!

남궁산은 웃다 말고 이를 갈았다. 분노가 치밀어 올라 견딜 수가 없었기 때문이다. 사람들에 대한 배신감은 오랜 시간이 흐른 지금까지도 수그러들지 않고 있었다. 아니, 시간이 지날수록 그 뿌리가 넓어지고 깊어지기만 했다. 남궁산은 속에서 불이 나는지 탁자 위에 놓인 차를 한입에 털어 넣고 자리에서 일어나 좁은 밀실 내를 왔다 갔다 하기 시작했다.

그런 남궁산을 보면서 남궁인은 속으로 긴 한숨을 토했다. 남궁산의 섬뜩한 웃음 속에는 세상 사람들에 대한 원망과 조부인 강남대협 남궁유에 대한 원망이 함께 묻어나고 있었던 것이다. 남궁인은 차마 부친의 얼굴을 마주 볼 수가 없어서 급히 고개를 떨어뜨렸다.

'아버님께서도 마음이 여린 분이셨어.'

세상 사람들, 특히 조일봉이 들었다면 거품을 물 생각이었다. 하지만 바늘로 찔러도 피 한 방울 안 나올 것 같았던 남궁산의 가슴속에도 남모르는 큰 상처가 자리하고 있었다. 그리고 그 상처가 바로 협사가 되고자 했던 어린 소년을, 야망을 가진 냉혹한 노인으로 바꾸는 결정적인 요인으로 작용했다. 마음이 모질지 못한 사람일수록 마음의 상처를 크게 받는 것이다.

잠시의 시간이 흐른 후, 간신히 감정을 억누른 남궁산이 이야기를 계속했다.

"휴우! 강남대협의 칭호가 무슨 소용이 있더란 말인가? 애국 애족하는 마음이 무슨 소용이 있더란 말인가? 강호동도들의 외면에 배를 곯던 나는 이를 악물면서 맹세했네. '후손들이 다시는 나의 전철을 밟지 않게 할 것이다'. 난 내 스스로 한 맹세를 지키기 위해 무슨 짓이든 다했네. 그렇게 반백 년이 넘는 세월이 흘렀어. 본가는 잃어버린 힘을 회복하게 되었고 세상 사람들은 다시 본가를 향해 무릎을 꿇기 시작했지. 하지만 난 만족할 수 없었네. 난 그 이상을 원했어. 그 누구도 다시는 본가를 업신여길 수 없게 만들고 싶었네. 천하를 후손들에게 넘겨주고 싶었네. 그 즈음 세조밀기에서 보았던 신기의 존재가 사실임을 알게 되었어. 신기 풍백! 나는 풍백이 바로 나의 소망과 본가의 이상을 달성하게 해줄 물건이라는 것을 직감적으로 알 수가 있었네. 나는 즉시 천하를 도모하기 위한 계획을 세웠지."

남궁산은 목이 마른지 침을 꿀꺽 삼켰다. 그리고는 여전히 공손한 자세로 경청하고 있는 남궁인을 잠시 쳐다보다가 강한 어조로 말을 이었다.

"마침내 풍백이 본가의 수중에 들어왔네. 그리고 가문의 힘은 그 어느 때보다 강해졌어. 금력은 황실을 능가하고 무력은 무당과 견주어도 손색이 없어. 아직 천하를 도모하기에는 이르지만 꿈을 현실로 만들 수 있는 가능성은 높아졌어."

남궁산은 말을 하면서 자신의 계획들을 하나씩 떠올려 보았다.

천하를 얻기 위한 대계(大計).

그 첫걸음은 최악의 상황을 대비하는 것으로부터 시작되었다. 자신이 추진하고 있는 일의 위험성을 충분히 인식하고 있었던 남궁산은 스스로 만든 대계를 실행하기 이전에 넷째 아들인 남궁의로 하여금 대만에다가 거대 규모의 장원을 짓게 하고 그곳에 남궁세가에 전승되는 모든 비급의 필사본들과 세가가 보유하고 있던 황금의 삼 할가량을 비축해 놓게 했다. 만약에 일이 잘못되었을 경우에 가솔들의 안전을 보장

하고 재기를 도모할 수 있도록 하기 위함이었다.

두 번째 단계는 세기의 힘을 키우는 것이었다. 이를 위해 두 가지 과업이 동시에 추진되었는데 그 하나는 대륙상단을 이용해 천하의 상권을 장악하는 것이었고 다른 하나는 세가 내에 이천의 정예를 육성하는 것이었다. 큰일을 도모하기 위해서는 그에 걸맞은 막강한 추진력이 필요한 법, 두 번째 단계가 바로 그 추진력을 얻기 위해서 힘을 비축하는 단계였다. 그리고 굳이 천하를 도모하지 않는다 하더라도 남궁세가의 미래를 위해서 꼭 필요한 일이었다.

세 번째 단계는 천하를 도모하기 위한 실질적인 힘을 보유하고자 하는 것이었다. 이를 위해 신기 풍백을 입수하고자 했고 명교와 오독문을 빌미로 무림맹을 상설화시키고 그 힘을 흡수하고자 했다. 그리고 다른 한편으로는 십만의 사병을 양성하고자 하는 계획도 가지고 있었다. 원과 명을 일으킨 신기 풍백을 앞세운 채 수천의 무림고수를 선봉으로 십만의 군대가 밀고 나간다면 그 누가 막을 수 있겠는가? 남궁산이 세 번째 단계를 계획하면서 얻고자 했던 실질적인 힘은 바로 철옹성이라고 하더라도 순식간에 함락시킬 수 있는 무적의 군대였다.

그 다음 단계가 남궁산이 계획하고 있는 대계의 완성이었다. 하지만 한왕의 난이 일찍 진압되는 바람에 남궁가의 천하를 연다는 원대한 계획은 무한정 연기될 수밖에 없게 되었다. 풍백의 경천동지할 힘에다가 남궁세가의 이천 정예, 그리고 전 무림의 힘을 합한다면 자금성 정도는 지금이라도 쉽게 함락시킬 수 있을 것이다. 하지만 천하의 주인이 되는 과정이 그렇게 간단하지는 않았다. 최소한 명나라 황실을 전복시킬 만한 명분을 먼저 만들어야 하고 이에 천하 각지에서 일어날 반발을 힘으로 진압할 수 있을 만한 병력을 갖추어야 하는 것이다. 명분을 만드는 것이야 남궁산에게 일도 아니었지만 문제는 병력이었다. 남궁산이 천하의 반발을 힘으로 억누를 수 있다고 생각하는 최소의 병력 십만은 천하가 안정된 상태에서 양성할 수 있는 숫자가 아니었다. 이천의 정예를 키우면서도 관부의 눈에 띄지 않을까 하며 얼마나 노심초사했던가?

'한왕의 난이 이 년 정도만 더 이어졌었더라면 얼마나 좋았을까? 내 두 눈으로 본가의 천하를 볼 수 없음이 안타깝구나.'

남궁산으로서는 한왕의 일이 지금까지도 아쉬웠다. 계획했던 모든 일이 톱니바퀴 돌아가듯 착착 맞아 들어갈 거라는 기대는 애초부터 없었지만 수만 금을 들이부은 일이 아무런 성과도 없이 끝나 버렸으니 실망스럽지 않을 수 없었다. 한왕이 그렇게 허무하게 무너져 버릴 줄이야 어찌 알았겠는가?

한참 동안 상념에 잠겨 있던 남궁산이 문득 전음으로 말했다.

"기다리는 자에게 기회는 오기 마련이라. 기다리다 보면 언제고 한왕과 같은 자가 다시 나타날 걸세. 기회를 놓치지 말고 잘 잡아야 하네. 그리고 기회가 온다 하더라도 본가의 이상을 이루기 위해선 수많은 난관을 헤쳐 나가야 할 걸세. 부디 마음을 모질게 먹고 흔들리지 말게나. 장부는 독해야 하는 법. 큰 것을 이루기 위해서라면 희생 정도는 감수할 줄 알아야 하네."

남궁인의 눈가가 잘게 떨렸다. 부친이 걱정하는 바가 무엇인지를 잘 알고 있었기 때문이다. 부친은 자신이 전날에 후손들에게 올바른 정신을 유산으로 물려주는 것이 천하를 유산으로 물려주는 것보다 더 좋지 않겠느냐고 건의드렸던 것을 걱정하고 계시는 것이 분명했다.

'어찌해야 하나? 아무리 생각해 봐도 천하를 도모하기보다는 현재의 상태를 유지하는 것이 더 좋을 듯한데. 그러나 내가 어찌 아버님의 뜻을 거스르겠는가? 휴—우!'

남궁인은 내심 한숨을 내쉬었다. 심중에 이는 번뇌를 덮어둘 수밖에 없었다.

"명심하겠습니다."

그러자 남궁산이 슬쩍 화제를 돌렸다.

"자네만 믿겠네. 참, 대만의 일은 어떻게 되었는가?"

"의가 생각보다 일을 잘 수행하고 있습니다. 본가에 있는 모든 가솔이 그대로 옮겨가서 살 수 있을 정도의 거대 장원을 이미 완성했고, 지금은 인근의 원주민들을 본가의 수족으로 만들기 위해 노력하고 있다고 들었습니다. 조만간에 이 회유 작업이 완료되면 의가 본가로 복귀할지도 모르겠습니다."

"뒤가 든든해야 앞으로 나아가는 데 탄력을 받을 수 있는 법일세. 대만의 일은 결코 소홀히 해서는 안 되네."

"예, 저도 다른 모든 일보다 그 문제를 중점적으로 살피고 있습니다."

남궁산이 고개를 끄덕이다가 재차 물었다.

"그런데 신강으로 보낼 인원은 차질없이 준비되고 있는가?"

"예, 비첩단원 오십 명과 본가의 정예 오백 명의 교육이 거의 끝나가고 있습니다. 며칠 내로 출발시킬 수 있을 것 같습니다."

"가솔들의 안전을 염려하는 자네의 마음을 모르는 바는 아니나 이번 일은 서둘러야 하네. 본가의 안위가 걸려 있어. 빠른 시간 내에 명교주의 딸을 제거하고 명교의 싹도 잘라 버려야 해."

남궁산의 어조에는 못마땅한 기색이 가득 담겨 있었다. 전날 풍백을 탈취하기 위해 해동검객을 쫓아갔던 비첩단원들이 몽골에서 몰살을 당한 이후 너무 소극적으로 변해 버린 남궁인이 마음에 들지 않았던 것이다.

그러나 다른 때 같았으면 바로 물러섰을 남궁인도 먼 길을 떠나는 오백오십 명 가솔의 안전을 생각해서인지 쉽게 자신의 뜻을 포기하려 하지 않았다.

"아버님, 위구르족과 마찰이 생긴다면 저번처럼 큰 피해만 입고 임무를 실패할 수도 있습니다. 위구르인들의 관습 몇 가지와 지리에 대한 간단한 교육은 꼭 필요하다고 생각합니다."

남궁산의 이마에 패인 골이 더욱 깊어졌다.

'압도적인 전력으로 명교를 쓸어버린 후 바로 물러 나오면 되지, 훈련은 무슨 훈련.'

하지만 일가의 가주로서 가솔의 안전을 최우선으로 생각하는 남궁인을 나무랄 수는 없는 노릇. 더군다나 자신이 죽고 나면 가문을 책임지고 이끌어야 할 사람이 바로 남궁인인데 기를 자꾸 꺾어서 좋을 일도 없었다. 가문의 앞날을 생각해서라도 한 번쯤은 체면을 세워줘야 할 때였다. 그리고 사실 남궁인의 의견이 일면 타당하기도 했다. 남궁산은 내심 한숨을 쉬며 양보를 했다.

"자네 생각대로 하게."

"죄송합니다, 아버님. 최선을 다해서 시간을 앞당겨 보도록 하겠습니다."

남궁산이 별말없이 묵묵히 고개를 끄덕이다가 별안간 안색을 굳히며 귀를 쫑긋 세웠다. 이곳 밀실과 연결된 자신의 방에서 인기척이 들린 것 같았기 때문이다.

"음?!"

"아버님, 왜 그러시는지요?"

남궁인이 의아한 기색으로 묻자 남궁산은 손을 들어 조용히 하라는 시늉을 하고는 즉시 공력을 끌어올려 멀리서 들려오는 소리에 귀를 기울였다. 아니나 다를까, 잘못 들은 것이 아니었다. 비첩단을 이끌고 있는 남궁태가 다급히 자신을 찾고 있는 소리가 들렸다. 이곳 밀실은 적이 남궁세가에 침입했을 때 최후의 탈출로로 만들어놓은 곳이기에 내부에서 문을 잠가 버리면 외부에서는 열 방법이 없었다. 그래서인지 남궁태는 숨죽인 목소리로 작게 소리치며 두터운 밀실의 문만 두드리고 있었다. 남궁산은 즉시 자리를 박차고 일어났다.

"밖으로 나가세. 아무래도 무슨 일이 있는 것 같아."

밀실 밖으로 나온 남궁산은 서둘러 자신의 방으로 향했다.

그르르릉.

육중한 돌이 밀리는 소리와 함께 밀실과 통하는 벽이 열리자 방에서 기다리고 있던 남궁태가 급히 무릎을 꿇으며 소리쳤다.

"아버님! 큰일났습니다!"

남궁산의 얼굴이 심하게 찌푸려졌다. 밀실과 통하는 벽이 천천히 열리는 바람에 자신은 아직 방 안으로 들어서지도 못하고 있었던 것이다.

"무슨 일이기에 그렇게 호들갑을 떠느냐?"

목소리는 크지 않았으나 강한 질책이 담긴 말이었다. 남궁태의 행동이 마음에 안 든다는 뜻이었다. 부친을 극히 두려워하는 평소의 남궁태라면 그 말을 듣자마자 두려워서 입이 얼어붙었을지도 모른다. 그러나 지금의 남궁태는 부친의 기색을 느끼지도 못하는지 계속해서 빠르게 입을 놀릴 뿐이었다.

"아버님, 전 강호무림이 본가를 향해 칼끝을 겨누기 시작했습니다!"

그 순간, 막 방 중앙으로 걸어가 의자에 앉으려고 하던 남궁산의 몸이 흠칫 굳어지더니 앉기 위해 조금 굽혀져 있던 허리가 죽 펴졌다. 이내 남궁산의 입에서 벼락같은 고함 소리가 터져 나왔다.

"뭣이라?!"

"무당과 곤륜, 그리고 개방과 팽가가 본가를 공적으로 지목했습니다."

남궁태의 입에서 본가를 공적으로 지목했단 말이 나옴과 동시에 잔뜩 찌푸린 얼굴로 크게 소리치던 남궁산과 그 뒤에서 공손하게 서 있던 남궁인의 얼굴이 석상처럼 딱딱하게 굳어버렸다. 마치 방 안의 대기가 일시에 얼어붙어 버린 것 같은 모습이었다. 그리고 어느 정도의 시간이 흘렀을까?

뚝뚝!

남궁태의 얼굴에서 비 오듯이 흘러내린 식은땀이 방바닥에 떨어지며 내는 소리가 유난히 크게 들리기 시작할 무렵, 석상처럼 가만히 서 있던 남궁산의 주름 잡힌 눈가에 미세한 경련이 일어나더니 이내 요원의 불길처럼 온몸으로 급격히 퍼져 나가기 시작했다. 그리고 그 떨림은 순식간에 끝없는 분노가 되어 쏟아져 나왔다.

"네 이놈! 보고를 하려면 제대로 해! 제대로! 그놈들이 왜 본가를 공적으로 지목했는지 그 이유도 같이 보고를 해야 할 것이 아니냐?!"

풍백을 사용한 대가로 폭삭 늙어버린 남궁산이었다. 그 때문에 무공도 급격히 감소되고 있었고 온몸을 감싸고 흐르던 냉엄한 기세도 이제는 찾아볼 수 없는 상태였다. 그러나 이빨 빠진 호랑이라 해도 호랑이는 호랑이. 남궁산의 이글이글 불타오르는 눈동자에 서린 분노의 힘에 남궁태의 입이 꽁꽁 얼어붙어 버렸다. 하지만 말을 안 하고 있으면 맞아 죽을지도 모르는 상황이었다. 남궁태는 새하얗게 질린 얼굴로 간신히 대답했다.

"죄, 죄송합니다. 어, 얼마 전부터 무당 등의 문파에서 상당수의 고수가 본가를 향해 몰려오고 있었습니다. 처음에는 아버님의 무림맹주 등극을 축하하기 위한 축하 사절이라고만 생각했는데, 이들 중에 정작 본가를 방문하는 사람은 없었습니다. 모두 본가 주변에 머물러 있기만 하는 것이었습니다. 미심쩍은 생각이 들어 신강을 치기 위해 차출된 비첩단원을 제외한 모든 비첩단원을 파견해 그 사정을 알아보게 했습니다. 그중 한 명이 방금 한 장의 무림첩을 가지고 돌아왔습니다."

남궁태는 즉시 봉투에 자혜 도장과 현소 도장, 그리고 종도, 팽조혁 등의 서명이 선연히 적혀 있는 한 장의 서신을 남궁산에게 올렸다.

촤악!

급히 서신을 펼쳐 읽던 남궁산의 얼굴이 새하얗게 변하기 시작했다. 그러던 어느 순간, 남궁산의 입에서 허탈한 음성이 흘러나왔다.

"이럴 수가……."

서신에는 남궁세가가 명교를 도발해 무림에 혈겁을 일으키게 만들고 대륙상단을 움직여 각문 각파의 경제적 기반을 흡수하는 일련의 과정들이 일목요연하게 적혀 있었다. 그리고 무당과 개방, 곤륜, 팽가 등이 남궁세가를 공적으로 지목하면서 남궁세가의 음모에 맞서 새로운 무림맹을 구성하고자 하니 모든 문파는 적극 협조해 달라는 내용이 적혀 있었다.

털썩!

남궁산은 하늘이 무너지는 듯한 충격에 비틀거리며 의자에 주저앉아 버렸다. 실로 청천벽력이 따로 없었다. 명교를 도발해 혈겁을 조장했다는 사실이 알려졌다면 무림공적으로 몰린 지금의 현실을 돌이킬 방법이 없다는 말이었다. 그 어떤 문파가 혈겁을 조장한 남궁세가를 옹호해 주겠는가? 이제 명나라 무림에서 남궁세가의 편을 들어줄 사람이나 문파는 없다고 봐야 했다. 그리고 그것은 곧 남궁세가의 멸문을 뜻했다. 남궁세가의 힘이 아무리 강하다고 해도 전 무림의 하나 된 힘을 상대할 수는 없었다. 남궁산 스스로 본가보다 몇 배는 더 강하다고 자인했던 명교의 최정예 복수회도 무림공적으로 몰려 몰살을 당하고 말았는데, 남궁세가가 어찌 버틸 수 있겠는가? 세가의 모든 고루거각이 불타고 가솔들의 시체가 산이 되어 쌓이는 모습이 뇌리에 그려졌다.

"지금 본가 주변에 머물고 있는 무림인들의 수는 적게 잡아도 이미 천 명을 넘어서는데, 그들 모두가 본가를 포위하고 있는 적이라고 봐야 할 것 같습니다. 그리고 청해대혈전 이후 자파를 방문했던 척마대의 고수들 중 복귀하는 자가 한 사람도 없습니다."

계속되는 남궁태의 보고를 들으며 남궁산은 한숨만 내쉴 뿐이었다. 천하가 이미 남궁세가에 등을 돌리고 있었는데도 모르고 있었던 것이다. 갑자기 한없이 슬픈 눈으로 자신을 바라보던 명교주의 딸, 한조현의 얼굴이 눈앞에 아른거렸다. 남궁산은 자신의 머리를 쥐어뜯으며 독백을 하듯이 말했다.

"명교주의 딸이 벌써 발설을 했단 말인가?"

"그, 그것은 아닌 것 같습니다."

남궁태의 말에는 자신감이 결여되어 있었다. 그러자 남궁산이 의문 가득한 시선을 보내며 물었다.

"그러면 도대체 어떻게 된 일이란 말이냐?"

"저도 어떻게 해서 일이 이 지경이 되었는지 자, 잘 모르겠습니다. 죄송합니다."

남궁태는 힘없이 머리를 조아렸다. 천하제일의 정보력을 가졌다고 자부하는 비첩단을 지휘하고 있으면서도 가문을 무림공적으로 몰아 가는 무당과 팽가 등의 움직임을 미리 알아채지 못하고 꼼짝없이 포 위를 당했으니 실로 입이 열 개가 있다 하더라도 변명할 말이 없었다. 아니, 변명할 말은 있었다. 신강의 명교를 치기 위해 비첩단원 모두 를 소집한 것이 잘못이었던 것이다. 비첩단은 아직 해동검객을 쫓아 갔다가 몰살을 당한 비첩단원의 공백을 메우지 못하고 있는 상태였 다. 그런 상태에서 각문 각파를 감시하던 모든 인원을 본가로 소집해 버렸으니 어찌 되겠는가? 정보력의 부재가 생기는 것은 필연적이었 다. 하지만 그런 말을 부친에게 했다가는 바로 맞아 죽을 것이 뻔했 다.

남궁산의 입에서 피를 토하는 듯한 고함 소리가 터져 나왔다.

"이놈, 태야! 정녕 내가 분통이 터져 죽는 꼴을 보고 싶은 게냐?! 비첩단을 맡고 있는 네놈이 모른다면 도대체 누가 알고 있다는 말이 냐?! 명교주의 딸이 발설하지 않았다면 놈들이 이 사실을 어찌 알았 단 말이냐?! 그건 나와 가주, 그리고 너와 정이만 알고 있는 일이 아 니냐?!"

모든 기밀 사안에 대한 논의는 밀실에서조차 전음을 사용해 주고받던 남궁산이었다. 그런데 지금은 얼마나 노했는지 목소리를 낮출 생각도 하지 않고 있었다. 남궁태의 모른다는 말은 좌절감에 가라앉아 있던 남궁산의 분노를 일깨우기에 충분한 말이었던 것이다. 하기야 이미 천하가 등을 돌렸는데 더 이상 숨긴들 무엇하겠는가? 남궁산의 연이은 질타에 남궁태는 머리를 연신 방바닥에 짓찧으며 죄송합니다를 연발할 뿐이었다.

그때였다. 남궁산의 뒤에 공손히 서 있던 남궁인이 힘없이 무릎을 꿇더니 울먹이는 목소리로 말했다.

"아버님, 죄송스러워 보고를 드리지도 못하고 있었습니다만, 몇 달 전부터 정이의 종적이 묘연합니다. 흑사회도 부하에게 넘겨주고 어디론가 떠나 버렸다고 합니다. 아무래도… 아무래도 정이가 일을 저지른 것 같습니다."

다시 한 번 방 안의 대기가 얼어붙어 버렸다.

'이, 이건 사실이 아니야. 내가 지금 꿈을 꾸고 있는 것이 분명해.'

남궁산은 이 현실을 믿고 싶지가 않았다. 너무도 기가 막히고 너무도 어이가 없어 화도 나지 않았다. 그냥 온몸의 피가 차갑게 식어버리는 것처럼 서늘한 느낌만 들 뿐이었다. 그렇게 얼마의 시간이 흘렀을까? 문득, 남궁산이 실소를 터뜨렸다.

"허허, 진정 내 욕심이 지나쳤었단 말인가? 손자 놈이 평생의 대업을 망쳐 버릴 줄이야. 허허허."

숫구치는 분노를 참을 수 없었음인가? 아니면 허탈한 마음을 가눌 수 없었음인가? 쓰디쓴 웃음을 짓던 남궁산의 몸이 의자에 앉은 채로 비틀거리기 시작했다.

"아버님!"

무릎을 꿇은 채 고개를 푹 숙이고 있던 두 명의 아들이 급히 남궁산을 부축했다. 그러나 남궁산은 두 아들의 손을 강하게 뿌리치며 의자에서 일어났다. 순간, 무심하게 제자리를 지키고 있던 천장과 방바닥이 빙글빙글 돌아가기 시작했다. 아니, 온 세상이 남궁산의 눈앞에서 빙글빙글 돌아가기 시작했다. 눈앞이 새카맣게 변하고 식은땀이 등을 타고 흘러내렸다. 절대고수의 경지에 든 이후로 처음 느껴보는 신체상의 이상 징후들이었다.

　'갈 날이 얼마 남지 않은 것 같구나. 하지만 죽기 전에 할 일은 해야지.'

　남궁산은 어금니를 질끈 깨물어 정신을 일깨웠다. 그리고 여전히 고개를 들지 못하고 있는 두 아들을 직시하며 뱉어내듯이 말했다.

　"내가 자초한 화는 내가 마무리한다."

제36장

어두운 하늘

어두운 하늘

장무위는 굳게 닫혀 있는 남궁세가의 정문을 바라보며 미간을 찌푸렸다. 연락을 넣은 지 이미 상당한 시간이 지났음에도 불구하고 아무런 대꾸가 없었기 때문이다. 가타부타 말이라도 있으면 어찌 대응할 방법을 찾기라도 할 텐데, 조용하기만 하니 장무위로서도 당장은 어찌 할 방법이 없었다. 남의 대문 앞에 멍하니 서서 연락이 오기만을 기다린다는 것은 참으로 곤혹스러운 일이었다.

'이자들의 꿍꿍이속을 알 수가 없어.'

다른 곳이라면 모를까, 남궁세가에서 남궁산이 자신들을 만나는 것을 두려워해 시간을 끌리는 만무했다. 그리고 모멸감을 주기 위해 이렇게 문밖에서 기다리게 만든다라고 생각하기에도 뭐한 것이 속이야 어떻든 간에 겉으로는 천하에 명망이 높은 남궁산이 그렇게 유치한 생각을 할 것 같지는 않았던 것이다.

'기다려 보면 답이 나오겠지.'

장무위는 그냥 편하게 생각하기로 하고 고개를 돌려 버렸다. 남궁세가의 대문이 아무리 잘 만들어졌다고 해도 계속해서 보고 싶은 마음은 없었던 것이다. 멀리 구름을 허리에 두른 황산의 웅자가 답답해진 마음을 조금은 다독여 주었다.

이때, 장무위의 눈치를 살펴보고 있던 조일봉이 험상궂은 인상을 지으며 남궁세가의 수문위사들을 닦달하기 시작했다.

"연락을 하러 간 놈은 도대체 어디로 사라진 거야? 어디 자빠져 잠이라도 자고 있나? 이것들이 아무래도 우리를 무시하고 있는 것 같은데 관을 봐야 눈물을 흘릴 놈들인가 보군."

혼잣말을 하듯 하는 모습이었지만 잔뜩 화가 난 기색으로 수문위사들을 째려보는 것 하며 보란 듯이 대도의 손잡이를 툭툭 건드리는 모습이 여차하면 칼을 뽑아 들고 휘두를 태세였다. 거기에다 수문위사들이 뻔히 듣고 있는데도 이놈 저놈 하면서 욕을 해대는 것이 어떻게 보면 도발하는 것 같기도 했다. 하지만 남궁세가의 콧대 높기로 유명한 네 명의 수문위사는 화를 내는 것은 고사하고 사색이 되어 변명하기에 바빴다.

"죄, 죄송합니다, 조 대협. 저희들도 어찌 된 노릇인지 모르겠습니다."

조일봉이 기가 막힌다는 듯 눈을 둥그렇게 뜨면서 위사들의 얼굴을 빤히 쳐다보았다.

"그러면 댁들이 알아봐야 할 것 아니오?"

"죄송합니다. 용서해 주십시오."

수문위사들은 등으로 식은땀을 줄줄 흘리면서 조일봉의 화를 누그러뜨리기 위해 애를 썼다. 이미 장무위의 전신에서 솟아나는 인간 같지 않은 기세에 잔뜩 주눅이 들어 있던 처지, 거기에다 조일봉이 어지간한 사람 키보다 더 큰 대도의 칼자루를 두들겨 대니 자기들의 목이 곧 떨어질지도 모른다는 불안감이 물밀듯이 밀려왔던 것이다. 벌써 다리를 후들후들 떠는 자도 있었다. 그도 그럴 것이 눈앞의 세 사람은 천하의 남궁세가라 해도 결코 무시할 수 없는 이들이었던 것이다. 천하제일고수 도제 장무위와 천검의 제자 유소백, 그리고 강호에서 십영의 제일인자라는 명성을 얻고 있는 조일봉. 이 세 사람을 무시할 수 있는 사람이나 문파가 당금 강호 어디에 있을 수 있겠는가? 수문위사들은 이 세 사람을 무작정 기다리게 만든 세가의 윗분들이 원망스러울 지경이었다. 하지만 자리를 비울 수는 없었다. 명도 없이 함부로 자리를 비웠다가는 경을 칠 것임이 분명했기 때문이다. 수문위사들은 뭉그적거리면서 어떻게든 시간을 끌어보려고 애를 썼다.

"조, 조금만 더 기다려 주십시오. 고, 곧 연락이 올 겁니다."

그러자 조일봉의 눈동자가 서서히 희번덕거리기 시작했다. 하늘 같은 장무위를 마냥 기다리게 하는 남궁세가의 수문위사들에게 짜증이 나 참을 수가 없었던 것이다.

"그 연락이 언제 오느냐는 말이외다. 이게 남궁세가가 손님을 접대하는 방법이오? 난 함부로 칼을 뽑는 사람은 아니지만 아까운 시간을 낭비할 만큼 속 넓은 사람도 아니라는 것을 명심하시오."

슬쩍 돌려서 한 말이긴 했지만 뜻은 명확했다. 즉, '죽기 싫으면 당장 뛰어가서 알아보라' 는 것. 조일봉의 기세가 점점 사나워지자 수문위사들도 무한정 시간만 끌 순 없는 노릇이었다. 자칫 잘못하다가는 개죽음을 당할 수도 있는 것이다. 수문위사들은 자기들끼리 수군덕거리며 의견을 모으기 시작했다. 그리고 이내 수문위사들 중 한 사람이 대문 안으로 뛰어들어 갔다. 그러나 들어간 사람은 나올 줄을 몰랐고 시간만 계속해서 흘러갔다.

마침내 조일봉의 화가 폭발하기 일보 직전, 굳게 닫혀 있던 남궁세가의 대문이 열리며 남궁태가 나타났다. 순간, 장무위의 오른쪽에 아무 말 없이 서 있던 유소백의 얼굴이 퍼뜩 굳어졌다. 잊을 수 없는 얼굴. 해동검객 강민욱에게서 풍백을 탈취해 간 얼굴을 어찌 잊을 수 있겠는가? 유소백의 오른손이 자신도 모르게 허리춤에 매어진 검자루를 잡아갔다. 그와 동시에 유소백의 전신으로부터 첨예한 살기가 일어나기 시작했다.

츠웃!

최광에게 천단진경의 내용을 전수받은 후, 오늘날까지 단 하루도 거르지 않고 참오에 참오를 거듭해 왔던 유소백이었다. 타고난 기재에 각고의 노력까지 더했으니 그 성과는 물어보나마나. 유소백의 온몸에서 뿜어져 나오는 살기는 어지간한 사람이라면 주저앉고 말 정도로 차고 날카로웠다.

하지만 남궁태도 보통 사람은 아니었다. 남궁태는 유소백의 살기에 흠칫 놀라다가 순식간에 아무렇지도 않은 듯 본래의 신색을 회복하고는 장무위를 향해 포권을 취했다.

"어서 오십시오. 먼 길 찾아오시느라 수고하셨습니다. 그런데 장 대협 일행께서는 무슨 일로 본가를 찾아오셨는지요?"

그 순간, 조일봉의 눈이 휙 돌아갔다.

"이보시오! 사람을 이렇게 기다리게 만들었으면 양해를 구하는 말부터 해야 할 것이 아니오?!"

"여러분과 우리 가문은 좋은 사이가 아닙니다. 청해대혈전 당시 여러분이 부친께 어떻게 행동했는지 들어서 알고 있습니다. 우리가 여러분을 반겨 맞을 이유는 없는 것 같소이다만?"

말이야 바른말이었지만 듣는 조일봉의 입장은 그게 아니었다. 아무런 말도 없이 사람을 기다리게 만들어놓고 한마디 변명도 없는 남궁태의 태도에 조일봉은 분기탱천해 버렸다.

"뭐, 뭣이라?! 그래, 우리는 반겨 맞을 손님이 아니고 적이다. 지금 당장 적의 칼맛을 한번 볼 테냐?!"

차앙!

얼마나 화가 났는지 조일봉은 말을 채 끝내기도 전에 칼부터 빼어들고 있었다. 이번에는 수문위사들에게 그랬듯이 단순히 겁을 주는 것에서 그치는 것이 아니었다. 대도들 비껴든 조일봉의 전신에서 첨예한 살기가 뿜어져 나오고 있었던 것이다. 그사이에 조일봉의 무공도 많이 성장했는지 바로 옆에서 살기를 뿜어내고 있는 유소백과 거의 대등한 살기가 뿜어져 나오고 있었다. 그러나 남궁태는 두 사람에게 시선도 돌리지 않고 있었다. 처음 유소백의 살기에 흠칫 놀란 이후로 계속해서 장무위에게만 시선을 집중시킨 채 미소 짓고 있을 뿐이었다.

일촉즉발의 상황. 조일봉과 유소백의 행동을 가만히 보기만 하던 장무위가 나섰다.

"두 사람 다 칼을 집어넣게."

오랜 기다림에 장무위도 짜증이 나기는 마찬가지였지만 지금 싸움을 벌인다면 좋을 것이 하나도 없었다. 남궁태를 죽이기 위해 여기까지 온 것은 아니었던 것이다. 이제껏 기다린 것이 아까워서라도 일단은 참을 수밖에 없었다. 사실 남궁태의 말처럼 남궁세가와는 이미 물과 불의 관계가 된 지 오래였으니 제대로 된 대접을 기대한다는 것 자체가 어리석은 일이었는지도 몰랐다.

나지막하지만 힘있는 목소리에 조일봉과 유소백이 마지못한 듯 칼을 집어넣었다. 그러자 남궁태가 슬쩍 허리를 굽히며 다시 한 번 장무위에게 포권을 취했다.

"장 대협께 감사드립니다."

장무위의 눈에 문득 이채가 떠올랐다. 남궁태의 행동이 참으로 여유로웠던 것이다. 어찌 보면 유소백과 조일봉을 완전히 무시하는 것처럼 보이기도 했고, 또 어찌 보면 유소백과 조일봉이 대적하지 않는 자신에게 손을 쓰지는 않을 것이다라고 믿고 있는 것처럼 보이기도 했다. 각설하고, 금방이라도 공격을 할 것처럼 보이는 두 사람 앞에서 태연히 빈틈을 노출시키고 있으면서도 여유만만한 남궁태의 모습은 범인에게서 쉽게 볼 수 있는 모습이 아니었다. 전통의 명문 남궁세가의 저력이 남궁태의 모습에서 엿보이는 듯했다.

'이 사람도 보통내기가 아니구나.'

장무위는 한동안 남궁태의 얼굴을 자세히 바라보다가 입을 열었다.

"노가주를 뵐 수 있겠습니까? 긴히 드릴 말씀이 있습니다만."

그러자 남궁태가 기다리고 있었다는 듯 즉시 몸을 반쯤 틀더니 안쪽을 가리켰다.

"드시지요."

"알겠소."

장무위는 눈짓으로 조일봉과 유소백을 뒤따르게 한 후 여전히 태연자약하게 행동하는 남궁태의 안내를 받으며 남궁세가 안으로 발걸음을 옮겼다. 거대한 대문을 지나니 끝도 보이지 않을 만큼 기다란 담벼락 속에 자리한 화려하고 아름다운 고루거각들이 눈에 들어왔다. 실로 강남 건축 문화의 정수가 고스란히 배어 있는 멋진 풍경이었다. 남궁태가 유난히 천천히 걸음을 옮기고 있는 탓에 장무위는 남궁세가의 조경을 충분히 감상할 수 있었다. 그러던 어느 순간, 장무위의 눈이 번쩍 빛을 발했다. 조용하고 평화로워 보이는 남궁세가의 곳곳에서 부산한 움직임으로 인해 발생하는 소음들이 계속해서 들려오고 있었던 것이다.

'이자들이 설마?'

장무위는 남궁세가가 자신들을 공격하려는 줄 알고 즉시 청력을 집중해 소음에 귀를 기울여 보았다. 다행히 소음은 남궁세가의 심처, 즉 내원이 있는 방향을 중심으로 해서 들려오고 있었다. 분주한 발자국 소리와 간혹 병장기 부딪치는 소리도 들리는 것이 싸움이 일어난 것 같기도 했고 대규모 인원이 빠르게 움직이고 있는 것 같기도 했다. 다행히 자신들이 지나온 뒤쪽은 여전히 조용한 것이 일이 잘못된다 하더라도 최소한 퇴로 걱정은 하지 않아도 될 것 같았다.

'예사 움직임이 아니야. 무언가 일이 있는 것 같은데. 아무래도 오늘은 길보다 흉이 많겠구나.'

장무위가 두 의제와 함께 수만 리 길을 달려온 이유는 물론 풍백을 회수하기 위함이었다. 그러나 남궁산이 천고의 신기인 풍백을 선뜻 내어줄 리는 만무했다. 무력 사용은 어쩌면 필연적일 수밖에 없는 일일지도 몰랐다. 하지만 모든 일에는 순서가 있는 법이라 무턱대고 칼부림부터 시작할 수는 없는 노릇이었다. 또한, 도적도 아닌데 야밤에 몰래 월장을 할 수도 없는 일이었다. 그래서 일단 남궁산의 반응도 살펴볼 겸 남궁세가의 허실도 알아볼 겸 해서 남궁세가를 찾아왔던 것이다. 탕구라산의 싸움 이후로 남궁산과는 서로 칼을 겨누어야 할 처지가 되었지만 백주 대낮에 찾아온 자신들에게 설마 해를 끼치기야 하겠는가? 라는 생각이 전제가 된 행동이었다. 그런데 남궁세가의 움직임은 최소한 겉으로는 예를 갖춰 맞이할 거라는 장무위의 예상을 처음부터 완전히 벗어나고 있었다. 장무위는 계속해서 주위의 움직임에 신경을 곤두세운 채 천천히 걸음을 옮겼다. 바로 그때, 조일봉의 전음이 들려왔다.

"형님, 이 길은 내원이 아니라 연무장으로 가는 길입니다."

장무위도 전날 무림대회가 벌어졌던 남궁세가에 머문 적이 있었다. 하지만 당시 시도 때도 없이 찾아오는 손님들 때문에 방문을 걸어 잠그고 있다시피 했었기 때문에 남궁세가의 구조에 대해서는 매일매일 돌아다녔던 조일봉에 비할 바가 아니었다. 장무위는 안색을 잔뜩 굳히며 조일봉과 유소백에게 전음을 보냈다.

"지금 남궁세가 내의 움직임이 심상치 않아. 일봉이와 소백이 두 사람 다 정신 바짝 차리도록 해."

"알겠습니다, 형님."

유소백과 조일봉의 얼굴에도 잔뜩 긴장감이 어리기 시작했다. 그러나 뒤쪽의 이러한 움직임을 아는지 모르는지 남궁태는 여전히 느린 걸음으로 일행을 안내할 뿐이었다. 잠시 후, 비싼 청석이 한 치의 빈틈도 없이 맞물려 있는 남궁세가의 드넓은 연무장이 나타났다.

"이곳은 본가의 연무장입니다. 아버님께선 지금 본가 제자들의 훈련을 감독하고 계시지요. 오해는 없으시기 바랍니다."

손님을 연무장으로 안내하는 것에 대한 해명이리라. 그러나 장무위의 안색은 밝아지지가 않았다. 남궁태의 말을 믿으려 해도 눈앞에 보이는 현실이 그것을 외면하고 있었던 것이다. 드넓은 연무장을 가득 메운 채 질서 정연하게 도열해 있는 것은 푸른색 무복을 단정히 차려입은 오백 명 정도의 무사였다.

'이자들을 준비시키기 위해 시간을 끌었던 것인가?'

"큰형님, 무사들의 얼굴을 한 번 보십시오. 분위기가 심상치 않습니다."

유소백의 전음을 들은 장무위는 청의무사들을 빠르게 살펴보았다. 아닌 게 아니라 청의무사들의 얼굴에 비장한 기색이 흐르고 있는 것이 흡사 전쟁터에 나가는 병사들을 연상케 했다. 장무위는 지금 당장 남궁세가를 벗어나야 하는가, 아니면 위험을 감수하고 남궁산과 대화를 해봐야 하는가 하고 고민하기 시작했다. 하지만 수만 리 먼 길을 달려와서 말 한 마디 못해 보고 도망가는 것은 자존심이 허락하지 않았다.

"소백이, 자네는 저들의 움직임을 계속 주시하고 있다가 조금이라도 이상한 조짐이 보이면 일봉이와 함께 몸을 피하게. 뒤는 내가 막을 테니 걱정하지 말고."

"형님?!"

"자네들만 안전하면 내 한 몸 피하는 것은 어렵지 않아. 걱정하지 말게."

장무위는 자신감 넘치는 목소리로 유소백을 안심시키곤 청의무사들이 도열해 있는 연무장으로 걸음을 옮기기 시작했다.

'일단 기선을 제압해 놓아야 해.'

결심과 동시에 장강대하의 도도한 흐름을 유지하고 있던 혼원기의 흐름이 급격히 빨라졌다. 그리고 장무위의 온몸에서 무형지기가 분수처럼 뿜어져 나와 사위를 뒤덮어갔다. 순간, 장무위가 걸어갈 통로를 만들어놓은 채 주변으로 빼곡히 도열해 있던 청의무사들의 열이 급격히 흐트러져 버렸다.

"헉?! 이게 뭐얏?!"

청의무사들은 안색이 새파랗게 질린 채 누가 떠밀기라도 하는 것처럼 주춤주춤 뒷걸음질을 치고 있었다. 그것은 바로 전설상으로 전해 내려오는 의형살인의 경지가 멀지 않았음을 보여주는 징표였다. 장무위의 무형지기도 이제는 상식을 벗어난 박효양의 무형지기와 비교해 손색이 없었다.

한편, 남궁산은 맞은편에서 걸어오고 있는 장무위를 보면서 내심 고개를 절레절레 내젓고 있었다.

'저놈이 정말 죽지 않았구나. 정말 끈질긴 놈이야. 그 무서운 바람에 날려갔으면서도 명을 부지하고 있을 줄이야.'

온 세상을 갈가리 찢어발길 것처럼 보이던 무시무시한 바람의 칼날 속에서 살아 나오는 사람이 있으리라고 어찌 상상이나 했겠는가? 남궁산이 당시 장무위의 주검을 확인하지 않았던 것도 당연히 죽었을 것이라고 믿었기 때문이다. 그러나 지금 남궁세가의 연무장에 나타난 자는 장무위 본인임이 분명했다. 연무장에 도열한 오백 명의 정예 고수를 주눅 들게 할 정도로 가공할 무형지기를 온몸으로 발산하는 자가 당금 세상에서 천하제일고수라 불리는 도제 장무위 외에 또 누가 있겠는가? 그 엄청난 기세에 남궁산의 온몸에 전율이 일 정도였다.

'저게 진정 사람이 보일 수 있는 신위란 말인가? 탕구라산에서 만났을 때보다 더 강해진 것 같아. 무서운 놈. 도대체 저놈의 한계는 어디란 말인가?

남궁산은 살인적인 기세를 온몸으로 발산하면서 한 걸음씩 다가오는 장무위를 바라보며 점차 가슴이 답답해지는 것을 느꼈다. 장무위는 천고의 신기인 풍백으로도 죽이지 못한 초고수였다. 그리고 오백 명의 정예가 빙 둘러싸고 있음에도 불구하고 '싸울 테면 싸워보자'는 식의 오만한 기세를 뿜어내고 있는 두려움을 모르는 자였다.

'정말로 악연이야. 왜 저런 놈과 적이 되었단 말인가?

장무위를 연무장으로 불러다 처치해 버리려고 했던 남궁산의 전의가 물거품처럼 사그라졌다. 장무위를 죽이기 위해 치러야 할 대가를 감당할 자신이 없었던 것이다. 사실, 오백여 정예가 장무위를 포위하고 있는 지금이 바로 아들의 원수인 장무위를 죽일 수 있는 마지막 기회인지도 몰랐다. 하지만 장무위를 죽이는 것보다 백배는 더 중요하고 천 배는 더 시급한 일, 가문을 살려야 하는 막중한 임무가 남궁산의 발등의 불로 떨어져 있는 상황이었다.

'충이의 원수를 내 손으로 갚을 수는 없을 것 같구나. 가주를 믿을 수밖에. 그나저나 장가 놈은 새로이 결성된 신(新)무림맹의 대표 자격으로 온 것 같은데 어찌 이리도 시간을 절묘하게 맞춰서 올 수가 있단 말인가? 아니, 아직 저놈이 눈치 채지는 못한 것을 다행이라고 해야 하나? 휴—우!'

남궁산은 내심 한숨을 길게 내쉬며 이제 십여 장 앞으로 다가온 장무위를 맞이하기 위해 자리에서 일어났다. 그때 가느다란 전음이 들려왔다.

"노가주님, 본가에 남아 있던 강호인들을 모조리 처치했으며 서류들도 모두 소각하고 있습니다. 그리고 가주님께서 비밀 통로로 접어드시는 것을 보고 왔습니다."

남궁산은 재빨리 고개를 돌려 내원 쪽을 바라보았다. 아니나 다를까, 가늘고 긴 한줄기 연기가 하늘로 솟아오르고 있었다. 남궁산은 그제야 가슴을 쓸어내렸다.

'실로 아슬아슬했어.'

남궁산은 이미 남궁세가의 천하를 만들고자 했던 원대한 계획은 포기한 상태였다. 그리고 세력을 규합해 신무림맹과 이판사판으로 붙는다는 생각도 접은 지 오래였다. 신무림맹이 확실한 물증도 없이 남궁세가와 같은 명문을 공적으로 몰리는 없을 터, 강호상에서 남궁세가의 편을 들어줄 사람이나 문파는 없다고 봐야 했던 것이다.

결국, 남궁산이 선택할 수 있는 길은 하나밖에 없었다. 역대로 공적으로 몰려 멸문지화를 당하지 않은 문파가 없었으니 가문의 명맥이라도 이어가려면 도망을 치는 수밖에 없었다. 넷째 아들 남궁의를 시켜서 대만에 권토중래를 도모할 수 있을 만큼 충분히 준비를 해놓았으니 주저할 까닭은 없었다. 그런데 탈출을 위해 세가 내에 남아서 첩자 노릇을 하던 강호인들을 모조리 제거하고 있던 바로 그 순간, 장무위의 도착 소식이 알려졌다. 남궁산은 그때 얼마나 가슴을 졸였는지 모른다. 남궁세가의 정예들이 강호인들을 도살하는 장면을 장무위가 보게 되었다면 일이 걷잡을 수 없이 커질 수도 있었던 것이다.

'이제 중요 문서들도 모조리 소각해 버렸으니 본가의 부의 원천인 대륙상단도 잘하면 건질 수 있을 것 같구나.'

남궁산은 긴장감 때문에 잔뜩 움츠려 있던 어깨를 펴며 소식을 전해

준 비첩단원에게 전음을 보냈다.

"모두 탈출하는 데 시간이 얼마나 걸릴 것 같으냐?"

"최소 이틀은 걸릴 것 같습니다."

"이틀씩이나?"

"비밀 통로가 너무 좁습니다. 시간을 더 이상 단축시킬 수는 없을 것 같습니다."

비첩단원의 회의적인 말에 조금 밝아지고 있던 남궁산의 얼굴에 다시금 먹구름이 끼었다. 만일의 사태에 대비해 천문학적인 돈을 쏟아부어서 만들어놓기는 했지만 결코 사용하고 싶지는 않았던 길. 남궁세가의 내원에서부터 황산의 기슭까지 이어진 이십 리 길이의 지하 비밀 통로는 어쩌면 안휘 남궁세가의 최후를 뜻하는 것일지도 몰랐다. 지금 그 지하의 비밀 통로로 가주인 남궁인을 포함한 남궁세가의 혈족들과 오백 명에 가까운 가솔, 그리고 남궁세가가 새로이 양성한 이천 명의 정예 중 천오백 명의 정예가 탈출을 시도하고 있었다. 문제는 사람들의 이목을 피해가면서 여러 가지 치명적인 함정이 설치된 지하 통로를 만들다 보니 규모를 크게 할 수 없었다는 것이다. 통로의 폭은 두 사람이 어깨를 나란히 하고 걸어갈 수 없을 만큼 비좁게 만들어져 있었다. 그런 통로로 이천 명이 넘는 인원이 각종의 함정을 피해가며 빠져나가야 하는 것이다. 당연히 시간이 길게 걸릴 수밖에 없었다.

각설하고, 비첩단원의 말대로라면 최소한 이틀 동안은 무슨 수를 쓰더라도 남궁산과 남궁세가의 결사대 오백 명이 신무림맹의 눈을 완전히 속여야만 했다. 그리고 탈출한 모든 가솔이 대만에 무사히 안착할 때까지 신무림맹의 시선을 계속해서 붙잡아두어야만 했다. 남궁산은 주먹을 불끈 쥐면서 결의를 다진 후 비첩단원에게 전음을 보냈다.

"알았다. 넌 서류들이 완전 소각되는 것을 확인한 후에 신무림맹의 동태를 살피러 간 다른 비첩단원들과 합류해라."

"옛!"

뒤쪽에서 비첩단원이 떠나는 소리를 확인한 남궁산은 다시 한 번 내원 쪽을 힐끔 돌아보다가 천천히 고개를 돌렸다. 장무위는 그새 삼 장 앞까지 다가와 있었다. 남궁산은 가만히 서서 기다리지 않고 장무위를 향해 걸어가며 포권을 했다. 전날 기를 쓰고 죽이려 했던 상대를 향해, 그것도 까마득히 어린 후배를 향해 먼저 인사를 하는 것은 무슨 이유를 댄다고 해도 낯부끄러운 일임이 분명했다. 하지만 가문을 위하는 일인데 체면이 무슨 상관이랴. 남궁산은 붉어지는 얼굴을 감추기 위해 고개를 깊숙이 숙였다.

"천하제일고수 도제 장 대협께서 본가를 다시 방문해 주시다니 영광이외다."

그러자 사생결단의 싸움을 해야 하는가? 하며 잔뜩 긴장을 하고 있던 장무위는 일순 얼떨떨해질 수밖에 없었다.

'도대체 이자의 의도를 짐작할 수가 없구나.'

장무위는 단 몇 달 사이에 수십 년의 세월을 겪어버린 듯 폭삭 늙어버린 남궁산의 얼굴을 의아하게 바라보다가 끌어올리고 있던 기세를 누그러뜨렸다. 남궁산의 의도야 어떻든 간에 싸움을 하러 온 것은 아니니 이런 반응을 마다할 까닭은 없었던 것이다. 장무위는 자신의 기세에 눌려 있던 청의무사들이 안도의 한숨을 내쉬는 것을 한쪽 귀로 들으며 길게 읍을 취했다.

"반겨주셔서 감사합니다. 긴히 드릴 말씀이 있어 이렇게 실례를 무릅쓰고 찾아뵙게 되었습니다."

"긴히 하실 말씀이라면?"

"여기서 말씀드리기는 곤란합니다."

장무위가 청의무사들을 돌아보며 곤란하다는 듯이 말하자 남궁산이 과장된 어투로 탄성을 질렀다.

"아! 나이가 들면 죽어야 한다더니 내가 제정신이 아닌가 보오. 귀한 손님을 계속해서 밖에 세워둘 뻔했구려. 안으로 듭시다."

남궁산은 곧바로 남궁태에게 이것저것 준비를 시키고 나서 장무위 일행을 연무장 바로 옆 건물로 안내했다. 장무위는 청의무사들을 한 차례 더 훑어보다가 의제들과 함께 발걸음을 옮겼다. 그러나 채 열 걸음을 걷기도 전에 장무위의 입에서 나직한 침음성이 터져 나왔다.

"음."

남궁산이 안내하고 있는 삼층 건물은 장무위에게 낯설지 않은 곳이었던 것이다. 조일봉, 요공 대사와 함께 무림맹주 선출 비무를 관전하던 바로 그 건물이었다. 웅장한 삼층짜리 건물은 무림대회가 열렸던 당시와 꼭 같은 모습으로 그 자리를 차지하고 있었다.

'건물은 그대로인데 함께했던 사람은 이제 기억 속에만 남아 있구나.'

남궁산을 따라 걸음을 옮기는 내내, 그리고 삼층 건물의 일층에 놓여 있는 넓은 원형 탁자에 자리를 잡고 앉는 와중에도 이제 다시는 볼 수 없는, 어쩌면 진정한 지기라 할 수도 있었던 한 무인에 대한 추억이 새록새록 떠올라 가슴을 뭉클하게 만들었다.

"장 대협, 긴히 하실 말씀이란 무엇이오?"

남궁산의 질문에 장무위는 이층, 삼층과 연결된 계단을 보고 있던 시선을 돌려 남궁산의 두 눈을 마주 보았다.

"단도직입적으로 말씀드리겠습니다. 풍백을 돌려주십시오."

장무위의 말이 떨어지자마자 남궁산의 입에서 헛바람 빠지는 소리가 터져 나왔다.

"헛?! 푸, 풍백이라니. 그, 그게 무슨 말이오?"

남궁산은 얼마나 놀랐는지 얼굴이 하얗게 변해 있었다. 느닷없이 풍백이라는 단어가 튀어 나왔으니 놀라지 않을 도리가 없었던 것이다. 그러나 남궁산의 놀람과는 상관없이 장무위의 안색은 차분하기 그지없었다. 장무위는 손을 들어 남궁산의 뒤에 놀란 눈을 하고 서 있는 남궁태를 가리키며 말했다.

"남궁 노선배, 저기 있는 분이 해동검객 강민욱님을 살해하고 강탈해 간 물건이 풍백이란 것을 알고 왔습니다. 남궁 노선배가 탕구라산에서 날 죽이려고 할 때 사용한 물건이 바로 조선의 신기인 천부인 풍백임을 알고 왔습니다."

점입가경. 장무위의 입에서 말이 나올 때마다 남궁산의 얼굴은 점점 더 하얗게 변해 버렸다. 해동검객을 죽이고 풍백을 빼앗아 온 사실까지 장무위가 알고 있을 줄이야 어찌 짐작이라도 했겠는가? 남궁산은 커다란 쇠뭉치로 뒤통수를 얻어맞는 듯한 충격에 입만 벙긋거리다 휙! 하고 바람 소리가 날 정도로 빠르게 고개를 돌려 남궁태를 쳐다보았다.

"이게 도대체 어떻게 된 일이냐?! 도제가 어떻게 그 사실을 알고 있는 게냐?!"

살기마저 담겨 있는 싸늘한 전음성. 남궁태의 등에서 식은땀이 주룩 흘러내렸다. 남궁태로서는 그야말로 마른하늘에 날벼락이 따로 없었다. 장무위가 해동검객과 풍백의 일을 알고 있다는 것은 곧 해동검객이 그때 당시에 바로 죽지 않고 장무위의 의제인 유소백에게 풍백에 대한 말을 전했다는 뜻. 남궁태로서는 도저히 믿을 수 없는 일이었다. 당시 해동검객은 누가 보더라도 곧 숨이 끊어질 것 같은 상태였던 것이다. 아니, 이미 죽은 사람이라 생각해도 좋을 정도였다. 그 상태에서 다른 사람에게 말을 전할 수 있을 거라고 어찌 상상이나 했겠는가? 남궁태는 이마에 맺히기 시작하는 땀을 훔칠 생각도 못하고 놀란 가슴에 잘 운용되지도 않는 공력을 간신히 끌어모아 전음을 보냈다.

"해동검객을 처치할 때 저를 방해했던 인물이 있었습니다. 바로 최광의 제자이자 도제의 의제인 유소백이었습니다."

남궁산은 하도 기가 막혀 답이 뻔한 질문을 해야만 했다.

"그러면 넌 해동검객의 입을 확실히 막지 못했단 말이냐?!"

"죄, 죄송합니다."

그러자 남궁산의 얼굴이 시뻘겋게 변해 버렸다. 장무위의 기색을 보아하니 탕구라산에서의 일을 따지러 온 것도 아니요, 신무림맹의 대표 자격으로 최후 통첩을 하러 온 것도 아니었다. 이 중요한 시기에 장무위를 적으로 불러들인 것은 풍백이었다. 바로 남궁태의 허술한 일 처리 때문에 빚어진 일이었다. 남궁산으로서는 분노가 치솟을 만도 했다.

"뭣이라?! 이런 바보 같은 놈! 일을 어떻게 이따위로 처리할 수가 있느냐?!"

입이 열 개, 아니, 백 개가 있다고 한들 무슨 말을 할 수 있겠는가? 남궁태는 그저 고개를 조아리는 수밖에 없었다.

"죄송합니다."

남궁산 부자의 전음에 의한 대화에 종지부를 찍은 것은 이미 남궁세가의 대문 앞에서부터 잔뜩 심사가 꼬여 있던 조일봉의 혀 놀림이었다. 재미있다는 듯이 남궁산 부자의 얼굴을 번갈아가며 바라보던 조일봉이 문득 실소를 터뜨리며 말했다.

"허어, 이보시오. 두 분께선 우리를 앞에 두고 뭘 그렇게 속닥속닥거리시오? 전음을 주고받더라도 최소한 표정은 숨겨야 할 것 아니오? 부끄러운 줄도 모르고 말이야."

조일봉의 혀 놀림은 형체없는 칼이 되어 가뜩이나 헝클어져 있던 남궁산 부자의 가슴을 마구 헤집어놓았다.

"그, 그것은……."

남궁산이 무심결에 뭐라고 해명을 하려 했지만 말이야 맞는 말, 객을 세 명이나 앉혀놓고 자기들끼리 전음을 주고받았으니 변명할 말이 따로 있을 턱이 없었다. 비록 눈 가리고 아웅 하는 것이라고는 해도 조일봉의 말대로 최소한 표정만큼은 숨겼어야 했던 것이다. 하지만 백 번 천 번을 생각해 봐도 조일봉의 말은 너무 싸가지가 없었다. 남궁산은 가슴속 깊숙한 곳에서 치솟는 불덩이를 도저히 억누를 수가 없어 조일봉을 노려보며 크게 소리를 치려고 했다. 그 순간, 조일봉이 다시 한 번 재빨리 혀를 놀렸다.

"허, 이야기가 다 끝났으면 빨리 풍백이나 내놓으시지 뭘 그렇게 노려보십니까? 우리도 바쁜 사람입니다. 서둘러 주십시오."

마치 빚쟁이가 빚을 갚으라고 독촉을 하는 듯한 말투. 남궁산은 더 이상 조일봉과 말을 섞기를 포기해 버렸다. 화도 나지 않았다. 조일봉과 말을 섞으면 섞을수록 자신만 손해라는 것을 탕구라산에서 질리도록 절감하지 않았던가? 남궁산은 말이 안 통하는 무식한 놈을 완전히 무시해 버리고는 말이 통하는 상대를 찾아 입을 열었다.

"다 알고 오셨다니 나도 더 이상 발뺌하지 않겠소. 풍백이 내 손에 있는 것은 사실이오. 그러나 장 대협께 풍백을 내어드릴 수는 없소. 아니, 풍백을 장 대협에게 내어주고말고보다 먼저 내 궁금증부터 풀어주시오. 장 대협은 도대체 무슨 권리로 본가가 많은 희생을 치러가며 얻은 물건을 그냥 달라 하시는 게요? 장 대협이 풍백의 주인이라도 된다는 말이오?"

그러자 조일봉이 입술을 씰룩이면서 나서려고 했다. 장무위는 급히 조일봉을 말렸다. 가만히 두었다간 또 어떤 말이 나올지 걱정스러웠던 것이다. 연무장 밖에 있는 오백여 청의무사가 해산하지 않고 있는 상황, 상대를 너무 자극하면 곤란했다.

"남궁 노선배, 내가 풍백의 주인이라고 하지는 않겠습니다. 그러나 우리 조선 사람들이 풍백의 주인이라는 것은 남궁 노선배도 부정하지 못하실 겁니다."

"허? 까마득한 옛날, 조선의 물건이었던 적이 있었다는 것은 나도 들어서 알고 있소. 하지만 이미 수천 년이 흘렀소. 고대에 어땠는지 모르겠지만 지금 풍백의 주인은 엄연히 우리 남궁가요."

신기 풍백에 대한 사람들의 욕심. 그 욕심의 정도는 이미 오래전 요동에서 일어났던 혈풍을 통해서 증명이 되고도 남음이 있었다. 하나뿐인 목숨을 버리는 한이 있더라도 얻고 싶어하는 것이 바로 풍백이었던 것이다. 그런 물건을 달라고 하면 그냥 내어줄 사람이 세상천지에 어디 있겠는가? 장무위도 말로 풍백을 돌려받을 가능성은 애초에 없다고 생각하고 있었던 터. 오늘 남궁세가를 방문한 이유도 지금 당장 풍백을 회수하고자 함이 아니라 남궁세가의 반응을 먼저 알아보고자 함이었다. 남궁세가의 반응을 살펴보고 난 이후에 자신들의 행동 방식을 결정하는 것이 무리가 없다고 판단했던 것이다. 하지만 풍백의 주인이 남궁세가라는 말은 장무위로선 도저히 그냥 묵과할 수가 없는 말이었다.

"사람을 죽이고 빼앗은 물건에 대해 소유권을 주장하겠다는 것입니까?"

"허허, 원래 불욕사에 보관되어 있던 풍백이 어떻게 해서 해동검객의 손에 들어가게 되었소? 장 대협도 잘 아실 거라고 믿소이다만, 해동검객이 불욕사에서 훔친 것이 아니오? 훔친 물건에 대해서는 소유권을 주장하고 빼앗은 물건에 대해서는 소유권을 부정한단 말이오? 그건 도대체 어느 나라 법도요?"

"남궁 노선배, 원주인이 잃어버린 물건을 되찾아가는 데 훔친다는 표현을 쓸 수 있겠습니까?"

남궁산이 피식 실소를 터뜨렸다.

"허, 해동검객이 풍백의 원주인이었다는 말인가 본데, 증거를 대보시오. 누구나 수긍할 수밖에 없는 그런 증거를 먼저 대고 나서 해동검객이 풍백의 원주인이었다는 말을 해야 할 것이 아니오? 아니, 증거를 댈 필요도 없소. 나는 풍백을 돌려줄 생각이 없소이다. 풍백 같은 천고의 기보는 먼저 손에 넣는 자가 임자요."

장무위는 입을 다물 수밖에 없었다. 증거를 대라는 남궁산의 말에 그만 말문이 막혀 버린 것이다. 사실 반만년이나 지난 일에 무슨 사실적인 증거를 댈 수 있겠는가? 설혹, 무슨 증거가 있다 하더라도 남궁산에게 꼬치꼬치 이야기할 수는 없었다. 수호문이 오랜 세월 동안 가

장 우선시 한 것은 바로 천부인의 비밀 유지였던 것이다. 장무위는 자신의 언변으로는 남궁산을 상대할 수 없음을 자각하지 않을 수 없었다.

'일봉이가 말을 하도록 그냥 두었어야 했는데.'

그때 계속해서 침묵을 지키고 있던 유소백이 나섰다.

"남궁 노선배, 풍백을 사용한 대가를 이미 톡톡히 치르신 것 같은데 아직도 풍백의 무서움을 모르시겠습니까?"

남궁산의 미간이 절로 찌푸려졌다. 선천진기를 다 소모해 버려 언제 죽을지 모르는 남궁산으로서는 실로 뜨끔하지 않을 수 없는 말이었다.

"그게 무슨 말이오?"

그러자 유소백이 남궁산의 얼굴에 잡힌 주름을 기이한 눈빛으로 바라보며 확신을 하듯 말했다.

"남궁 노선배 본인이 제일 잘 알고 계실 거라고 믿습니다만?"

유소백이 무언가를 알고 있는 듯한 느낌을 풍기자 남궁산이 급히 말을 받았다.

"난 무슨 소리를 하는지 도통 모르겠구려."

유소백의 입을 통해 자신이 모르는 정보를 입수하려는 수작이었다. 그러나 유소백도 남궁산 못지않은 천하의 기재. 남궁산의 즉흥적인 수작에 넘어갈 만큼 어수룩하지는 않았다.

"계속 모른다고 하시니 저도 더 이상 드릴 말씀이 없군요. 하지만 풍백은 양날의 칼입니다. 남궁 노선배가 계속해서 풍백에 대한 욕심을 버리지 않으신다면 얻는 것보다 잃는 것이 더 많을 것이란 사실은 아셔야 할 겁니다."

"허허, 그러는 여러분은 왜 풍백에 그렇게 욕심을 내는 것이오?"

"하하하, 남궁 노선배가 오해를 하셨군요. 우리가 풍백을 달라고 하는 것은 풍백을 우리 손에 넣어 욕심을 채우고자 함이 아닙니다. 우리는 풍백을 이 세상에서 소멸시키고자 할 뿐입니다. 남궁 노선배도 이미 몸소 겪으신 것처럼 보입니다만, 풍백은 인간의 힘으로 제대로 통제할 수 없는 신기입니다. 그리고 인간의 사욕을 채우기 위해 사용하면 큰 재앙을 불러올 수 있는 위험한 물건입니다. 풍백은 이 세상에 있을 물건이 아닙니다. 돌려주십시오."

유소백의 말이 끝나자 남궁산은 일시 그 현란한 언변을 구사할 수가 없었다. 장무위와 유소백 등이 풍백에 대해 가지고 있는 생각은 남궁산의 그것과 현격한 차이가 있었던 것이다.

'풍백을 소멸시키기 위해 돌려달라고 한다?'

남궁산으로서는 실로 당황스러울 수밖에 없는 상황이었다. 풍백에 대해 욕심을 가지지 않는 사람이 있다는 것이 도저히 믿겨지지가 않았다. 그렇다고 거짓말이라고 치부해 버릴 수도 없었다. 남궁산은 문득 시선을 돌려 장무위를 바라보았다. 현기 어린 눈빛, 한 점 흐트러짐도 없는 고요한 자세. 장무위에게서는 실로 하늘을 우러러 부끄러움이 없는 사나이 대장부의 기상이 물씬 풍기고 있었다. 남궁산은 내심 고개를 끄덕이지 않을 수 없었다. 비록 적이었지만 장무위의 인품에 대해서만큼은 남궁산도 인정하고 있었던 바, 죽이기 위해 애를 쓰다 보니 장무위에 관한 많은 정보를 입수하게 된 덕분(?)이었다. 그런 장무위의 의제라면? 남궁산은 유소백의 말이 거짓이 아님을 믿을 수밖에 없었다. 유소백의 정기 어린 얼굴도 거짓을 말하는 자의 얼굴이 아니었다.

'유유상종이라 했어. 최소한 장가 놈의 의제라면 거짓을 말하지는

않겠지.'

하지만 한때 천하에 대한 야망을 품게 했던 풍백은 이제 남궁산에게
남은 최후의 패였다. 남궁산은 이 패를 가지고 지하 비밀 통로로 탈출
하고 있는 가주와 가솔들이 대만에 안착할 때까지 도와야 했고 둘째
아들인 남궁태와 오백 정예도 최대한 살려서 대만으로 이끌어야 했다.
또한 남궁세가가 미래에 다시 한 번 천하 제패에 도전하려면 반드시
풍백을 가지고 있어야만 했다. 한마디로 풍백을 주고 싶은 마음이 굴
뚝같다고 하더라도 줄 수가 없는 입장이었던 것이다. 남궁산은 장무위
의 두 눈을 마주 보며 말했다.

"장 대협, 풍백을 돌려줄 수는 없소이다."

이미 예상하고 있던 대답. 장무위는 순순히 고개를 끄덕였다.

"알겠습니다. 하지만 우리도 풍백을 회수하기 위해 최대한의 노력을
기울일 것입니다."

"······."

묵묵부답인 남궁산을 잠시 바라보고 있던 장무위는 의자를 밀치며
자리에서 일어났다.

"다음에 다시 찾아뵙겠습니다. 시간을 내주셔서 감사합니다."

그러자 남궁산의 눈빛이 잘게 떨렸다. 장무위와의 싸움을 최대한 피
하고 싶었지만 이제는 사정이 달라져 버린 것이다.

'만약 이놈들이 풍백이 본가에 있다는 사실을 떠벌리고 다닌다면 가
주와 가솔들이 무사히 탈출을 해도 문젠데… 어찌해야 하나?'

"또 봅시다."

"곧 다시 찾아뵙겠습니다."

장무위를 따라 조일봉과 유소백이 자리에서 일어나며 인사를 했다.

남궁산은 내심 갈등하지 않을 수 없었다.

'다음에는 칼을 빼 들고 올 놈들인데 차라리 피해를 감수하고서라도 지금 놈들을 해치워 버려? 설마 하니 오백의 정예로 포위 공격을 하는데 큰 피해를 입기야 하겠는가?'

천천히 자리에서 일어나는 남궁산의 가슴속에서 살심이 들끓어오르기 시작했다.

"아버님, 도제를 그냥 보내준다면 언제 다시 신무림맹의 고수들을 이끌고 찾아올지 모릅니다."

마침 들려오는 남궁태의 전음은 남궁산의 살기를 부채질하기에 충분했다. 장무위가 신무림맹과 어떠한 접촉도 없었다는 것을 모르는 남궁산으로서는 걱정스럽지 않을 수 없었다. 남궁태의 말대로 장무위가 남궁세가의 대문을 벗어나자마자 바로 신무림맹의 고수들을 이끌고 찾아올 가능성도 충분히 있었던 것이다. 그렇게 되면 가주와 가솔들의 탈출은 물 건너가는 것이나 마찬가지였다.

한편, 남궁산의 눈가에 살기가 피어오르는 것을 보았는지 장무위의 몸에서도 그 무시무시한 무형지기가 다시 피어오르기 시작했다.

츠츠츠츳!

분수처럼 뿜어져 나온 무형지기는 넓은 실내를 순식간에 가득 채우고 남궁산 부자의 심신을 압박해 들어갔다.

"으……."

예리한 면도칼로 온몸을 난자하는 듯한 통증에 남궁태가 신음성을 토하며 뒤로 주춤주춤 뒷걸음질치고 살기를 키워 나가던 남궁산의 주름진 이마에 식은땀이 고이기 시작했다. 강한 의지로 뒤로 물러서는 추태는 보이지 않고 있었지만 막 키워 나가던 전의가 주춤 기세를 잃어버렸다. 게다가 장무위가 신무림맹의 고수들과 함께 오지 않고 단 두 명의 의제만 데리고 나타나서 남궁세가의 대문을 두드렸다는 사실이 더욱 두려움을 느끼게 만들었다.

'놈들을 공격했다가 실패한다면? 한 놈이라도 포위 공격을 뚫고 달아난다면?'

짧은 시간 동안 남궁산의 뇌리 속으로 오만 가지 생각이 스치고 지나갔다. 지금 당장 죽이고 싶은데 그랬다가는 오히려 악수를 두는 것 같고, 그렇다고 그냥 놓아 보내자니 뒤의 결과가 더욱 두려웠다. 남궁산은 이러지도 못하고 저러지도 못하고 장무위의 두 눈만을 뚫어지게 쳐다보았다.

공포의 무형지기를 뿜어내는 장무위. 식은땀을 줄줄 흘리면서도 살기를 거두지 않고 있는 남궁산. 질식할 것 같은 긴장감이 실내를 감싸고 돌았다. 이윽고 굳게 닫혀 있던 남궁산의 입술이 힘겹게 열렸다.

"…잘 가시오. 멀리 나가지 않겠소이다."

오백여 청의무사가 도열해 있는 연무장을 지나 남궁세가의 대문을 벗어나는 순간, 장무위는 남몰래 안도의 한숨을 내쉬었다.

'휴—우! 위험했어. 남궁산이 그렇게 강경하게 나올 줄이야.'

남궁산의 반응은 장무위가 전혀 생각지도 못했던 그런 반응이었다. 남궁세가는 당금 무림맹의 총단이라 백주 대낮에 찾아가면 남들 눈이 무서워서라도 다른 짓을 못할 것이라고 굳게 믿고 있었는데, 남궁산은 여차하면 청의무사들을 동원해 공격해 버릴 것 같은 기색이었던 것이다. 그리고 또 이상한 점은 남궁세가 내에 강호 인사들이 한 명도 안

보였다는 사실이었다.

'분명 내가 모르는 무슨 일이 남궁세가에서 일어나고 있는 것 같아. 시간을 내어 개방 분타에 한번 들러보아야겠어.'

그때, 유소백이 수문위사들에게 맡겨놓았던 말을 찾아와 그중 한 마리의 고삐를 장무위에게 건네주었다.

"큰형님, 이만 가시지요."

"그래, 가세나."

장무위는 고개를 돌려 남궁세가의 높이 솟은 대문과 그 위로 먹구름이 잔뜩 낀 어두운 하늘을 바라보다가 말고삐를 건네받고는 천천히 걸음을 떼었다. 굳이 말을 탈 이유는 없었다. 이제 급할 것이 없는 것이다. 앞으로 어떻게 하느냐가 중요할 뿐이었다. 하지만 정예 고수들만 해도 오백이 넘는다고 알려진 최고의 무가를 상대로 해야 하는 장무위의 마음은 무겁기 짝이 없었다.

그렇게 얼마쯤 걸었을까? 무거운 분위기에 덩달아 입을 꾹 다물고 있던 조일봉이 유소백에게 말을 걸었다. 깊은 생각에 잠겨 있는 장무위를 방해하기 싫어서인지 무척이나 낮은 어투였다.

"소백이, 남궁 늙은이의 살기 가득한 눈빛을 봤지? 당장에 우리를 죽여 버렸으면 하는 눈치였잖아? 형님께 찍소리도 못하는 주제에 성질은 더럽게 사납단 말이야."

유소백은 조일봉이 많이 따분해하는 것을 알고는 빙긋 웃으며 말을 받아주었다.

"남궁산뿐만 아니라 남궁세가 전체의 분위기가 무척 살벌하더군요. 아무래도 남궁세가에 무슨 일이 있는 것 같습니다. 큰형님께서 남궁산의 기를 죽여놓지 않으셨다면 우리는 오늘 큰 곤욕을 치러야 했을지도 모릅니다."

"맞아. 나도 그런 생각이 들었어. 그런데 소백이가 좀 전에 남궁산에게 무언가 아는 것처럼 말을 했잖아? 그게 도대체 무슨 소리야?"

그러자 유소백이 낮게 탄성을 터뜨렸다.

"아! 제가 말씀드려야지 해놓고는 깜빡 잊어버리고 있었습니다. 답을 드리기 전에 일봉 형님께 먼저 물어보고 싶은 것이 있습니다. 일봉 형님은 남궁산이 불과 몇 달 사이에 몰라볼 정도로 늙어버린 것이 이상하지 않으셨습니까?"

조일봉이 별로 생각하는 기색도 없이 심드렁하게 대답했다.

"뭐, 색기(色氣)가 줄줄 흐르는 첩 하나 들여놓았나 보더라고."

"하하, 그럴 수도 있겠군요. 역시 일봉 형님의 생각은 기발하십니다."

유소백이 작게 웃음을 터뜨리며 고개를 끄덕였다. 어린 첩과 동침을 하면 회춘(回春)한다고 하여 돈 많은 늙은이들이 솜털이 보송보송한 어린 첩을 들이는 것은 이미 고래로부터 있어왔던 전통(?)이었다. 그러나 회춘을 할 수 있고 없고의 여부를 떠나 회춘을 목적으로 데리고 온 어린 첩에게 지나친 애정을 쏟다가 복상사하는 늙은이들이 다수였으니 조일봉의 말에도 일면 타당한 점이 있기는 있었던 것이다.

"헤헤, 뭐 말이 그렇다는 거지. 그런데 소백이는 남궁 늙은이가 그렇게 폭삭 늙어버린 이유를 알고 있단 말이야?"

"짐작일 뿐입니다만, 제 생각에는 아무래도 풍백 때문이 아닌가 하는 생각이 들었습니다. 제가 전에 말씀드린 적이 있지요? 세상에 홀로 유출된 풍백은 사용자에게 그만한 대가를 치르게 할 것이라고요."

미리 주위에 인적이 없음을 확인했지만 혹시라도 듣는 귀가 있을까

해서 유소백은 '풍백'이라는 단어만큼은 전음으로 이야기를 했다.

"그 말이 사실이었단 말이야?"

"예, 그런 것 같습니다. 제가 좀 전에 은근슬쩍 넘겨짚기를 해보니 남궁산이 입으로는 모른다고 하면서도 눈으로는 제가 짐작한 바가 맞다는 것을 확인시켜 주더군요."

설마 그런 일이 가능할까? 생각하고 있던 조일봉은 유소백의 말이 확신에 차 있는 것을 보고는 눈을 둥그렇게 떴다. 유소백은 근거없는 이야기를 할 만큼 입이 가볍지 않았던 것이다.

"정말로 신기하네."

"저도 긴가민가했는데 큰형님이 겪으신 일도 그렇고, 남궁산의 노화도 그렇고, 아무래도 제가 들은 이야기들이 모두 사실인 것 같습니다."

유소백의 말이 끝나자 일시 대화가 끊어졌다. '사용자에게 대가를 치르게 만드는 신기 풍백'에 대해서 조일봉이 공상에 잠겨 버렸던 탓이었다. 하지만 성격은 어쩔 수가 없는지 채 반 각도 지나지 않아 조일봉은 또 따분함을 느끼고 눈알을 굴리기 시작했다. 그러다 문득, 조일봉이 장무위를 은근히 불렀다.

"형님."

"응?"

"배고파 죽겠습니다. 보십시오. 제 뱃가죽이 등에 달라붙어 버렸습니다."

깊은 생각에 잠겨 있다 조일봉의 뜬금없는 소리에 이게 무슨 소린가? 하고 고개를 돌리던 장무위는 잠시 황당한 표정을 짓지 않을 수 없었다. 정말로 조일봉의 배가 쑥 들어가 있었던 것이다. 그러나 장무위는 이내 어찌 된 연유인지 알고 크게 웃고 말았다. 조일봉은 숨을 완전히 뱉어낸 채 허리를 약간 구부리고 있었는데, 숨을 참고 있는지 얼굴이 새빨갛게 변해 있었다.

"하하하! 일봉이, 알았네. 요기를 하러 가세나."

"예, 형님!"

유소백도 어떻게 보면 불쌍하기도 하고 어떻게 보면 의뭉스럽기도 한 조일봉의 모습에 배꼽을 잡았다.

"푸하하! 일봉 형님도 참~ 그냥 배고프다고 한마디만 하시면 되지 꼭 그렇게 티를 내십니까? 가히 보기 좋지는 않습니다. 하하하. 쿨럭! 쿨럭!"

말을 하는 와중에도 웃음을 참을 수가 없는지 유소백은 크게 웃다가 그만 사레가 들어 기침까지 했다. 그러자 조일봉이 능청스럽게 유소백의 말을 받았다.

"형님과 자네는 내 고통을 이해하지 못해. 난 한 끼만 굶어도 하늘이 노랗게 보인다고."

조일봉은 자신의 말이 사실이라는 것을 증명이라도 하듯 오른손으로 관자놀이 부근을 슬쩍 짚으며 비틀거렸다. 그러면서도 두 눈은 연신 사방을 두리번거리고 있었는데, 음식 파는 곳을 찾고 있음이 분명했다. 그 모습이 또 어찌나 우스운지 유소백은 참지 못하고 연이어 폭소를 터뜨렸다.

"하하하! 쿨럭! 쿨럭! 일봉 형님, 그럼 서두르셔야죠."

"그래, 서두르자고. 여기서 조금 더 지체하면 난 정말로 쓰러질지도 몰라. 헤헤."

그러자 옆에서 계속 미소만 짓고 있던 장무위가 먼저 말에 뛰어오르며 소리쳤다.

"이보게, 일봉이. 말을 달려보세나."

"예, 형님!"

두두두두!

잔뜩 먹구름이 낀 하늘은 어둠침침하기만 했다. 하지만 세 사람의 기분은 상쾌하기 그지없었다. 습기를 머금은 바람, 산에서 불어오는 풀 냄새 가득한 시원한 바람이 남궁세가에서 쌓였던 긴장을 풀어주었던 것이다.

그렇게 한 시진쯤 말을 달리자 객잔과 주루들이 빼곡히 늘어서 있는 곳이 시야에 들어왔다. 당금 명나라 제일의 무가이자 천하 상권을 삼할 가까이 장악하고 있는 남궁세가를 방문하는 상인, 무인들을 대상으로 장사를 하는 객잔과 주루들이었다. 멀리 주점의 주기(酒旗)가 보이는 순간 조일봉의 입도 따라 펄럭거리기 시작했다.

"남궁세가 놈들이 진즉부터 치사하다는 것은 알고 있었지만 먼 길을 온 손님에게 차 한잔만 달랑 내어놓을 줄이야 어찌 알았겠습니까? 형님, 오늘은 제가 책임지겠습니다. 기대하십시오."

빙긋 미소만 짓는 장무위를 대신해 유소백이 장단을 맞춰 크게 소리쳤다.

"일봉 형님, 끝까지 책임지셔야 합니다!"

"어허? 소백이! 내가 누군가?! 천하의 주당 조일봉일세. 한 번 마시기 시작했으면 당연히 끝을 봐야지. 나만 믿으라고."

조일봉이 배를 잔뜩 내밀면서 큰소리를 쳤다. 그러나 이 세 명 중에 실제로 술을 제일 좋아하는 사람은 조일봉이 아니라 유소백이었다. 조선을 떠난 이후로 몇 달 동안 좋아하던 술 맛을 제대로 못 본 유소백은 침을 꿀꺽 삼키며 벌써부터 요동치고 있는 뱃속의 술 벌레들을 달랜 후 조일봉을 향해 장읍을 취했다.

"알겠습니다. 전 그저 일봉 형님만 믿겠습니다."

그러나 두 사람의 얼굴은 주기가 가까워질수록 실망스럽게 변해갔다. 거리가 가까워지자 주점의 입구에서 길게 장사진을 이루고 있는 사람들의 모습이 보였던 것이다. 조일봉이 툴툴거리기 시작했다.

"무슨 사람들이 이렇게 많아. 전날 무림대회 때보다 더 붐비네. 형님, 다른 곳으로 가야겠습니다."

"일봉이, 저길 한 번 보게."

장무위의 손끝이 가리키는 곳으로 시선을 옮기던 조일봉의 얼굴이 떫은 감 씹은 표정으로 바뀌어 버렸다. 객잔이나 주점 할 것 없이 모두 손님이 길게 줄을 서 있었던 것이다.

'빈자리가 없잖아. 모두 무인인 것 같은데 많이도 모였네. 남궁세가가 가까워서인가? 이러다 잘못하면 형님이 좋아하시는 노숙을 해야 할지도 몰라. 안 돼. 그건 절대로 안 되지.'

조일봉은 잠시 머리를 굴리다가 장무위를 향해 말했다.

"형님, 여기서 황산 쪽으로 좀 더 가다 보면 깔끔한 객잔이 한곳 있습니다. 전에 처남이랑 무림대회에 참석 차 오다가 발견한 곳인데 가격이 비싼 대신에 조용한 곳입니다. 그리로 가시지요?"

장무위는 잠시 고민하지 않을 수 없었다. 조일봉이 가자고 하는 곳이 하필이면 근처에 있는 개방의 분타와 정반대 방향이었던 것이다. 하지만 술 벌레에 의해 굴복당한 의제들의 기대를 꺾고 싶은 생각은 들지 않았다. 장무위는 빙긋 웃으며 당겨 잡고 있던 말고삐를 느슨하게 풀어주었다.

"일봉이 말대로 하지. 가세."

"예, 형님."

세 사람은 곧 객잔과 주루들이 밀집해 있는 곳을 우회하여 황산이 있는 곳으로 말을 몰았다. 그런데 세 사람이 탄 말이 막 번화한 곳을 지나 넓은 논밭 사이로 길게 나 있는 관도를 달려가려는 바로 그 순간, 느닷없이 장무위 일행의 앞을 가로막는 일단의 인물들이 있었다.

"멈추시오."

장무위 일행은 급히 말을 멈추고 그들을 자세히 살펴보았다. 나타난 자들은 이십 명가량. 복장을 보니 관군은 아니었다. 그런데도 하나같이 병장기를 휴대하고 있었고, 장무위 일행의 진행 방향을 완전히 봉쇄해 버리는 동작이 일사불란하고 빠른 것을 보면 제법 훈련을 받은 무인들임이 분명해 보였다.

"왜 그러시오?"

장무위가 의아한 듯 물어보자 우두머리로 보이는 사십 대의 중년인이 앞으로 나서 장무위 일행을 죽 훑어보면서 말했다.

"당신들은 남궁세가의 인물들이오?"

"아니오. 일이 있어 잠시 방문했을 뿐이오. 그런데 귀하들은 누구기에 길 가는 사람의 앞길을 막는 것이오?"

그러나 우두머리 중년인은 장무위의 말에 답할 생각이 아예 없나 보다. 중년인은 예리한 눈초리로 장무위 일행을 계속 훑어보면서 자신이 할 말만 했다.

"무슨 일로 남궁세가를 방문했소이까?"

장무위의 안색이 절로 찌푸려졌다. 중년인이 자신들을 훑어보는 눈초리나 행동이 여간 눈에 거슬리는 것이 아니었던 것이다. 옆에서 장무위의 안색을 확인한 조일봉이 훌쩍 말에서 뛰어내리며 버럭 소리를 질렀다.

"이놈들 봐라?! 관군도 아닌 주제에 길 가는 사람들의 앞길을 막고 취조를 해? 네놈들은 도대체 뭣 하는 작자들이냐?!"

"일봉이, 그만두게."

조일봉의 어조에 시비조의 기색이 다분한 것을 느낀 장무위가 급히 조일봉을 제지했다. 괜한 싸움을 벌여서 좋을 것이 어디 있겠는가? 아무리 싸움을 잘한다 하더라도 싸움은 최대한 피하는 것이 좋은 것이다. 하지만 조일봉이 장무위의 말에 어떤 행동을 보이기도 전에 우두머리 중년인의 명령이 먼저 떨어져 버렸다.

"저놈들이 이제야 본색을 드러내는구나. 남궁세가의 악도들임이 분명하다. 제압해라!"

"옛!"

이십 명의 무사 중 우두머리 중년인의 지목을 받은 다섯 명의 무사가 동시에 병장기를 빼어 들고 다가왔다.

마치 건수라도 잡은 듯 칼을 빼어 드는 무사들을 보고 있자니 장무위는 기가 막히지 않을 수 없었다. 충분히 말로 해결할 수도 있는 상황이었는데 눈 깜짝할 사이에 칼부림을 해야 할 상황으로 바뀌어 버린 것이다.

"이보시오. 내 동생의 말이 과하기는 했으나 칼을 빼어 들 정도는 아닌 것 같소이다만, 도대체 무슨 이유로 우리를 이렇게 핍박하는 것이오?"

장무위가 겁을 집어먹었다고 판단한 우두머리 중년인이 비릿한 웃음을 지으며 말했다.

"후후, 무림공도를 따르는 우리가 어찌 너희들을 핍박하겠느냐? 지금이라도 너희들이 무릎을 꿇고 질문에 고분고분 대답한다면 용서해 줄 용의가 있다."

우두머리 중년인의 무례한 말에 조일봉이 격분해 소리쳤다.

"형님, 아무래도 따끔한 교훈을 줘야 정신 차릴 놈들 같습니다. 저에게 맡겨주십시오."

유소백도 상당히 화가 났는지 조일봉을 두둔하고 나섰다.

"큰형님, 저자들을 그냥 둔다면 계속해서 피해를 입는 사람들이 생길 것 같습니다."

"음, 무림공도를 지키는 자들이라……."

장무위는 독백을 하듯이 낮게 중얼거린 후 조일봉을 보며 고개를 끄덕였다. 무언의 허락, 조일봉이 즉시 반색을 하며 대도를 빼어 들고 앞으로 나섰다.

"네놈들 오늘 임자 만난 줄 알아라."

상대방이 예상외로 강하게 나오자 우두머리 중년인, 산동성의 신흥무가인 진성장(眞成莊)의 일대제자로 무림맹에서 산동성 지단의 향주 신분을 차지하고 있는 산동영호(山東怜狐) 육태일(陸太日)은 일시 뜨끔하지 않을 수 없었다. 오늘 하루 동안 지나가는 사람들을 상대로 화풀이를 했지만 이런 반응은 처음이었던 것이다. 그러나 이미 기호지세(騎虎之勢). 시작을 안 했으면 몰라도 여기서 물러날 수는 없는 일이었다. 육태일은 오히려 기세를 돋워 냉랭하게 코웃음을 쳤다.

"흥! 진즉에 그렇게 나올 것이지. 애들아, 쳐라!"

채앵! 챙!

순식간에 병장기 부딪치는 소리가 장내에 울려 퍼졌다.

"죽이지는 말아라."

육태일은 부하들이 혹시라도 살수를 쓸까 봐 급히 주의를 준 후 뒷 짐을 진 채 격전을 지켜보면서 내심 중얼거렸다.

'이렇게라도 울화를 풀지 않으면 어떻게 견뎌? 신무림맹이 결성된 후 보름 동안 어째 가만히 있다 했더니 결국은 이런 식으로 괴롭히는 구나.'

설마 하니 자신에게 보초를 서게 할 줄이야 어찌 알았겠는가? 남궁 세가에 대한 포위망의 중요성에 대해선 육태일도 모르는 바가 아니었 으나 자신이 직접 나설 필요는 없는 일이었다. 포위망 안쪽으로 들어 가는 사람은 그냥 두고 포위망을 벗어나려고 하는 사람은 심문을 한 다. 남궁세가의 인물이라 의심되면 일단 통과시킨 다음에 상부로 연락 을 보낸다. 부하들 서너 명만 시켜도 충분한 일이었고 어려울 것 하나 없는 일이었다. 남궁세가가 대대적으로 치고 나온다 해도 걱정할 것은 없었다. 이미 온 천하의 고수들이 포위망 안쪽에 진을 치고 있는 상태 였는데 남궁세가가 무슨 용을 빼는 재주가 있다고 그곳을 통과할 수 있겠는가? 그런데도 불구하고 자신의 상관인 이석태(李釋怠)는 육태일 과 진성장의 고수 이십 명을 모조리 보내 보초를 서게 만들었다. 육태 일은 생각하면 할수록 울화가 치밀어 올라 이를 갈았다.

뿌드득!

"치사한 놈!"

전임 지부장이 복수회와의 혈전에서 전사한 후 진성장 함께 산동성 의 패권을 놓고 경쟁하던 이가장(李家莊) 장주의 동생 이석태가 산동성 지부의 지부장이 되면서부터 이미 어느 정도 예견된 일이기는 했다.

하지만 그 정도가 너무 심했다. 이건 숫제 육태일보고 무림맹을 떠나라고 하는 것과 마찬가지였던 것이다.

'이석태! 네놈이 이런다고 내가 물러설 것 같으냐? 일단은 네놈이 시키는 대로 하마. 그러나 두고 봐라. 내 이번에 반드시 공을 세워 네놈을 능가하는 명성을 얻고야 말 것이다.'

육태일은 내심 결의를 다진 후 부하들의 싸움에 신경을 집중했다. 이석태에 대한 불만으로 무림맹의 표식도 지운 채 하루 종일 지나가는 사람들을 상대로 화풀이를 하고 있는 중이었다. 이렇게 한다고 해서 이석태에게 무슨 해가 가겠는가마는 최소한 사람을 두들겨 패면 화는 풀렸던 것이다. 그런데 왠지 이번만큼은 상대가 심상치 않아 보였다.

"헉! 저, 저놈이?!"

육태일의 입에서 경악성이 터져 나온 것은 정신을 집중해 싸움을 지켜보기 시작한 바로 그때였다. 다섯 명씩이나 되는 부하가 시커먼 곰처럼 생긴 놈 하나를 합공하면서 조금의 우세도 점하지 못하고 있었다. 아니, 우세를 점하기는커녕 접전이 벌어지자마자 일방적으로 밀리면서 뒷걸음질치는 것이 안쓰럽게까지 보일 지경이었다. 크게 놀란 육태일은 장무위와 유소백을 상대하려고 남겨놓았던 무사들 중 다섯 명을 급히 손으로 불렀다.

"너희들 다섯! 나가서 도와줘!"

원래 싸우던 다섯 명에 또다시 다섯 명이 힘을 합치자 얼추 균형이 맞춰지는 것처럼 보였다. 하지만 그 균형이 깨어지는 데 걸린 시간도 그리 길지 않았다. 싸움을 지켜보던 육태일의 두 눈이 점점 크게 뜨여졌다.

"이럴 수가?!"

열 명이 달라붙자 곰 같은 놈의 커다란 칼, 어지간한 사람의 키만한 대도가 이제까지와는 차원이 다른 현묘한 움직임을 보였던 것이다. 육태일이 난생처음 보는 신기한 변화였다. 열 명이나 되는 부하는 순식간에 다시 뒷걸음질치며 제 한 몸 사리기에 바빴다.

'저, 절세고수! 이건 개 같은 경우가 있나?!'

곰 같은 놈은 정말로 보통 고수가 아니었다. 덩치에 어울리지 않게 신법은 풀잎을 밟고 움직이는 듯 가볍고 빨랐으며, 사람 키만한 칼을 무슨 회초리 휘두르듯 휘두르고 있었다. 열 명을 상대하고 있으면서도 미소를 띠고 있는 것이 전력을 다하는 기색도 아니었다. 크게 놀란 육태일의 귀로 곰 같은 놈이 지르는 커다란 포효성이 끊임없이 들려왔다.

"이—야—압! 하앗! 얍!"

조일봉은 한참 신이 나서 칼을 휘두르고 있었다. 이미 호사가들 사이에서 고금제일의 도법이라고 칭송받는 무상구도. 의형인 장무위에게 전수받은 이후 삼 년이 넘도록 수련만 하고 한 번도 제대로 펼쳐 보지 못했던 무상구도를 마침내 실전에서 펼치고 있는 것이었다. 제일초식 뇌전교격(雷電矯激)에서부터 제육초식 뇌전종횡(雷電縱橫)에 이르기까지 조일봉이 양손으로 움켜잡고 있는 거대한 칼에서 무상구도의 전육초가 줄기줄기 뿜어져 나왔다.

쿠르르룽!

열 명의 무사는 조일봉의 대도에서 뿜어져 나오는 막강한 도기에 제압당해 제대로 무기 한 번 못 휘둘러 보고 도망만 치고 있었다. 재수없이 대도를 막기라도 하면 손바닥에서 시작해 척추를 지나 뒤통수까지 울려오는 전율스런 통증에 시달려야 했던 것이다.

"이놈들아! 내가 사정을 봐줄 테니 도망만 다니지 말고 힘 좀 써봐!"

완전히 승기를 잡은 조일봉은 간만에 느껴보는 통쾌함에 싸움을 멈출 생각도 하지 않고 마치 고양이가 쥐를 희롱하듯 열 명의 무사를 데리고 장난을 쳤다. 그 장면까지 보고 있던 유소백이 싸움에 흥미를 잃어버렸는지 장무위에게 말을 걸었다.

"하하! 큰형님, 일봉 형님이 그동안 열심히 수련하셨나 봅니다."

"그러게 말일세. 무상구도의 전 육초를 족히 칠팔성의 경지까지 수련했어. 앞으로 한 오륙 년만 열심히 수련한다면 대성할 수도 있을 것 같아."

장무위는 흐뭇한 미소를 지으며 조일봉의 움직임을 주시하고 있었다. 상대가 비록 이류 수준에 턱걸이를 하기에도 모자란 자들이었지만 숫자가 무려 열 명이었다. 조일봉이 각고의 수련을 통해 무상구도를 익혀내지 않았다면 제아무리 무상구도가 뛰어난 도법이라 해도 저렇게 압도적인 우위를 드러낼 수는 없는 것이다. 가히 가르치는 자에게 보람을 느끼기에 충분한 광경이었다.

"큰형님, 저에게도 무상구도를 가르쳐 주십시오. 일봉 형님의 신위를 보니 부러워 죽겠습니다."

유소백이 어울리지 않게 약간 투정을 부리듯 말하자 장무위가 유소백의 어깨를 두드리며 달래주었다.

"하하, 소백이. 자네는 욕심 낼 필요 없어. 천지신검법은 무상구도에 비할 수 없을 만큼 높은 완성도를 자랑하는 무공이야. 자네가 천지신검법을 대성한다면 나와 일봉이가 합공을 해도 못 이겨."

한편, 육태일은 곰 같은 놈보다 말에서 내리지도 않은 채 담소를 나누고 있는 두 사람에게서 더 큰 위기감을 느끼고 있었다. 적을 눈앞에 두고도 저렇게 여유만만한 기색을 보일 수 있다는 것은 그만큼 자신감이 넘치기 때문이 아니겠는가? 두 사람은 이십 명의 무사쯤은 안중에 두지 않고 있음이 분명했다. 아니, 곰 같은 놈 혼자서도 이십 명쯤은 너끈히 상대할 수 있는 것 같았으니 신경 쓸 필요성을 못 느끼고 있는 것이 당연할지도 몰랐다. 육태일은 어떻게 해야 이 위기를 탈출할 수 있을까? 하며 쥐가 날 정도로 머리를 굴리기 시작했다.

'보아하니 남궁세가의 악도들은 아닌 것 같은데. 어쩌지? 당장 도망을 쳐야 하나? 아니면 실수였다고 오리발을 내밀어야 하나?'

육태일은 남은 열 명의 부하를 마저 투입해야겠다는 생각은 버린 지 오래였다. 남아 있는 열 명의 부하 모두 잔뜩 얼어 있는 것이 투입해 봐야 칼 한 번 제대로 못 휘두를 게 뻔했다. 무림맹의 협사로 큰 공을 세우겠다고 내심 결의를 다졌던 육태일은 무고한 세 사람을 상대로 행패를 부리기 시작한 지 일 다경도 지나지 않아 현명한 방법을 떠올릴 수밖에 없었다. 육태일은 남아 있는 열 명의 부하에게 전음을 보냈다.

"내가 고수들을 모셔올 테니 너희들은 남아서 저놈들이 도망을 못 가게 막고 있어라."

전음을 못 하는 부하들의 두 눈에서 등골이 시릴 만큼 강력한 반발의 기운이 떠올랐지만 이미 결단을 내린 육태일은 애써 부하들의 시선을 무시하고 뒷걸음질쳤다.

주춤주춤!

육태일의 눈에 한 자루의 검은색 도가 눈에 들어온 것은 바로 그때였다. 말에 탄 채 담소를 나누고 있는 두 사람 중 사나이 대장부의 기상이 물씬 풍기는 젊은이의 허리춤에 걸려 있는 한 자루의 검은색 도.

'어디선가 들은 적이 있는 것 같은데. 음, 도병과 도갑을 모조리 검은색 금속으로 만들었다?

뒷걸음질치던 육태일의 입에서 한순간 헛바람 빠지는 소리가 요란하게 터져 나왔다.

"허어억! 저, 저것은 바로?!"

한 식경 후, 장무위 일행이 도착한 곳은 조금 전에 지나쳤던 곳. 객잔과 주루들이 밀집한 바로 그곳이었다. 여전히 많은 사람으로 인산인해를 이루고 있어 빈자리가 있어 보이지는 않았지만 세 사람의 얼굴엔 자리를 못 잡을까 봐 걱정하는 기색은 없었다. 모두 충실한 안내자를 둔 덕분이었다.

"팽조혁 선배가 이곳에 계십니까?"

"예?"

암울해진 자신의 미래에 대한 근심으로 장무위가 무슨 말을 하는지 잠깐 알아듣지 못했던 충실한 안내자는 장무위 옆에 떡 버티고 선 시커먼 곰의 안색이 찌푸려지는 것을 확인하자마자 거의 본능에 가까운 추리력으로 장무위의 질문을 유추해 냈다.

"네네, 바로 이곳입니다. 헤헤헤!"

산발한 머리와 시퍼렇게 멍이 든 눈, 먼지와 땀으로 범벅이 된 얼굴, 뼈 없는 연체동물처럼 흐느적거리는 팔다리. 한 식경 전만 해도 나름대로 위엄을 뽐내던 육태일은 짧은 시간 동안 사람이 바뀌어 있었다. 조일봉에게 무자비하게 구타를 당한 덕분이었다. 장무위가 약간은 미안한 마음이 드는지 육태일을 위로해 주었다.

"귀하가 입은 상처는 모두 타박상이기 때문에 조섭만 잘하면 곧 완쾌될 것입니다. 안내를 해주서서 고맙습니다."

따뜻하고 예의 바른 장무위의 말에 육태일은 속으로 이를 갈았다.

'그렇게 생각해 주는 척하면서 아까 저 시커먼 곰 새끼가 날 두들겨 팰 때는 왜 모른 척했어?'

때리는 시어머니보다 말리는 시누이가 더 미운 법이다. 그러나 속마음과는 별개로 산동의 영리한 여우 육태일의 혀는 기름 칠을 한 것처럼 매끄럽게 움직였다.

"헤헤, 별말씀을 다 하십니다. 당연히 제가 해야 할 일이지요. 시키실 일이 없으시면 저는 이만……."

육태일이 은근히 빨리 사라지고 싶다는 의사를 드러내자 조일봉이 눈을 부라렸다.

"형님은 시키실 일이 없어도 나는 있어."

"옙! 말씀만 하십시오."

"내가 시킬 일이 뭘까? 상대가 강하다고 해서 부하를 팽개치고 도망칠 생각이나 하는 놈이 그렇게 눈치가 없어?"

산동의 영리한 여우라는 별명은 과연 그냥 지어진 것이 아니었다. 육태일은 잔머리를 몇 번 굴려보고 자신이 무엇을 놓치고 있는지 바로 알아챌 수 있었다.

"잠시만 기다려 주십시오. 헤헤."

육태일은 그야말로 꽁지에 불이라도 붙은 것처럼 객잔 안으로 달려 들어 갔다. 그 속도가 얼마나 빠른지 마지막의 간사한 웃음소리는 객잔 저 안에서 들려왔다.

"분명히 심한 타박상을 입고 있었던 것 같았는데 내가 잘못 보았나?"

유소백이 의아한 듯 고개를 갸웃하자 조일봉도 '내 손이 물러졌나?'

하면서 손을 물끄러미 내려다보았다.

"저렇게 생생할 리가 없는데… 이상하네."

잠시 후, 객잔 안에서 팽조혁이 급하게 달려나오더니 장읍을 취하는 장무위의 손을 덥석 부여잡으며 소리쳤다.

"자네! 역시 살아 있었구먼! 살아 있었어!"

"그동안……."

장무위와 조일봉, 유소백은 인사를 하려다 말고 입을 다물었다. 뭔가 사정이 있음을 직감할 수 있었기 때문이다. 장무위는 팽조혁의 안색을 조심스럽게 살피며 물었다.

"혹시, 무슨 일이라도 있었습니까?"

그러자 팽조혁이 고개를 세차게 돌려 객잔 입구를 매섭게 노려보았다. 그곳에는 괜히 먼 산을 쳐다보면서 딴청을 피우고 있는 종도가 서 있었다.

"저 썩을 종가 놈이 자네가 남궁노적의 암수에 당했다고 나발을 불고 다녔지 뭔가. 내가 저놈의 입방정 때문에 하마터면 멀쩡히 살아 있는 자네에게 제사를 지낼 뻔했네."

"……?!"

장무위 의형제들의 시선이 동시에 객잔 입구에서 멀뚱거리며 서 있는 종도의 얼굴로 모아졌다. 그러자 종도가 얼굴을 붉히며 급히 변명을 했다.

"팽가야! 강호의 소문이 그렇다고 했지, 내가 언제 나발을 불고 다녔느냐?"

팽조혁이 대노해서 침을 튀겼다.

"네 이놈! 처녀가 애를 배도 할 말이 있다더니, 네놈이 그 짝이구나.

그럼 네가 헛소문을 퍼뜨리고 다니지 않았다는 말이냐?!"

"난 그저 그런 소문이 있다고 네놈에게 전해준 죄밖에 없어. 정보가 빠른 것도 잘못이냐?"

"정보도 정보 나름이지. 그런 헛소문이 무슨 정보라고 정보 운운하느냐. 네놈의 헛소리 때문에 맘 고생한 것을 생각하면 치가 다 떨릴 지경이다, 이놈아!"

"어험! 험!"

아무리 혀가 잘 돌아가는 종도라고 해도 더 이상은 무슨 할 말이 없었나 보다. 붉어진 얼굴로 자꾸 헛기침만 하는 종도였다. 장무위는 도저히 궁금증을 참을 수 없어 종도에게 물었다.

"강호의 소문에 대해서 말씀해 주실 수 있겠습니까?"

"헛소문을 말하려니 민망하구먼. 보는 눈도 있으니 일단 안으로 들어가세."

아닌 게 아니라 장무위 의형제들과 팽조혁, 종도의 주변에는 어느샌가 인의 장막이 펼쳐져 있었다. 팽조혁의 고함 소리에 구경을 하러 나온 사람들이었다. 대부분이 무림인들로 보였는데 개중에 벌써 장무위를 알아본 자들도 있는지 '도제가 어떻고 저떻고, 장 대협이 어떻고 저떻고' 하면서 수군거리는 소리가 들려왔다.

팽조혁도 그제야 자신의 언성이 너무 높았다는 것을 자각했는지 다시 한 번 종도를 매섭게 노려보고는 객잔 안으로 장무위의 손을 잡아끌며 말했다.

"저놈의 헛소리는 들어서 뭐 하려고. 자네는 그저 저 종가 놈이 헛소리나 지껄이는 놈이라고 생각하면 되네."

"그, 그게 아니라……."

종도가 다급히 변명을 하려 해보았지만 장무위 의형제들은 벌써 팽조혁의 손에 이끌려 객잔 안으로 들어가고 있는 중이었다. 종도의 입에서 절로 앓는 소리가 흘러나왔다.

"끄응!"

천하제일의 정보망을 가지고 있다고 소문이 난 개방 방주의 사부로서 오늘과 같은 개망신을 어찌 당해보았겠는가? 종도는 한숨을 내쉬다 말고 고개를 숙인 채 천천히 객잔 안으로 걸음을 옮겼다. 그때였다.

후닥닥!

희끗한 사람의 그림자가 종도의 눈앞으로 쇄도해 왔다.

'암습?!'

종도는 일순 놀라지 않을 수 없었다. 천하의 고수들로 인산인해를 이루고 있는 이곳에서 암습을 당할 줄을 어찌 상상이나 했겠는가? 하지만 절대고수의 칭호를 마작해서 딴 것이 아닌 담에야 이 정도의 암습을 못 피할 까닭이 없었다.

'이런 건방진 놈을 보았나? 이 종도가 그리도 우습게 보인단 말이지?'

가뜩이나 기분이 좋지 않던 상황. 종도는 콧방귀를 뀌며 달려드는 상대를 향해 일장을 날리려고 했다. 그런데 암습자의 얼굴이 낯설지가 않았다. 아니, 암습자의 눈 주위를 빈틈없이 장식하고 있는 푸른 멍이 낯설지가 않았다고 하는 것이 정확하리라. 바로 장무위 일행의 도착 소식을 전해준 육태일이었다. 종도는 일순 이러지도 못하고 저러지도 못하는 상황에 빠지고 말았다. 적이 아님을 알았으니 장력을 펼쳐 물리칠 수도 없고, 신법을 전개해 피하려고 해도 마침 객잔의 문을 막 들어서고 있었던 터라 어떻게 몸을 움직일 공간이 없었던 것이다. 거기에다 육태일이 달려드는 속도가 너무 빨라 뒤로 물러설 시간도 없었다.

'무엇 때문에 이러는지는 모르겠지만 다 네놈이 복이 없었다고 생각하고 한 삼사 일만 고생해라.'

종도는 어금니를 질끈 깨물며 개방비전의 귀결수(歸結手)를 펼쳐 육태일의 멱살을 잡고 뒤로 넘겨 버렸다.

쾅!

"케엑!"

조일봉이 사라질 때까지 객잔 한편에 몰래 숨어 있다가 뛰쳐나오던 육태일은 이렇게 해서 보름 동안 침상 신세를 지게 되었다.

팽가가 통째로 빌려놓고 있는 객잔의 후원.

장무위 의형제들과 팽조혁, 종도가 커다란 탁자를 사이에 두고 심각하게 이야기를 나누고 있었다. 아니, 종도가 계속해서 설명을 하고 장무위 의형제들은 입을 꾹 다문 채 이야기를 듣고 있었다. 종도의 설명이 길어질수록 경청을 하고 있던 장무위 의형제들의 얼굴은 점점 딱딱하게 굳어갔다. 자신들이 생각지도 못했던 큰 사건들이 벌어지고 있었던 것이다. 미래의 무림 지도가 바뀔 만큼 큰 사건들이.

"그렇게 해서 남궁세가가 무림공적으로 몰리게 된 것이네."

이윽고 종도가 일단락을 짓자 장무위가 당혹스런 표정으로 질문을 했다.

"그러면 남궁세가에서도 자신들이 공적으로 지목당한 사실을 알고 있었겠군요?"

"그럴 걸세. 남궁세가에 남아서 은밀히 정보를 건네주던 사람들과의 연락이 오늘 아침부터 모두 두절되었다네. 이제는 남궁노적도 눈치를 챘다고 봐야 하겠지."

장무위는 그제야 남궁세가의 기이했던 분위기와 남궁산의 살기를 이해할 수가 있었다.

'내가 경솔하게 움직이는 바람에 하마터면 동생들을 잃어버릴 뻔했구나.'

장무위와 조일봉, 유소백은 사지에 들어갔다가 운 좋게 살아 나온 것이나 마찬가지였다. 장무위로서는 남궁산이 왜 자신들을 그냥 보내줬는지가 더 의심스러울 지경이었다. 무림공적으로 몰려 가문이 멸문지화를 당할 위기에 놓여 있는데 더 이상 남의 눈치를 볼 이유가 어디 있겠는가? 남의 눈 때문이라도 자신들에게 함부로 행동하지 못할 것이라 생각했던 장무위의 판단은 완전한 오판이었다. 막말로 남궁산이 모진 마음을 먹고 연무장에 도열해 있던 오백여 고수로 하여금 자신들을 포위 공격케 했다면 어찌할 뻔했는가? 장무위 자신이야 노화순청의 경지에 도달한 조화구법과 비도행의 신법으로 몸을 빼낼 가능성이라도 있었겠지만 동생들은 그게 아니었다. 생각하면 생각할수록 등골이 써늘해졌다.

'운이 좋았어. 정말로 운이 좋았어.'

장무위는 남몰래 몇 번씩이나 가슴을 쓸어내렸다. 그런 장무위의 마음을 짐작이라도 했음인가? 팽조혁과 종도에게 인사를 하고 난 이후 계속해서 침묵을 지키고 있던 유소백이 간만에 입을 떼어 분위기를 바꾸어놓았다.

"종 노선배님, 남궁세가를 포위해 놓고 이렇게 시간을 지체하고 있는 이유는 무엇인지요?"

"그건 말일세. 음, 설명하기가 좀 복잡하구먼."

종도가 왠지 껄끄러운 기색으로 대답을 피하자 팽조혁이 불쑥 끼어들었다.

"종가야, 이곳에 있는 사람들은 모두 남이 아니니 그냥 얘기해라. 어차피 시간이 지나면 모두 알게 될 일이고 쉬쉬한다고 숨겨질 성질도 아냐."

"흐음, 차라리 자네가 설명하게."

"허? 네놈처럼 말을 조리있게 할 줄 알면 벌써 내가 다 말했다. 쓸데없는 소릴랑은 집어치우고 어서 말해 줘."

팽조혁이 인상을 잔뜩 찡그리며 말을 했지만 은연중 후배들 앞에서 종도의 체면을 세워준 셈. 흡족한 마음에 종도는 한바탕 크게 헛기침을 하고는 설명을 시작했다.

"신무림맹이 결성되고 난 이후에 아직까지 차일피일 시간을 미루고 있는 이유라……. 그것은 간단히 말해 욕심 때문일세. 좀 더 자세히 말하면 신무림맹에 합류한 각문 각파들이 남궁세가의 재화에 욕심을 낸 나머지 남궁세가를 징치(懲治)하기도 전에 서로 다투고 있다는 것이지."

"정의를 위해 모인 무림맹이 남의 재산에 욕심을 내고 있다니 저는 이해가 되지 않는군요."

유소백의 한마디에 종도의 안색이 슬쩍 붉어졌다. 후배에게 자신들이 주도가 되어 결성한 무림맹의 표리부동(表裏不同)함을 지적받았으니 낯부끄럽지 않을 수가 없었다. 더욱이 연배를 떠나 세속의 욕심없이 무공일로에만 정진하는 일대의 무인 장무위가 눈앞에 있는 상황이었다.

'이런 망신이 있나? 팽가에게 넘겼어야 했는데.'

하지만 이미 말을 시작한 상황이었다. 종도는 애써 태연을 가장하며 말을 계속했다.

"음, 부끄러운 일이네만 지금 현실이 그 모양일세. 그리고……."

종도는 목이 마른지 말을 하다 말고 술잔을 들어 목을 축인 다음 장무위를 바라보았다.

"그리고 또 한 가지 이유는 자네와 연관이 있네."

그 순간, 팽조혁이 또 불쑥 끼어들었다.

"종가야, 또 그 헛소리를 하느냐? 그건 이제 상관이 없지 않느냐?"

종도로선 자신에게 설명을 하라 해놓고 딴죽을 거는 팽조혁이 곱게 보일 리가 없었다. 종도는 팽조혁을 향해 눈을 부라렸다.

"내가 소문을 냈어? 소문이 그렇게 났는데 나보고 어쩌라는 말이냐?"

두 사람이 이야기를 하다 말고 언쟁을 시작하자 장무위가 급히 나섰다.

"저에 대한 소문이라고 하셨는데, 좀 더 자세히 말씀해 주시겠습니까?"

그러자 팽조혁을 매몰차게 노려보던 종도가 급히 눈에서 힘을 풀며 장무위에게 시선을 옮겼다.

"자네가 멀쩡한 모습으로 내 눈앞에 앉아 있는데 이런 소리를 하려니 민망하네만, 자네가 원하니 내 간략히 소문의 내용을 전해주겠네. 지금 강호에는 '청해대혈전이 있었던 그날 도제와 남궁산이 탕구라산의 중턱에서 크게 다투었다. 도제의 무공은 이미 천하에 적수가 없는 바, 남궁산이 무공으로는 도제의 상대가 되지 않자 풍백이라는 신기를 사용해 마침내 도제를 죽였다' 는 소문이 점점 확산되어 가고 있네."

장무위가 크게 놀라 반문을 했다.

"그러면 그 소문이 강호에 널리 퍼졌단 말씀입니까?"

종도의 고개가 힘차게 끄덕여졌다. 옆에서 못마땅한 눈으로 지켜보고 있는 팽조혁을 의식한 행동이었다.

"확실히! 그런 소문이 얼마 전부터 강호를 시끄럽게 하고 있네. 자네가 남궁산이 사용한 풍백에 해침을 당했다는 소문이 퍼지자 '전날 천하에 혈풍을 불러일으켰던 풍백에 대한 허황된 소문이 모두 사실이었다' 라는 인식이 강호에 퍼져 온 천하가 들썩이고 있다네. 모두들 천하제일고수를 꺾을 수 있는 풍백이라는 신기에 눈이 뒤집어진 거지. 사실, 무림맹 내부에서도 '남궁세가를 징벌한 다음에 풍백을 누가 차지할 것인가?' 하는 문제로 논쟁이 끊이질 않고 있다네. 그리고 풍백에 욕심을 품은 자들이 무림 정의를 외치며 끊임없이 무림맹으로 속속 몰려오고 있는 실정이라네."

팽조혁이 가소롭다는 듯 콧방귀를 뀌었다.

"흥! 이제 그 헛소문은 곧 수그러들걸!"

"소문의 속성이란 게 그렇지 않아. 한동안은 계속 시끄러울 거야. 그리고 풍백에 대한 이야기는 어쩌면 사실일지도 몰라. 오죽하면 오독문이 무림맹에 합류를 했겠는가?"

한쪽 구석에서 두 눈을 동그랗게 뜬 채 정신없이 이야기를 경청하고 있던 조일봉이 자신도 들어본 적이 있다는 듯 아는 척을 했다.

"오독문이라면?! 운남도가의 본산 점창을 봉문시킨 그 오독문을 말씀하시는 겁니까?"

"바로 그 오독문을 말하는 거네. 며칠 전에 오독문주 사천독왕 단환이 무림맹에 힘을 보태겠다고 직접 오십 명의 정예를 이끌고 찾아왔네. 명나라 무림과의 관계 개선을 위해 힘을 보태기 위해 찾아왔다는 명분을 내세우고는 있지만, 내가 보기엔 오독문도 풍백에 욕심을 품고 있는 것이 분명해. 오독문의 정보력은 본 방을 훨씬 앞지르고 있네. 그들은 결코 허무맹랑한 소문에 움직일 자들이 아니지. 각설하고, 남궁세가의 재화에 대한 욕심과 남궁산이 가지고 있다고 소문이 난 풍백에 대한 소유권을 두고 지금까지 설왕설래(說往說來) 말이 많았다네. 이게 바로 남궁세가에 대한 공격이 자꾸 지연되고 있었던 이유일세. 이 모든 것이 남궁세가가 자신들이 공적으로 지목된 사실을 모르고 있다는 확신이 있었기에 가능한 일이었지. 급할 이유가 없었으니까 말일세. 그러다 오늘 결국 일이 터지고 만 거지. 시간을 너무 끌었어. 휴우!"

종도는 말을 마치면서 한숨을 내쉬었다. 남궁세가에 남아서 은밀히 정보를 건네주던 육십여 명의 강호인. 무림맹 내부의 갈등을 해소하는 동안 남궁산이 눈치를 못 채게 하려고 고육지책으로 더 많은 사람을 남겨놓았었는데, 그들 모두와 연락이 두절되고 말았던 것이다.

쾅!

팽조혁이 도저히 참을 수 없다는 듯 탁자를 두드리며 소리쳤다.

"부끄러운 줄도 모르는 놈들!"

딱히 누구라고 지적하지는 않았지만 팽조혁이 욕하는 사람들이 누구인지 모를 사람은 없었다.

"팽가야, 진정해라. 네가 그런다고 해서 달라질 일은 없잖느냐?"

"화가 나서 그러네. 화가 나서! 시간이 걸리더라도 무림맹주를 먼저 뽑았어야 했어. 중심축이 없으니 이 꼴이 나지."

자인 도장의 사후, 무림맹주가 된 남궁산이 무림을 집어삼키려는 음모를 꾸미고 있었다는 사실은 무림인들에게 커다란 충격이었다. 무림맹주에게 무소불위의 권한을 위임해 놓았던 탓에 남궁산의 음모가 사전에 탄로나지 않았다면 명나라 무림이 고스란히 남궁세가의 하부 조직으로 편입되었을 수도 있었던 것이다. 이에 대한 경각심으로 새로이 결성된 신무림맹에서는 맹주라는 말 자체가 금기시 되고 있는 상황이었다.

처음 신무림맹이 결성될 당시만 해도 위의 상황으로 야기된 맹주의 부재는 아무런 문제가 되지 않았다. 무당, 팽가, 곤륜, 개방의 네 개 문파가 긴밀한 협조 체제를 구축해 놓고 주도적으로 일을 처리했던 것이다. 문제는 신무림맹에 합류하는 문파들의 수가 급격히 많아지면서부터였다. 각문 각파에서는 모두 신무림맹에서 자신들의 의사가 반영되기를 바랐고 결과적으로 신무림맹의 지도 체제는 원로회의 중심의 과두 체제가 될 수밖에 없었다. 그런데 사공이 많으면 배가 산으로 간다는 말이 있듯이 이러한 원로회의 중심의 과두 체제는 필연적으로 혼란의 위험을 내포하고 있는 체제였다. 거기다가 신무림맹 원로회의의 구성원들이 모두 자신의 욕심만 챙기고 있으니 분열과 갈등이 생겨나는 것은 어쩌면 당연지사.

종도가 한숨을 푹 내쉬면서 팽조혁의 말에 맞장구를 쳤다.

"자네 말이 맞아. 권한을 축소시킨 맹주라도 뽑았어야 했어. 그렇지만 어쩌겠는가? 이제는 무림맹주를 뽑고 싶어도 시간이 없으니. 그나마 오늘 일로 욕심을 부리던 자들이 입을 다물었다는 것을 다행으로 생각해야 해. 이제는 우리의 주장을 관철시킬 수 있을 걸세. 늦어도 삼 일 안에 총공세를 시작해야 해. 더 이상 시간을 주었다가는 남궁노적이 무슨 수를 낼지 몰라."

팽조혁이 안색을 굳히며 종도의 말을 받았다.

"남궁노적은 결코 만만히 볼 자가 아니야."

"그렇지……."

밤이 깊어 대화가 일단락되자 장무위와 의형제들은 팽조혁과 종도에게 인사를 하고 자리를 옮겼다. 온 명나라 무림인들이 몰려들어 빈 방이 하나도 없는 상황. 이치대로라면 노숙을 해야 할 처지였으나 팽조혁의 배려로 장무위와 조일봉, 유소백은 비록 하나뿐이었지만 제법 넓은 객방 하나를 잡을 수가 있었다. 팽조혁이 장무위와 의형제들을 위해 방 하나를 강제로(?) 비워준 덕분이었다.

장무위는 하나뿐인 침상을 선점한 채 명상을 하려다 말고 깊은 생각에 잠겨 있었다. 머리 속이 복잡해져 명상을 할 수가 없었다. 남궁세가의 음모, 강호에 퍼져 버린 풍백에 대한 소문, 신무림맹의 분열. 종도에게 들었던 이야기 하나하나가 장무위에게는 충격이었다. 그중에서도 장무위의 가슴을 가장 답답하게 만든 것이 바로 강호에 퍼진 풍백에 대한 소문이었다. 안휘로 달려올 때까지만 해도 남궁산만 상대하면 된다고 생각하고 있었는데, 이제는 욕심에 눈먼 수많은 사람을 함께 상대해야 할 가능성이 높았던 것이다. 내심 한숨이 절로 나왔다.

'휴—우. 어찌해야 할지 갈피를 잡을 수가 없구나.'

그때 장무위의 속을 아는지 모르는지 조용한 방 안에서 눈을 멀뚱멀뚱거리고 있던 조일봉이 문득 유소백의 어깨를 툭 쳤다.

"소백이, 우리 술이나 마시자."

"사람들이 많아 자리가 없을 겁니다."

완곡한 거절의 뜻. 두주불사(斗酒不辭)의 유소백도 지금은 당최 술 생각이 나지 않았다. 하지만 말을 돌려서 한 것이 잘못이었다. 말뜻을 뻔히 알아들었으면서도 모르는 척 시침을 뚝 떼는 사람도 간혹 있는 법이다.

"밖에서 못 마시면 안에서 마시면 되지. 주당이 장소를 가려? 기다려 봐."

"이, 일봉 형님!"

당황한 유소백이 급히 조일봉을 말리려고 했으나 이미 조일봉은 방 밖으로 사라져 버린 후였다.

"허, 술도 많이 못 드시면서 왜 저렇게 술을 찾으시는지."

유소백은 어이가 없어 고개를 절레절레 내두르다 장무위가 명상을 하고 있었다는 사실을 기억해 내고는 걱정스럽게 장무위의 안색을 살펴보았다.

아무리 깊은 생각에 잠겨 있다고 하더라도 천하제일고수라 불리는 장무위가 그런 기색을 알아채지 못할 까닭이 없었다. 괜스레 미안해진 장무위는 가부좌를 풀고 자리에서 일어났다.

"소백이, 내 눈치를 살필 필요는 없네."

"큰형님, 명상을 하시는데 소란을 피워서 죄송합니다."

장무위는 유소백의 맞은편에 앉으면서 미소를 지었다.

"아닐세. 잠시 생각을 좀 하고 있었을 뿐이네. 걱정거리가 있으니 밥 먹듯이 하던 명상도 쉽지 않구먼."

그제야 안심을 한 유소백이 짐작되는 바가 있다는 듯 질문을 했다.

"소문 때문에 그러시는지요?"

장무위는 미소를 거두며 고개를 끄덕였다.

"그래. 소문이 퍼지면 퍼질수록 풍백을 회수하는 일이 점점 더 어려워질 것 같아 걱정이네. 이제는 풍백이 남궁산의 손을 벗어나 신무림맹의 손에 들어가도 문제네."

유소백의 얼굴에 그림자가 드리워졌다. 장무위의 말대로 자신들의 입장에선 풍백이 차라리 남궁산의 수중에 있는 것이 더 좋았다. 남궁산의 손에 있으면 무력을 동원해 풍백을 회수할 수 있는 가능성이라도 있었지만, 신무림맹의 손에 들어가면 강제적인 방법을 쓰기가 어려워지는 것이다. 아니, 자신들이 풍백을 회수하고 말고는 어쩌면 부차적인 문제인지도 몰랐다. 풍백이 남궁산의 손을 벗어나 탐욕으로 눈먼 자들에게 그 모습을 드러낸다는 것이 더 큰 문제였다.

"저도 마침 그 생각을 하고 있었습니다. 풍백에 대한 쟁탈전 때문에 천하에 피바람이 불겠지요?"

"그렇게 될 가능성이 높겠지."

"큰형님, 풍백이 피바람을 일으키는 탐욕의 대상이 되는 것은 어떻게든 막아야 합니다."

해동검객 강민욱의 염원이 유소백에게 옮겨갔음인가? 유소백의 말 속에는 간절한 염원이 담겨 있어 장무위의 마음을 더욱 무겁게 만들었다.

"그래야지."

장무위는 답답한 마음에 자리에서 일어나 창문을 활짝 열어젖히고는 길게 심호흡을 했다.

"하아!"

　이른 봄의 차가운 밤 공기가 폐부로 스며들어 와 답답한 속을 뚫어주었다. 상현(上弦)을 지나 만월(彎月)로 다가가고 있는 달이 구름 뒤에 숨어 흐릿한 그림자를 세상에 드리우고 있었다. 어두운 하늘. 밤은 점점 깊어갔다.

제37장

바람이 가는 곳은

바람이 가는 곳은

다음날 아침부터 장무위가 머물고 있는 방문 앞에는 장사진이 만들어졌다. 장무위의 도착 소식을 들은 사람들이 인사를 하려고 줄을 지어 찾아왔기 때문이다. 무림대회에서도 그랬지만 천하제일고수에 대한 사람들의 반응은 무척이나 뜨거웠다. 개중에는 인사를 핑계로 강호에 떠돌고 있는 소문의 진위를 확인하려고 찾아오는 사람들도 많았다. 즉, 죽었다고 소문이 난 장무위가 과연 살아 있는가? 하고 궁금해하면서 찾아오는 사람들이 많았던 것이다.

사람들의 이런 반응은 장무위에게 여간 곤혹스러운 것이 아니었다. 모든 사람을 다 만나볼 수는 없는 노릇이라 선별이 필요한데, 누구는 반가이 맞고 누구는 문 앞에서 돌려보내고 하는 것은 차마 못할 짓이었다. 또한 전날의 경험으로 미루어볼 때 이렇게 찾아온 사람들은 어떻게든 장무위와 더 많은 시간, 더 많은 대화를 나누려고만 했다. 그래서 장무위는 아예 방문을 걸어 잠근 채 하루 종일 명상(?)에만 전념했다. 잘난 척하는 것 같아 꺼림칙한 기분이 들지 않은 것은 아니었지만 차라리 명상을 하는 것이 더 속 편했다.

저녁 무렵, 장무위가 명상(?)을 하고 있는 사이 밖으로 돌아다니며 신무림맹의 사정을 탐문하고 다녔던 조일봉과 유소백이 꺼칠한 얼굴을 하고 돌아왔다. 특히 조일봉은 눈도 풀려 있고 발걸음도 비틀거리는 것이 누가 보더라도 정상이 아니었다. 방문에서 탁자가 있는 곳까지 몇 발자국 되지도 않는 거리를 걸으면서 계속해서 위태위태한 모습을 연출하는 조일봉을 보고 있던 장무위가 마침내 실소를 터뜨렸다.

"훗. 일봉이, 자네 꼴이 말이 아니구먼. 그러게 내 말대로 잠이나 자지 왜 돌아다니나?"

"헤헤, 제가 어찌 대낮에 형님 앞에서 술 냄새를 풍기며 잠을 잘 수 있겠습니까? 참! 형님, 원로 회의의 결과가 나왔습니다."

조일봉이 입을 열자 술 냄새가 훅하고 풍겨 나왔다. 조일봉은 밤새 독하기로 유명한 죽엽청을 무려 두 단지나 마셨던 것이다. 탈태환골을 한 덕분에 신체의 모든 기능이 극대화된 장무위는 표정 관리에 신경을 쓰지 않을 수 없었다. 마시는 사람은 모르겠지만 술 냄새는 좋은 편이 아니었다.

"그래? 어서 말해 보게."

"예. 남궁세가를 치기로 했습니다."

아직 술이 덜 깼는지 거두절미하고 딱 결론만 얘기를 하는 조일봉을 보며 장무위는 내심 한숨을 푹 내쉬었다.

"일봉이는 좀 쉬게."

"예, 형님."

조일봉도 많이 피곤했나 보다. 조일봉은 장무위의 말이 떨어지자마자 사양하는 기색도 없이 냉큼 침상으로 가서 큰내 사로 누워버렸다. 그러면서도 체면은 있는지 잠을 자려다 말고 갑자기 벌떡 일어나서 간사하게 웃었다.

　"헤헤, 저보다 소백이가 더 잘 알고 있습니다. 전 형님 말씀대로 좀 쉬어야겠습니다."

　장무위의 눈가에 어쩔 수 없이 또 웃음이 떠올랐다.

　"알았네. 어서 눈 좀 붙이게."

　"예."

　그제야 마음이 놓이는지 다시 털썩 쓰러지는 조일봉. 장무위는 조일봉의 성격이 조금은 부럽기도 했다.

　'참으로 무사태평한 성격이야. 저런 삶을 살 수 있다는 것도 복이겠지.'

　남들은 몇 날 며칠 밤을 새며 머리를 싸맬 골치 아픈 문제도 조일봉에게만 가면 아무런 문제가 될 것이 없었다. 조일봉은 그저 인상을 한 번 찡그리고는 툴툴 털어버리고 말았다. 지금도 그랬다. 장무위와 유소백이 풍백에 대한 문제로 근심 걱정을 하고 있는 데도 불구하고 조일봉은 밤새 술을 마시고 잠이 들어버렸다. 어떻게 생각하면 그 무사태평함이 눈꼴사납게 보일 수도 있었지만, 그 누구보다 조일봉의 순수한 성격을 잘 알고 있는 장무위는 그저 따뜻한 눈빛을 보낼 뿐이었다. 장무위는 고개를 돌려 유소백을 바라보았다. 갈증이 나는지 차를 따라 마시고 있는 유소백의 얼굴은 상당히 어두워 보였다. 장무위는 유소백이 찻잔을 내려놓을 때까지 기다렸다가 말을 했다.

　"소백이, 원로 회의의 결과를 좀 더 자세히 말해 주게."

"예, 큰형님. 내일 낮에 남궁세가에 대한 총공격을 실시하기로 결정이 났습니다. 지금쯤 포위망을 형성하고 있는 신무림맹의 고수들에게 연락이 가고 있을 겁니다. 그리고 남궁세가의 재산과… 풍백의 소유권은 각자의 능력에 맡기기로 결정이 났습니다."

"먼저 손에 넣는 자에게 소유권을 인정한다는 말인가?"

"아닙니다. 그런 말은 없었습니다."

장무위의 입에서 절로 침음성이 터져 나왔다. 밖에 나갔다 들어온 유소백의 얼굴이 어두워 어느 정도 예상은 하고 있었지만 가장 피했으면 하는 결정이 나버렸던 것이다.

"으—음."

능력에 맡긴다는 말은 일견 가장 이치에 합당한 말인 것 같았지만 그 이면에 실로 엄청난 위험 요소를 내포하고 있는 말이었다. 남보다 육체적인 능력이 못하면 머리가 좋을 수도 있고, 남보다 머리가 안 좋으면 성격이 좋을 수도 있었다. 즉, 어떤 면에서 남보다 부족하다고 스스로 느낀다 하더라도 다른 면에서는 남보다 낫다고 생각할 수도 있는 것이다. 그리고 세상에 스스로 남보다 못하다고 생각하는 자들이 얼마나 있겠는가?

그런데 목숨을 버려가면서도 얻고자 하는 세상에 하나밖에 없는 물건, 풍백의 소유권을 '능력에 맡긴다' 는 말이 나와 버렸다. 풍백에 욕심을 내는 사람 모두가 각자의 가진 바 능력을 모두 발휘해 풍백을 얻고자 할 것이 뻔했다. 결국 능력에 맡긴다는 말은 필연적으로 무한 경쟁을 유발시킬 수밖에 없는 그런 말이었던 것이다.

거기에다 풍백을 먼저 손에 넣은 자에게 소유권을 인정하지 않는다고 하는 것도 큰 문제였다. 누군가 운이 좋아서 풍백을 얻게 되더라도 그 후에는 지키기 위한 싸움을 또 벌여야만 하는 것이다. 자칫 잘못하면 거불리 환웅께서 모든 인간을 이롭게 하고자 천계에서 가져오신 천부인 풍백이 피의 수레바퀴를 굴러가게 하는 축이 될 수도 있는 심각한 상황이었다.

장무위는 미간을 잔뜩 찌푸린 채 생각에 잠겨 있다가 유소백에게 다시 질문했다.

"신무림맹은 내일의 싸움에 대해서 어떻게 생각하는 것 같던가?"

"대부분이 싸움 이후의 문제를 생각하고 있을 뿐, 싸움 자체를 걱정하지는 않고 있었습니다. 제가 보기에도 이번에 모인 사람들의 숫자가 워낙 많아서 경각심을 가질 것 같지는 않았습니다."

"도대체 얼마나 많은 사람들이 모였기에?"

"삼천 명을 넘어선다는 말을 들었습니다."

"삼천 명?!"

장무위도 일시 말문이 막힐 지경이었다. 무당, 팽가, 곤륜, 개방이 긴밀한 협조 체제를 구축하고도 내부의 분열을 다스리지 못했다는 말을 들었을 때 사람들이 많을 거라고 짐작은 했었지만 설마 하니 삼천 명이 넘는 인원이 모였을 줄은 생각지도 못했던 것이다. 명나라 무림인들의 수가 아무리 많다 해도 삼천이라는 숫자는 결코 적은 숫자가 아니었다. 아니, 적은 숫자가 아닌 정도가 아니라 명나라 무림 역사상 이렇게 많은 무림인들이 한자리에 모인 적이 있다는 소리를 들어본 일이 없었다.

'삼천 명이라면 전쟁이라도 치를 수 있을 만한 인원이야. 명나라 관부에서도 가만히 있지는 않겠구나.'

새로운 걱정을 하고 있는 사이 유소백의 대답이 들려왔다.

"남궁세가의 재산과 풍백에 욕심을 품은 자들이 그만큼 많다는 뜻이겠지요."

이제 훗날을 걱정할 상황이 아니었다. 당장 내일의 싸움에서 남궁산이 풍백을 사용하기라도 하면 대형 참사가 일어날 수도 있었다.

"소백이, 풍백에 욕심을 품은 자들 중에 풍백의 무서움을 제대로 알고 있는 자가 몇이나 될까? 아니, 남궁산이 풍백을 사용했을 때 살아날 수 있는 자가 몇이나 될까?"

"휴우!"

어떠한 대답도 못하고 긴 한숨만 토해내는 유소백이었다.

장무위는 탁자 위에 올려놓았던 현천도의 손잡이를 강하게 움켜잡았다.

'내가 무슨 수를 내야만 해.'

내심 결의를 다진 장무위는 자리를 박차고 일어났다. 그러자 곰곰이 생각에 잠겨 있던 유소백이 따라 일어났다.

"큰형님?!"

"소백이, 앉아 있게. 난 바람이나 좀 쐬고 오겠네."

장무위는 급히 왼손을 뒤로 돌리며 차분하게 말했다. 하지만 거짓말도 해본 사람이 한다고, 세상에 나와 제대로 된 거짓말을 해본 적이 없는 장무위는 거짓말을 할 자질이 없는 사람이었다. 유소백은 장무위의 왼손에 들려 있는 현천도를 이미 발견한 후였다.

"남궁세가에 가시려는 겁니까?"

장무위는 어쩔 수 없이 고개를 끄덕여야만 했다.

"한번 다녀와 봐야겠어."

그러자 유소백이 결연한 어조로 소리쳤다.

"큰형님, 저도 같이 가겠습니다!"

"아니야. 나 혼자 편히 다녀와야겠네. 자네는 내일을 대비해서 몸을 최상의 상태로 만들어놓도록 하게."

"제가 아무리 염치가 없다고 해도 큰형님께서 위험한 곳으로 가시는데 운공조식이나 하면서 기다리고 있을 수는 없습니다."

"난 지금 남궁세가의 고수들과 정면 대결을 하러 가는 것이 아닐세. 일단 가보고 사정이 여의치 않으면 즉시 되돌아올 생각이니 너무 걱정하지 말게."

"큰형님의 말씀은 잘 알겠습니다. 그러나 저보고 염치없는 놈이 되라 하시면 저는 따를 수 없습니다."

물러설 생각을 하지 않는 유소백이었다. 장무위는 굳은 얼굴로 유소백을 잠시 바라보다가 방 밖으로 걸어나가며 냉랭한 어조로 말했다.

"내 생각이 자네에게 충분히 전달되었을 거라고 믿네."

하지만 유소백도 고집이라면 장무위 못지않은 사람이었다. 유소백은 잽싸게 침상 쪽으로 달려가 벽에 기대어 세워놓았던 검을 허리에 차고는 신법을 전개해 장무위를 쫓아왔다. 장무위가 떼놓고 가려고 해도 끝까지 따라올 태세였다.

장무위는 조화구법을 전개하려다 말고 유소백을 돌아보며 언성을 높였다.

"자네는 남아 있으래도!"

"그럴 수는 없습니다."

장무위는 내심 한숨을 푹 내쉬었다. 조일봉이라면 이 정도에서 벌써 물러섰을 건데 유소백에게는 당최 으름장이 통하질 않았던 것이다. 유소백이 자신을 걱정해서 쫓아오려는 것임을 왜 모르겠는가? 하지만 같이 갔다가 싸움이라도 벌어진다면 유소백을 안전하게 돌볼 자신이 없었다.

'어쩔 수 없군.'

장무위는 조화구법을 시전해 순간적으로 유소백의 등 뒤로 돌아갔다. 그리고는 유소백이 당황해서 미처 어찌할 바를 모르고 있는 사이에 수혈을 짚어버렸다.

"미안하네. 자네의 마음은 고맙지만 이번에는 정말로 나 혼자 갔다 오는 것이 더 편할 것 같아."

장무위는 의식을 잃고 쓰러지는 유소백을 안고 방으로 들어가 정신 없이 곯아떨어져 있는 조일봉의 곁에 눕히곤 방 밖으로 나왔다.

밤이 깊어서인지 돌아다니는 사람은 없었다. 장무위는 넓은 객잔의 후원을 한 번 훑어보고는 즉시 조화구법을 전개해 줄지어 늘어선 담과 지붕을 타 넘었다. 대여섯 번의 도약이 끝나자 장무위의 눈앞에 어둠에 잠긴 논과 밭, 풀 냄새 물씬 나는 너른 들 사이로 길게 뻗어 있는 관도가 펼쳐졌다. 세상을 포근히 감싸고 있는 엷은 달빛 아래 메마른 황토의 길은 흡사 허공에 둥실 떠 있는 것처럼 보였다.

"하아!"

장무위는 길게 심호흡을 한 번 하고 나서 허공에 둥실 떠 있는 길 위로 발을 내디뎠다. 그러자 체내를 끊임없이 돌고 돌던 혼원기가 폭발적으로 일어나 장무위의 몸을 깃털보다 가볍게 만들어서 넓은 공간 속으로 밀어버렸다.

쒜―에―엑!

남궁세가까지는 말을 달렸을 때 한 시진이면 닿을 수 있는 가까운 거리였다. 하지만 장무위에게는 시간이 별로 없었다. 유소백의 수혈을 짚을 때 몸에 무리가 갈까 봐 강하게 점혈을 하지 못했던 것이다. 장무위는 왕복 시간을 얼추 계산해 보고는 미간을 찌푸렸다.

'서둘러야겠어.'

쉐—에—에—엑!

장무위가 전력으로 조화구법을 전개하자 귀청을 울리는 날카로운 파공음이 길게 터져 나오며 어둠침침한 공간 속으로 마치 어둠보다 더 검은 뇌전이 흐르는 듯한 장관이 연출되었다. 그러나 장무위는 속도를 떨어뜨리지 않고 조화구법의 시전에 더욱 박차를 가했다. 점점 더 빠르게… 점점 더 빠르게…….

무한할 것 같았던 혼원기가 마침내 한계에 이르는 순간, 장무위는 참으로 묘한 경험을 하게 되었다. 명상을 하지 않고 있음에도 불구하고 느닷없이 심안이 열리고 갑자기 찬물을 뒤집어쓴 것처럼 머리 쪽이 시원해지며 몸을 스치고 지나가는 어둠의 공간이 자신과 하나가 되어 움직이는 듯한 느낌을 받았던 것이다.

생경한 느낌… 그러나 절대로 나쁘다고 할 수는 없는 느낌이었다. 아니, 나쁘기는커녕 너무 좋아 온몸에 전율이 일 정도였다. 이 순간만큼은 풍백에 대한 걱정도 혈마에 대한 걱정도 없었다. 생각나는 것은 오직 하나, 생전 처음 느껴보는 기이한 느낌에 온몸을 맡기고 싶다는 것뿐이었다.

쉐—에—에—에—엑!

머리 속을 복잡하게 만들고, 가슴을 답답하게 만들던 모든 것을 지나온 공간 속에 떨어뜨려 놓고 장무위는 무한히 자유로운 의지로 계속해서 달렸다. 조화구법은 이미 장무위가 낼 수 있는 최고 속도를 넘어선 지 오래였다. 그러나 속도감은 반대로 점점 사라져 갔다.

그렇게 얼마를 달렸을까? 이제 장무위의 머리 속은 호수처럼 잔잔하고 거울처럼 투명한 상태, 일체의 상념도 없는 평화로운 상태를 유지하고 있었다. 그러던 중 갑자기 장무위의 심안을 통해 어두운 공간을 촘

촘히 채운 채 은은히 빛나고 있는 신비로운 은색 물결이 보였다. 상상도 할 수 없을 만큼 복잡하고 형용할 수도 없을 만큼 오묘한 이치를 담고 있는 은색 물결. 장무위는 주저하지 않고 그 속으로 몸을 내던졌다. 그와 동시에 조화구법을 시전하면서 터져 나오던 파공음이 사라져 버렸다. 장무위의 전신 경맥에서 기이한 진동이 일어나며 한계에 이르렀던 혼원기가 다시금 폭발적인 용틀임을 시작했다.

우우우웅!

바로 그때, 신비한 은색 물결 사이사이로 어둠 속에 웅크리고 있는 한 마리의 거대한 뱀이 나타났다. 바로 길게 이어진 남궁세가의 담벼락이었다. 장무위가 그것을 깨닫는 순간, 무념무상의 상태가 깨어지면서 공간을 채우고 있던 은색 물결이 크게 출렁였다.

'아!'

무념무상의 상태가 깨어지고 나서야 장무위는 자신이 일생일대의 기회, 평생에 두 번 다시 오지 않을 기회를 맞이하고 있었다는 사실을 깨달았다. 하지만 아직 은색 물결이 완전히 사라진 것은 아니었다. 장무위는 무의식 중에 남궁세가에 도착했다는 사실을 무시하고 계속해서 달리려고 했다.

은색 물결, 그것은 바로 삼라만상(森羅萬象)을 이루고 있는 기의 진실한 모습이었다. 장무위가 그 속에 담긴 이치를 십 분의 일이라도 깨달을 수 있다면, 무상대능력의 조화경을 넘어 하늘보다 높고 바다보다 넓은 벽이 가로막고 있다는 금강경(金剛境)의 경지로 들어갈 수 있을 것이다. 한마디로 은색 물결은 대도약의 기회이자 탈인간의 경지로 가는 첩경이었다. 그러나 현실이 장무위의 발목을 잡고 있었다.

'멈춰야 하나? 아니면 계속해서 달려야 하나?'

극히 짧은 시간 동안 장무위는 양자택일의 기로에서 엄청난 심적 갈등을 겪어야 했다. 지금 속도를 떨어뜨리거나 멈춰 서면 두 번 다시는 은색 물결을 볼 수 없을 거란 사실을 본능적으로 느끼고 있었던 것이다. 하지만 멈추지 않고 계속해서 달려가 버리면 '남궁산이 풍백을 사용해서 대형 참사를 일으켰다'는 이야기를 소문으로만 들어야 할지도 모른다. 아니, 그것보다 훨씬 더 중요한 문제가 또 하나 있었다. 자신이 두 시진 내로 돌아가지 않는다면 잠에서 깨어난 유소백이 남궁세가로 찾아와서 뒤지고 다닐 것이 뻔했던 것이다. 그렇게 되면 독이 잔뜩 오른 남궁산이 유소백을 그냥 놔둘 리가 없었다.

'내가 도대체 무슨 생각을 하고 있는 건가? 소백이가 화를 입을 수도 있는데 난 내 생각만 하고 있구나. 우습구나, 장무위.'

장무위는 스스로를 자책하며 현실을 직시했다. 그러자 출렁이던 은색 물결이 마치 신기루처럼 사라져 버렸다. 이제 텅 빈 허공에는 어둠만이 존재할 뿐이었다. 장무위 평생에 두 번 다시 오지 않을 기회를 놓치는 순간이었다.

"아!"

안타까움에 탄성이 절로 터져 나왔다. 더 소중한 가치를 위해 탈인간의 경지를 포기했지만 아쉬움마저 떨쳐 버릴 수는 없었기 때문이다.

'어쩔 수 없는 선택이었어. 내가 해야 할 일에 집중하자.'

장무위는 이내 마음을 정리하고 주위를 돌아보았다. 빼곡히 늘어서 있는 전각군과 그 사이로 무리를 지어 모여 있는 사람들이 눈에 들어왔다. 일견하기에도 몇백은 족히 되어 보이는 숫자였다. 장무위는 당황하지 않을 수 없었다. 은색 물결이 사라지면서부터 조화구법의 속도가 현저히 떨어지고 있어 자칫 잘못하면 사람들의 무리 중앙으로 떨어져 내릴 수도 있었던 것이다.

'곤란하게 됐구나.'

더 이상 주위를 둘러보거나 생각할 여유도 없었다. 장무위는 어금니를 질끈 깨물며 오른발을 강하게 차올려 텅 빈 공중에서 도약력을 얻고 동시에 현천도를 쭉 뻗으며 비도행의 신법을 펼쳤다. 그러자 급격히 떨어져 내리던 몸이 수평으로 빠르게 날아갔다. 거의 오 장 정도를 날아간 장무위는 꽤 높은 건물의 지붕 위로 사뿐히 내려설 수 있었다.

툭!

몸무게에 눌린 기와들이 서로 부딪쳐 미세한 소리를 발생시켰지만 다행히 그 소리를 들은 사람은 없어 보였다. 장무위는 내심 가슴을 쓸어내리며 주위를 살펴보다가 깜짝 놀라 버렸다.

'이럴 수가?! 이곳은 남궁세가의 후원인 것 같은데… 어찌 이런 일이 있을 수 있단 말인가?'

멀리 남궁세가를 둘러싸고 있는 긴 담벼락을 보고 무념무상의 상태가 깨어졌을 때부터 은색 물결이 완전히 사라져 버리기까지 걸린 시간은 그야말로 수유라고 해도 좋을 짧은 시간이었다. 그런데 그 짧은 시간 동안 자신은 이미 남궁세가의 담장을 몇 개나 넘어야 닿을 수 있는 후원 깊숙한 곳에 이르러 있었다. 그리고 체내를 돌고 있는 혼원기의 양도 급격히 늘어나 오 갑자를 상회하고 있었다. 스스로 생각해도 불가사의하기 짝이 없었다.

'몇 시진 동안만이라도 그 상태를 유지할 수 있었다면 혈마를 걱정하지 않아도 되었을 텐데. 휴―우! 다시는 그런 기회를 맞이할 수 없을 거야.'

놓쳐 버린 기회가 더욱 안타까워졌다. 하지만 장무위는 금세 아쉬움을 떨쳐 버릴 수 있었다. 무도를 걸었던 수많은 사람 중 장무위와 같은 경험을 했던 사람이 몇이나 되겠는가? '탈인간의 관문을 잠시나마 들여다보았다' 는 것만으로도 장무위는 이미 무인이 누릴 수 있는 최대의 복을 만끽한 것이라고 할 수 있었다. 장무위는 곧 시력과 청력을 집중해 아래쪽의 움직임을 주시했다. 곳곳에 횃불이 환히 밝혀져 있어 살펴보는 데 어려움은 없었다.

"뭐 하는 거야? 빨리빨리 움직여!"

"어서 서둘러! 시간없어!"

푸른 무복을 입은 사람들 몇이 소리를 지르고 있었다. 그리고 이들의 통제 하에 몇백이나 되는 인원이 길게 늘어선 채 하나의 전각 안으로 줄지어 들어가고 있었다. 전각 안으로 들어가는 사람들의 얼굴은 하나같이 잔뜩 굳어 있었는데, 모두 짐 보따리를 하나씩 챙겨 들고 있었다. 낯선 모습이 아니었다. 바로 명나라의 운남 내전 당시 전쟁을 피해 도망쳐 나오던 피난민들의 행색과 비슷했다. 장무위는 고개를 갸웃하면서 사람들이 걸어 들어가고 있는 전각 쪽으로 청력을 집중했다. 아나나 다를까, 전각 안에서도 누군가 낮은 목소리로 주의를 주는 소리가 들려왔다.

"이십 리의 지하 통로 곳곳에는 치명적인 함정이 설치되어 있다. 반드시 앞 사람이 디딘 곳만 밟아야 한다. 다른 곳을 밟으면 함정이 발동해서 죽을 수도 있으니 통로가 끝날 때까지 긴장을 늦추지 마라."

"노가주님께서 오백 명의 결사대(決死隊)와 함께 우리의 안전을 보호해 주기 위해 남으셨다. 노가주님을 생각해서라도 반드시 살아야 한다."

장무위는 그제야 이 사람들이 무엇을 하고 있는지 확실히 알 수 있었다. 바로 탈출이었다. 신무림맹이 모든 길목을 막고 있는 와중에 이런 식으로 탈출을 모색하고 있을 줄이야 어찌 짐작이라도 할 수 있었겠는가? 포위망을 구축하고 있는 사람들은 그야말로 헛수고를 하고 있는 것이나 마찬가지였다.

'저들 중에 남궁산이 무슨 음모를 꾸몄는지 알고 있는 사람이 과연 몇 사람이나 될까?'

장무위는 내심 고개를 저었다. 남궁산이 꾸민 음모들은 여러 사람과 함께 머리를 맞대고 논의할 성질의 것이 아니었다. 지금 탈출을 하고 있는 사람들의 대다수가 남궁산의 음모를 모르고 있을 확률이 높았다. 어쩌면 잘된 일인지도 몰랐다. 죄없는 사람들까지 단지 남궁세가에 속해 있다는 이유만으로 죽임을 당하는 꼴은 보고 싶지 않았던 것이다. 한편으로 남궁세가의 재화에 대해 욕심을 품고 있다는 신무림맹의 사람들을 생각하자 괜히 웃음이 나오려고 했다. 탈출하는 사람들이 바리바리 싸 들고 있는 짐 속에 무엇이 들어 있을지 뻔했던 것이다.

'저 사람들 중에 풍백을 가지고 있는 사람이 있을까? 아니야. 남궁산 같은 자가 풍백을 다른 사람 손에 쥐어줄 리가 없지. 일단 남궁산을 먼저 찾아봐야겠구나.'

장무위는 전각으로 들어가기 위해 줄지어 선 사람들을 한 번 더 살펴보다가 고개를 돌렸다. 건물들과 인공 가산, 연못을 지나 수백 개의 횃불을 피워놓아 대낮처럼 환한 곳이 보였다. 남궁세가의 다른 곳은 모두 어둠에 잠겨 있는데 유독 그곳만은 환했다. 장무위는 머뭇거리지 않고 즉시 조화구법을 펼쳐 지붕을 박차고 날아올랐다.

휘익!

남궁세가의 연무장은 질식할 것 같은 침묵으로 가득 차 있었다.

화르륵! 화르륵!

밤바람에 횃불이 비명을 지르는 소리만이 간간이 흘러나올 뿐, 입을 열어 큰 소리로 말을 하거나 눈에 띄는 움직임을 보이는 자가 하나도 없었다. 푸른 무복을 단정하게 차려입은 오백 명의 결사대는 언제 닥칠지 모르는 신무림맹의 공격을 대비해 긴장된 모습으로 운공조식에만 몰두하고 있었다.

연무장의 한쪽에 있는 태사의 위. 운공조식을 마친 남궁산은 고개를 들어 어두운 밤하늘을 올려다보고 있었다.

'작년 이맘때의 하늘은 참으로 포근했는데 오늘의 하늘은 차갑기 그지없구나.'

남궁산의 눈에 비친 하늘은 한겨울의 하늘보다 더 차갑게 보였다. 갑자기 '일은 사람이 꾸미지만 성패는 하늘에 달려 있다'는 말이 떠올랐다. 모든 계획이 척척 진행되고 있었는데 일순간에 모든 게 엉클어져 버린 것이 아무래도 하늘의 뜻이 아닐까? 하는 생각이 들었던 것이다. 하지만 억울했다. 어제가 다르고 오늘이 다른 세상 사람들의 간사한 인심에 상처받기보다는 차라리 자신이 모진 사람이 되는 게 더 낫다는 생각을 했기 때문에 야망을 품지 않았던가? 자신의 후손들은 자신의 전철을 밟지 말았으면 하는 생각에 천 년을 갈 기반을 쌓아주려 했던 것이 아닌가? 남궁산은 하늘이 원망스러웠다.

'왜 그렇게 차가운 눈으로 나를 보는 것이오? 내가 잘못한 게 뭐가 있소이까?'

내심 절규해 보았지만 하늘은 여전히 어둠에 잠긴 모습 그대로였다. 갑자기 몸에서 힘이 빠지고 세상만사가 다 귀찮게 여겨졌다. 격했던 감정들도 모두 다 사라져 버렸다. 그냥 이대로 죽어버렸으면 좋겠다는 생각도 들었다. 하지만 후손들을 위해 해야 할 일이 아직 남아 있었다.

남궁산은 어금니를 질끈 깨물곤 점점 허약해져 가는 몸과 마음을 추슬러야만 했다. 연무장의 반대편에서 급히 달려오는 남궁태의 모습이 보였다. 신무림맹을 감시하러 갔던 비첩단이 뭔가 새로운 정보를 가지고 왔는가 보다.

"아버님! 신무림맹이 내일 정오에 본가를 고, 공격하기로 결정을 내렸다고 합니다!"

남궁산이 고개를 끄덕였다.

"흠, 그래? 그럼 내일 정오까지는 안심을 해도 되겠구나."

의외의 반응에 남궁태가 조아리고 있던 고개를 번쩍 들면서 남궁산을 바라보았다.

"아버님?! 괜찮으신지요?"

근자에 들어 급격히 쇠약해지고 있는 부친에 대한 걱정이 가득 담겨 있는 행동이었다.

남궁산의 얼굴에 엷은 미소가 떠올랐다.

"태야, 공격 시간이 늦춰지고 있는 것이 오히려 이상했을 뿐, 이미 예상했던 일이 아니냐?"

"…예."

남궁산은 점점 안정을 찾아가는 남궁태의 얼굴을 묵묵히 바라보고 있다가 차분하게 물었다.

"비밀 통로 쪽의 상황은 어떠냐?"

"순조롭게 진행되고 있습니다. 이 상태로 계속 진행되면 내일 정오까지 모두 통로로 진입할 수 있을 것 같습니다."

"그럼 내일 저녁 무렵이면 모두 빠져나갈 수 있겠구나?"

"예!"

"그때까지 우리가 신무림맹의 눈과 귀를 붙잡아두어야 해. 아니, 모두가 대민에 안착할 때까지 우리가 신무림맹을 붙잡고 있어야 해."

"명심하겠습니다!"

한 치의 흔들림도 없는 결연한 음성. 남궁태의 얼굴을 묵묵히 바라보고 있던 남궁산의 가슴이 문득 저려왔다. 자신들은 신무림맹의 전력을 이미 파악하고 있었다. 신무림맹의 전력은 남궁세가의 오백 명 결사대로는 도저히 감당할 수 없는 전력이었다. 그런 면에서 자신이 아들에게 한 말은 같이 죽자는 말이나 마찬가지였다.

'내일이 지나면 둘째를 다시 볼 수 없을지도 모르겠구나.'

자신이야 풍백을 사용한 대가를 치르고 있는 중이라 신무림맹과의 싸움이 아니더라도 언제 죽을지 모르는 상황이었지만, 앞으로 살아갈 날이 더 많을 둘째 아들을 저승 가는 길동무로 해야 한다는 사실이 안타까웠다. 문득, 자신이 이제껏 둘째 아들의 손을 단 한 번도 잡아준 적이 없다는 사실이 떠올랐다. 따뜻한 아버지의 자애를 한 번도 보여준 적이 없었던 것이다. 그 때문일까? 네 명의 아들이 모두 자신을 어려워했지만 그중에서도 특히, 둘째 아들 태가 자신을 가장 어려워했다. 어찌 보면 두려워하고 있는 것 같기도 했다. 어제 장무위가 다녀간 뒤 일 처리를 못했다고 심하게 나무랐을 때도 그랬다. 둘째 아들은 식은땀을 줄줄 흘리면서 단 한 마디의 변명도 하지 못했다. 오직 잘못했다고 용서를 빌 뿐이었다.

'그러고 보면 둘째는 자신의 의견을 말하는 법이 없었어. 오직 내가 시키는 일만 열심히 했지. 그런 둘째를 격려는 못해줄망정 난 항상 나무라기만 했었고.'

갑자기 미안하고 안쓰러운 마음이 들어 둘째 아들의 얼굴을 보고 있을 수가 없었다. 남궁산은 슬쩍 고개를 돌려 남궁태의 얼굴을 외면하며 조심스럽게 물어보았다.

"태야, 내가 본가의 미래를 위해 피신해야 할 사람들과 신무림맹을 맞이해 싸움을 해야 할 사람들을 나누면서 단 한 번도 너의 의견을 물어보지 않았구나. 넌… 가주를 따라가고 싶지 않았느냐?"

생전 처음 들어보는 따뜻한 음성. 남궁태의 눈빛이 세차게 흔들렸다. 그러나 남궁태는 이내 고개를 숙이며 재차 결연한 어조로 대답했다.

"아닙니다. 저는 가문의 미래를 위해 목숨을 바칠 각오가 되어 있습니다."

"그게 너의 진심이냐? 너는 죽음이 두렵지 않느냐?"

남궁태라고 해서 왜 살고 싶지 않겠는가? 가치를 위해 목숨을 걸 수는 있어도 죽음을 두려워하는 것은 인간의 본성이었던 것이다. 그러나 남궁태의 입에서 나오는 말은 본심과는 다른 말이었다.

"예! 저는 죽음이 두렵지 않습니다."

남궁태의 단호한 대답과 함께 일시 대화가 중단되었다. 남궁산의 가슴이 더욱 저려왔다. 아니, 가슴이 찢어지는 듯했다. 둘째 아들의 저러한 모습조차도 자신에게 잘 보이고 싶어하는 마음에서 나온 행동임을 눈치 챌 수 있었기 때문이다. 침묵이 이어지던 어느 순간, 남궁산의 입술이 힘겹게 열렸다.

"미안하다. 너에게 해줄 말이 이것밖에 없구나."

고개를 조아리고 있던 남궁태의 몸이 크게 움찔하더니 마침내 파르르 떨리고 있는 볼을 타고 두 줄기의 누선이 그어졌다. 그러자 남궁산이 급히 자리에서 일어나 도망치듯이 걸음을 옮기며 말했다.

"난 후원을 둘러보고 오마."

남궁산의 눈에도 어느샌가 습기가 어려 있었다. 오백 명의 결사대중 운공을 마친 몇몇이 그런 남궁산을 멍하니 바라보고 있었다. 가솔들에게 평생 강한 모습만을 보여주었던 남궁산은 자신의 눈물을 보여주기가 싫어 더욱 빨리 걸음을 옮겼다.

곳곳에서 경비를 서고 있던 무사들이 앞을 막기 위해 뛰어나오다가 남궁산의 얼굴을 확인하고는 조용히 물러섰다. 움직임이 그림처럼 깨끗한 것이 예사 움직임들이 아니었다. 그들은 바로 남궁세가가 미래의 천살대로 육성하고 있던 오십 명의 고수였다. 경비로 쓰기에는 너무 아까운 고수들이었지만 탈출의 중요성을 감안해 남궁산이 그들 모두를 후원 경비로 투입해 놓은 상황이었다.

남궁산은 비밀 통로가 있는 자신의 거처를 향해 걸어가다가 문득 방향을 바꿔 자신이 즐겨 찾던 인공 연못 쪽으로 걸어갔다. 수상 누각의 중앙에 있는 탁자에 다가간 남궁산은 의자를 빼내어 털썩 주저앉았다. 그제야 참았던 눈물이 주르륵 흘러내렸다. 죽을 날이 다가오고 있음을 느끼고 있어서인가? 앞만 보고 달려오느라 주변을 돌아보지 못했던 자신의 무심함이 너무도 한심하게 느껴졌다. 그리고 아들에게 한 번도 아버지로서의 자애를 보여주지 못했던 자신의 야박함도 너무나 후회가 되었다.

"휴!"

남궁산은 탄식을 토하며 소매를 들어 얼굴을 훔치며 시선을 인공 연못에 고정시켰다. 간간이 구름 사이로 얼굴을 내미는 달빛이 수면에 반사되어 남궁산의 눈을 어지럽게 만들었다.

'왜 자식들에게 따뜻한 부정을 보여주지 못했던가? 왜 손자가 가문을 버리게 만들었던가? 도대체 내가 원했던 것은 무엇인가?'

내심 격정이 치밀어 올라 참으려 해도 참을 수 없는 장탄식이 또 한 번 터져 나왔다.

"휴—우! 내가 세상을 잘못 살았구나, 잘못 살았어. 하지만 이제 와서 후회하면 뭘 하겠는가? 모두가 부질없는 짓일 뿐이야."

남궁산은 품속에 손을 집어넣어 풍백을 꺼내었다. 푸른 수정 같은 풍백을 중심으로 휘황찬란한 영기와 빛무리가 소용돌이쳤다. 그 누구라도 탐욕을 품을 수밖에 없을 것 같은 신비로운 모습이었다. 남궁산은 풍백을 내려다보면서 조용히 뇌까렸다.

"너를 본가의 미래라고 생각했는데 어쩔 수 없이 내 손에서 놓아주어야겠구나."

남궁세가만의 보물로 후손들에게 넘겨주고 싶었던 풍백이었다. 하지만 이제는 그 마음을 접어야 했다. 어제 낮 장무위 의형제들의 방문 이후 급히 비첩단을 움직여 알아본 결과 풍백에 대한 소문이 강호에 널리 퍼져 있다는 것을 알게 되었던 것이다. 풍백을 남궁세가에 남겨두려고 한다면 가주와 가솔들이 탈출에 성공한다고 하더라도 영원히 쫓겨 다녀야 할 것이다. 그렇게 되면 권토중래는 물 건너가는 것이나 마찬가지였다.

"이제 너를 함부로 사용하지는 않을 것이다. 그러니 내 아들과 가솔들의 목숨을 구해다오."

고개를 숙인 채 풍백을 바라보고 있던 남궁산의 주름진 볼을 타고 미처 닦아내지 못한 눈물 한 방울이 바닥으로 떨어져 내렸다.

톡!

그 순간, 남궁산은 왠지 누군가가 자신을 바라보고 있는 듯한 느낌에 벼락같이 소리를 지르며 일어섰다.

"누구냐?!"

아니나 다를까, 남궁산의 느낌은 잘못된 것이 아니었다. 남궁산은 자신의 오른쪽, 그리 넓지 않은 수상 누각의 한쪽에 굳건히 서 있는 검은 그림자를 발견할 수 있었다.

'이런 일이 있을 수 있다니?'

남궁산은 대경실색하지 않을 수 없었다. 예비 천살대의 고수 오십 명이 경비를 서고 있는 상황. 가문의 가장 심처인 이곳을 제집 드나들 듯 하는 자가 있을 것이라고 어찌 상상이나 했겠는가? 더욱이 자신은 검은 그림자가 언제부터 거기에 서 있었는지도 모르고 있었다. 남궁산은 급히 안력을 돋워 상대의 얼굴을 자세히 살펴보다가 또 한 번 가슴이 덜컥 내려앉는 듯한 충격을 느껴야만 했다. 자신으로서는 도저히 감당할 수 없는 고수가 눈앞에 서 있었던 것이다.

"장 대협?!"

장무위가 한 걸음 앞으로 나서며 읍을 취했다.

"그렇습니다, 바로 장무위입니다."

"장 대협이 어떻게?"

"사정이 그렇게 되었습니다. 제가……."

장무위는 막 무슨 말을 하려다가 사방에서 들려오는 호각 소리에 일시 말을 멈추었다.

삐이익! 삐이익!

"후원 쪽에서 소리가 났다!"

"노 가주님이 계신 곳이다. 서둘러!"

온 사방에서 인기척이 들려왔다. 그 소리를 들은 남궁산은 그제야 뛰던 가슴이 조금은 진정되는 것을 느꼈다.

'곧 태가 본가의 정예들을 이끌고 오겠구나.'

하지만 남궁산의 안색은 밝아지지가 않았다. 인공 연못의 한가운데에 있는 수상 누각으로 들어오려면 길이 십 장, 넓이 반 장 정도 되는 부교(浮橋)를 지나와야 했다. 장무위 같은 초고수를 상대하기 위한 장소로는 최악의 장소였다. 일렬 종대로 늘어서서 한 사람씩 공격해 봤자 장무위 같은 초고수에게는 아무런 위협거리도 되지 않을 것이기 때문이다. 그 때문인지 장무위의 표정은 담담하기만 했다.

"제가 찾아온 이유는 이미 알고 계실 거라고 믿습니다."

"허허, 이유라? 대충 짐작은 하겠소이다. 하지만 안타까운 심정이 드는구려. 설마 하니 천하의 장. 대.협.께서 야밤에 월장을 할 줄이야. 나는 장 대협이 내일 낮에 신무림맹과 함께 올 줄 알았소이다."

묘한 억양. 대협 소리를 듣는 사람이 야밤에 월장 한 것을 비꼬는 말이었다. 하지만 장무위의 인품을 나름대로 잘 알고 있다고 생각했던 남궁산의 의문이 담긴 말이기도 했다. 남궁산은 장무위가 이런 식으로 찾아올 줄은 진정 꿈에도 몰랐던 것이다.

어둠에 가려진 장무위의 안색이 순간 붉게 달아올랐다. 하지만 장무위는 이내 자신의 목적을 상기하고는 마음을 다잡았다.

"변명을 하고 싶지는 않습니다. 풍백을 돌려주십시오."

단도직입적인 장무위의 말에 남궁산도 더 이상 상대를 비꼴 생각을 하지 못했다. 남궁산은 여전히 자신의 왼손에 들려 있는 풍백을 품속에 집어넣으며 반문을 했다.

"날 암습했다면 풍백을 쉽게 가져갔을 텐데, 이렇게 말로 달라고 하는 이유는 무엇이오?"

남궁산은 장무위가 왜 자신을 암습하지 않았는지 정말 궁금하기 짝이 없었다. 풍백을 회수하기 위해 야밤에 월장을 한 사람이 체면 때문에 암습을 하지 않았을 거란 생각은 들지가 않았던 것이다.

장무위가 남궁산의 두 눈을 직시하며 말했다.

"자식을 걱정하는 아버지의 눈물을 보았기 때문입니다."

이번에는 남궁산의 얼굴이 새빨갛게 변해 버렸다. 독하게 세상을 살기로 마음먹고 난 이후에 처음으로 흘린 눈물을 일생일대의 대적이라 할 수 있는 장무위에게 들켜 버렸으니 부끄럽지 않을 수 없었다. 남궁산은 장무위의 현기 어린 눈을 마주 보고 있기가 불편해져 슬쩍 고개를 돌렸다. 정예들을 이끌고 온 남궁태가 막 부교 위로 올라서고 있는 모습이 보였다.

"사정을 봐줘서 고맙소. 하지만 어제도 말했다시피 풍백을 내어줄 수는 없소이다."

"남궁 노선배, 풍백이 과연 남궁 노선배에게 어떠한 이득을 주고 있기에 그렇게 욕심을 내시는 겁니까?"

순간, 남궁산의 주름진 얼굴에 잘게 경련이 일었다.

"어떠한 이득도 없었소이다. 아니, 어찌 생각하면 본가를 멸문지경으로 이끈 것이 바로 풍백이라 할 수도 있겠구려. 그 때문인지 더 이상 풍백에 대한 욕심은 없소. 그리고 풍백이 나에게 있다는 소문이 세상 천지에 퍼져 있어 이제는 욕심을 내고 싶어도 낼 수가 없는 상황이오. 하지만 지금 풍백을 내어줄 수는 없소. 내 아들과 가솔들을 살리기 위해서는 풍백이 꼭 필요하오."

모든 것을 포기한 것처럼 보였던 남궁산이 끝까지 풍백을 내어줄 생각을 하지 않자 장무위의 언성이 높아졌다.

"기어코 신무림맹 사람들에게 풍백을 사용하시겠단 말씀입니까?!"

"본가를 멸문시키기 위해 찾아오는 사람들에게 목을 늘어뜨려 줄 수는 없잖소?"

장무위의 두 눈에서 번쩍! 하고 무서운 안광이 뿜어져 나왔다.

"원인 제공을 한 사람은 바로 남궁 노선배 본인이 아닙니까?"

분노한 장무위의 추궁에 남궁산은 아무런 대꾸도 할 수 없었다. 부교 위로 밀려오고 있는 남궁세가의 정예들은 안중에도 두지 않고 있는 듯한 장무위에게 내심 질려 버린 까닭도 있었다.

"풍백을 사람들에게 사용하시려 하니 저도 더 이상은 어쩔 수 없군요."

장무위는 말이 끝남과 동시에 현천도를 뽑아 들었다. 순식간에 살을 에는 듯한 무형지기가 사방으로 뿜어져 나갔다. 그러자 넓이가 반 장도 안 되는 부교 위에서 예비 천살대와 결사대를 이끌고 뛰어오던 남궁태가 대경실색해서 소리쳤다.

"멈추시오!"

하지만 장무위에게서 뿜어져 나오는 무형지기는 갈수록 더 강해질 뿐이었다. 남궁태는 다급한 심정에 검을 빼어 들었으나 발만 동동 굴러댈 뿐이었다. 괜히 장무위를 건드렸다가는 부친이 먼저 죽을 수도 있었던 것이다. 그리고 장무위가 부교의 끝을 막고 있는 위치에 서 있어서 수상 누각 안으로 들어가 부친을 보호할 방법도 없었다.

"태야, 너는 거기에 있어라."

남궁산은 안절부절못하는 남궁태를 재빨리 진정시킨 후, 침통한 표정으로 장무위에게 고개를 숙였다.

"장 대협, 며칠만 시간을 주시오. 며칠만 시간을 주시면 내 손으로 직접 풍백을 건네주겠소."

장무위의 무형지기가 일순 크게 흔들렸다. 남궁산이 이렇게 저자세로 나올 줄은 미처 몰랐던 것이다. 그러나 내일 당장 내형 잠사가 예상되는데 어떻게 며칠을 기다리겠는가? 장무위는 현천도를 잡은 손에 불끈 힘을 주며 소리쳤다.

"남궁 노선배께서 먼저 손을 쓰십시오."

더 이상 말로 해결할 수 있는 상황이 아니었다. 남궁산은 입술을 질끈 깨물며 주위를 물렸다. 그리고 대천강수의 공력을 극한으로 끌어올린 채 장무위를 마주하고 섰다. 하지만 내심 암담하기 짝이 없었다. 장무위의 전신에서 서리서리 뿜어져 나오고 있는 무형지기의 위세가 하룻밤 사이에 표가 날 정도로 강해져 있었던 것이다. 그에 반해 자신은 하루가 다르게 육체가 허물어져 가고 있었다. 이제는 정말 장무위의 한칼도 막을 자신이 없었다. 남궁산은 긴 한숨을 내쉬며 공력을 풀어버렸다.

"휴! 손을 쓰시구려. 추한 모습을 보이면서 죽고 싶지는 않소이다."

장무위의 눈썹이 크게 꿈틀했다.

"남궁 노선배! 저는 오늘 많은 생각을 하고 이곳에 왔습니다. 어서 손을 쓰십시오!"

무저항으로 있어도 손을 쓰겠다는 말이었다. 하지만 남궁산은 아무런 말도 없이 그저 침통한 표정으로 장무위를 노려보기만 할 뿐이었다. 계속해서 시간이 흘러갔다. 마침내 남궁산이 먼저 손을 쓰기만을 기다리고 있던 장무위가 어금니를 질끈 깨물고 현천도를 들어 올렸다. 바로 그 순간, 남궁태가 크게 소리쳤다.

"장 대협! 제가 드릴 말씀이 있습니다!"

장무위는 남궁산에게서 시선을 거두지 않은 채 등 뒤로 말했다.

"말씀하시오."

"풍백을 이용해 사람을 해치지 않겠다는 약속을 드린다면 며칠의 말미를 주실 수 있겠습니까?"

"무슨 말씀이오?!"

남궁태는 장무위가 자신의 말에 관심을 가져주는 듯하자 숨도 쉬지 않고 재빨리 자신의 생각을 말했다.

"신무림맹 사람들을 겁주기 위한 용도로만 풍백을 사용하겠다는 말씀입니다. 그리고 모레 아침 해를 볼 수 있다면 제가 직접 풍백을 장대협께 가져다 드리겠습니다."

둘째 아들의 말에 동의를 한다는 듯 고개를 끄덕이는 남궁산을 보며 장무위는 어쩔 수 없이 현천도를 내릴 수밖에 없었다. 아무리 마음을 독하게 먹었다고 하더라도 무저항인 사람에게 살수를 쓰고 싶지는 않았던 것이다. 거기에다 적이라 할 수 있는 자신에게 애타게 사정하는 남궁태가 안쓰럽게 보이기도 했다. 그러나 두 사람의 말을 전적으로 믿을 수는 없었다. 그러기에는 위험 부담이 너무 컸던 것이다. 장무위는 남궁산 부자의 얼굴을 번갈아가며 바라보다가 낮은 목소리로 말했다.

"두 분께서 약속을 하신다면 저도 이대로 물러서겠습니다. 그리고 비밀 통로로 탈출을 하고 있는 사람들에 대한 비밀도 지켜 드리겠습니다."

순간, 남궁산의 얼굴이 석고상처럼 딱딱하게 굳어버렸다.

"어, 어떻게?"

"약속해 주시겠습니까?"

남궁산의 입술이 힘겹게 열렸다.

"…약속하겠소."

"믿겠습니다. 그럼 내일 다시 뵙겠습니다."

그 말을 끝으로 장무위는 비도행의 신법을 전개했다.

쒜―에―엑!

이때 부교 위에 서 있던 결사대 몇이 얼떨결에 장무위에게 겨누고 있던 활의 시위를 놓아버렸다.

"멈춰!"

대경실색한 남궁태가 급히 소리를 쳤다. 칼을 거둔 상대에게 다시 칼을 뽑게 할 우려가 있었던 것이다. 하지만 화살은 이미 시위를 떠난 후였다.

쉬익! 쉭!

장무위는 몇 대의 화살이 날아오는 것을 보고도 별로 걱정하는 기색도 없이 현천도의 방향을 슬쩍 바꾸었다. 그러자 일직선으로 날아가던 장무위의 몸이 현천도의 도첨이 가리키는 방향으로 날아가며 순식간에 화살의 범위를 벗어나 버렸다. 눈 깜짝할 사이에 인공 연못을 건넌 장무위는 발이 땅에 닿자마자 재차 비도행의 신법을 펼쳐 어둠 속으로 사라져 버렸다. 몇 대의 화살은 장무위가 지나간 빈 허공만을 무의미하게 수놓다 사라질 뿐이었다. 누군가의 경악 어린 탄성이 터져 나왔다.

"어검 비행이닷!"

천하의 명산 황산에서 명나라 제일무가인 남궁세가를 향해 길을 가다 보면 보기 드물게 화려하고 깔끔한 시설을 갖춘 객잔이 하나 나온다. 황산의 절경에 취한 여행객들의 기분을 더욱 고취시킬 수 있는 강남 특유의 화려하면서도 우아한 건축 양식에 맛깔스러운 음식까지 갖춰 여행객들의 발길이 끊이지 않는 곳. 간판에 적힌 이름은 열빈객잔(悅賓客棧)이었다. 이 열빈객잔이 요즘 때 아닌 특수를 누리고 있었다. 아직 황산의 절경을 제대로 맛볼 수 있는 계절이 아님에도 불구하고 이상하리만치 많은 여행객이 이 열빈객잔에 짐을 풀고 있어 빈방을 찾을 수 없을 지경이었던 것이다.

동이 터오려면 한 시진이 넘게 남아 있는 이른 아침. 지난밤 방을 잡지 못하고 객잔의 식당에서 날밤을 지새운 사람들이 이른 아침부터 매상을 잔뜩 올려주고 있었다. 객잔의 주인 된 사람으로서는 입이 귀끝에 걸릴 만한 상황이었다. 그러나 희색이 만면해야 할 객잔 주인 곽(郭)노야의 안색은 그 어느 때보다 굳어 있었다. 비록 한 푼이라도 더 벌기 위해 꼭두새벽부터 일어나 앉아 있었지만 최근 들어 평생 동안 객잔을 운영해 온 열빈객잔을 다른 곳으로 옮겨야 하나 말아야 하나를 두고 심각하게 고민하고 있는 상황이었던 것이다.

"바로 오늘이구나."

곽 노야는 아무도 듣지 못할 만큼 작은 소리로 혼잣말을 내뱉으며 식당 안을 둘러보았다. 눈 가리고 아웅 하는 식으로 대충 천으로 감싸놓은 길쭉한 물건들을 하나씩 꿰차고 있는 건장한 체격의 손님들. 식당 안을 가득 채우고 있는 모든 손님이 한 업종(?)에 종사하는 사람들이었다. 평생 동안 객잔을 운영해 온 곽 노야의 예리한 눈으로 손님들의 신분을 못 알아볼 리가 없었다. 곽 노야는 '혹시 무슨 새로운 소식이 없는가?' 하여 숨을 숙인 채 이곳저곳에서 들려오는 대화에 귀를 기울였다.

"세상에 정말 믿을 놈이 없다더니… 남궁노적이 명교를 충동질해 혈겁을 일으키고 뒤로 호박씨를 까고 있었을 줄이야 누가 알았겠나?"

"그러게 말일세. 진짜 마두는 명교가 아니라 바로 남궁노적이야."

"남궁노적이 무엇이 부족해 그런 짓을 했는지 이해가 안 되네."

"내 말이 그 말일세. 남궁세가라면 돈도 많고 명성도 하늘을 찌르는 곳이 아닌가? 있는 놈들이 더 무섭다더니 꼭 그 짝이야."

"두고 보게. 오늘 신무림맹이 남궁세가를 공격할 때 내가 앞장을 서서 남궁가의 마졸들을 모두 때려잡고 말겠어."

"자네는 내 뒤나 따라오게. 내가 먼저 가서 마졸들의 목으로 길을 만들어놓겠네."

"무슨 소리?! 내가 먼저야!"

"자네들 모두 배부터 채우게. 여기서 남궁세가까지는 가까운 거리가 아니야. 신무림맹이 정오에 공격을 시작한다고 했으니 우리도 최소한 한 시진 전에는 도착해야 할 것이 아닌가?"

"맞아, 배가 든든해야 마졸들을 한 놈이라도 더 죽이지. 어서 먹고 나가세."

얼마 전까지만 해도 창궁검왕이라는 영예로운 칭호로 불리던 남궁산과 천하제일무가로 명성이 드높던 남궁세가에 대한 강호인들의 분노는 극에 달해 있었다. 남궁세가가 꾸민 음모가 워낙 악독해 공분을 사고도 남음이 있었던 것이다. 곽 노야는 강호인들이 볼 수 없게 고개를 푹 숙인 채로 얼굴을 찡그렸다.

'남궁세가가 나쁜 짓을 했는데 왜 나 같은 사람이 피해를 입어야 하는가? 내가 무슨 잘못을 했다고? 억울하기 짝이 없구나.'

강호인들이야 신경도 안 쓰고 있겠지만 남궁세가가 몰락하면 곽 노야 같은 사람은 손가락만 빨고 살아야 하는 신세로 전락할 수도 있었다. 열빈객잔을 찾아오는 손님들의 대다수가 당금 천하 상권을 좌지우지하는 남궁세가를 방문하는 사람들이었기 때문이다. 황산의 절경을 감상하기 위해 찾아오는 여행객들은 한철 장사 그 이상도 이하도 아니었다. 곽 노야는 걱정스러운 마음으로 이번에는 다른 강호인들의 이야기에 귀를 기울였다.

"오늘 운이 좋으면 남궁노적이 가지고 있다는 신기(神器)를 손에 넣을 수도 있을 거야."

"그게 무슨 말인가, 남궁노적이 신기를 가지고 있다니?"

"아! 자네는 아직도 모르고 있었나? 지금 모두 쉬쉬 하며 그 이야기를 하고 있던데. 난 자네도 당연히 알고 있을 줄 알았어."

"난 금시초문일세."

"자네도 귀 좀 열고 살게. 지금 이곳에 모인 사람들 중의 상당수가 그 신기를 차지하려고 모인 사람들이란 말일세."

"그—으—래?!"

"헐! 자네는 정말 아무것도 모르고 있구먼. 내가 설명해 줌세. 청해 대혈전 당시에 말이야, 남궁노적이 명교주의 여식을 죽이려고 하다가 저주를 받아서 바람을 부리는 악마에 씌었다는 소문이 있었거든."

"아! 그 소문! 남궁노적이 악마에 씌는 바람에 오히려 척마대의 고수들을 죽였다고 하는 소리라면 나도 들은 적이 있네. 그렇지만 악마니 뭐니 하는 헛소리를 어찌 믿겠는가?"

"나도 처음에는 자네처럼 헛소문이라고만 생각했었네. 그런데 그 소문이 완전한 헛소문만은 아니었나 봐."

"참말인가?!"

"내가 자네에게 거짓말을 왜 하겠는가? 일단 내 말부터 들어보게. 당시 남궁노적이 명교주의 여식을 죽이려고 할 때 장 대협이 마침 그 장면을 보시게 되었나 봐. 그런데 장 대협께서 남궁노적 같은 마두가 힘없는 여인을 해치려는 것을 보고 가만히 계실 리가 없잖은가?"

"아무렴! 장 대협이 어떤 분이신데!"

"그래서 말이야……."

한 사람은 소곤소곤거리고 한 사람은 크게 놀라 소리를 지르는 대화. 귀를 기울이고 있던 곽 노야는 이내 대화를 나누는 자들이 별 볼일 없는 자들이라는 것을 알 수 있었다. 이미 자신은 일주일 전부터 들었던 이야기였던 것이다.

―남궁산이 명교주의 여식을 살인멸구하려고 하다가 도제의 제지를 받았다. 이에 두 사람이 크게 다투었는데 남궁산의 무공으로는 도제의 상대가 될 수 없었다. 이에 남궁산이 몰래 숨겨두고 있던 신기(바람을 부리는)를 사용해 마침내 도제를 해치고 말았다. 그 과정에서 남궁산이 신기를 잘못 사용해 데리고 갔던 척마대의 고수들을 대부분 죽여 버렸는데 오직 한 사람, 쌍창문(雙槍門)의 섬전창(閃電槍) 채기종(蔡基宗)만이 살아남았다. 채기종은 남궁산에 의해 도제 장무위와 척마대의 고수들이 모두 죽어 나가자 자신도 살인멸구당할 수 있다 생각하고 한동안 은신해 있었다. 그러다가 남궁세가가 무림공적으로 지목을 당한 이후에 자신이 겪은 사실을 폭로했다. 한동안 남궁산이 사용한 바람을 부리는 신기에 대해 구구한 억측이 나돌았으나 '풍백'이라는 단어를 연상한 사람들이 한둘이 아니었다.

곽 노야로서는 이미 알 만한 사람은 다 알고 있는 이야기를 무슨 비밀이라도 되는 듯 소곤거리는 자들이 우습게 여겨질 정도였다. 다음에 어떠한 반응이 나올지도 곽 노야는 미리 예측할 수가 있었다. 아니나다를까, 소곤거리며 대화를 나누던 자들 중 하나가 크게 소리쳤다.

"뭐, 뭣이?! 푸, 풍백?!"

"쉿! 조용히 하게!"

곽 노야는 이내 관심을 다른 곳으로 돌렸다. 그러나 다른 사람들의 대화도 모두 대동소이했다. 남궁세가를 욕하는 이야기거나 아니면 오늘 어떻게 남궁세가의 마졸들을 처치하겠다는 이야기, 그리고 풍백이 어떻고 저떻고 하는 이야기들뿐이었다. 곽 노야는 더 이상 강호인들의 이야기에 귀를 기울여 봐야 얻을 것이 없다고 생각하고 장부(帳簿)로 시선을 돌렸다. 그러나 장부가 눈에 들어올 리가 없었다. 곽 노야는 내심 한숨을 푹 내쉬었다.

'휴우! 남궁세가는 멸문지화를 당할 수밖에 없겠어. 이곳에서의 장사는 이제 접어야겠구나.'

평생 동안 키워왔던 기업을 포기해야 한다는 생각에 곽 노야의 속은 바짝바짝 타 들어갔다. 바로 그때였다. 시끌벅적하던 식당 안이 갑자기 조용하게 변했다.

'무슨 일이 있나?'

곽 노야는 갑작스레 찾아온 정적에 고개를 갸웃하며 장내를 훑어보았다. 한참 침을 튀기며 남궁세가를 성토하던 자들과 풍백에 대한 이야기로 눈이 벌게져 있던 자들 모두가 얼어붙은 듯 미동도 없이 입구 쪽을 바라보고 있었다. 곽 노야도 어느 순간, 등골이 서늘해지는 느낌에 자신의 왼쪽에 위치한 입구 쪽으로 서서히 고개를 돌렸다. 그리고 곽 노야의 두 눈이 한껏 부릅떠졌다.

곽 노야의 시선이 닿은 곳에는 육 척 정도의 신장에 삿갓을 깊이 눌러쓴 백의인이 서 있었다. 항거할 수조차 없을 만큼 거대한 위압감과 존재감, 백의인의 일신에서는 무시무시한 기세가 뭉게구름처럼 피어올라 곽 노야의 오금을 저리게 만들었다. 인간 같지 않은 그 기세는 곽 노야와 같이 무공을 익히지 않은 사람도 온몸으로 느낄 수 있는 그런 것이었다.

'저, 저자가 정녕 사람인가?!'

백의인은 마치 구름 위를 걷는 듯한 부드러운 걸음으로 식당 안으로 들어오더니 한가운데에 이르러 걸음을 멈추었다. 삿갓 아래로 보이는 백의인의 입술이 열렸다.

"풍백을 말한 자가 누구냐?"

그 순간, 마치 자석에 끌리기라도 한 것처럼 멍청히 백의인의 모습을 바라보고 있던 모든 사람이 몸을 부르르 떨면서 급히 시선을 내리깔았다. 백의인의 입술 사이로 흘러나오는 억양의 고저장단이 없는 무미건조한 말투에서 근원을 알 수 없는 공포를 느꼈던 것이다. 그 공포에 짓눌려서인가? 어느 누구도 백의인의 말에 선뜻 대답을 못했다.

잠시 동안 소름 끼치는 정적이 식당 안을 맴돌았다. 그러자 백의인이 쓰고 있는 삿갓의 상단, 눈이 있을 것이라 짐작되는 부분에서 붉은 광채가 넘실거리더니 마치 뿌연 안개와도 같은 무형지기가 사위로 뿜어져 나가기 시작했다.

츠츠츠츳!

"허억!"

"으윽!"

"컥!"

식당 내에 있던 모든 자가 각양각색의 비명을 토하며 온몸을 부들부들 떨었다. 곽 노야도 예리한 칼로 온몸을 쑤셔대는 듯한 지독한 통증에 단말마의 비명을 지르며 학질에 걸린 사람처럼 떨기 시작했다. 살려달라고 크게 소리쳤지만 입 밖으로 말이 되어 나오지 않았다. 도망을 치고 싶어도 발걸음이 떨어지지 않았다.

'이렇게 죽는 것인가?'

곽 노야는 점점 정신이 아득해지는 것을 느끼며 죽음이라는 단어를 떠올렸다.

그 순간, 백의인의 전신에서 뿜어져 나오던 무형지기가 수그러들었다. 그리고 예의 그 소름 끼치는 목소리가 다시 한 번 흘러나왔다.

"풍백을 말한 자가 누구냐?"

그러자 누구라고 할 것도 없이 풍백을 입에 올렸던 자들이 모두 일어서며 소리쳤다.

"제, 제, 제가 푸, 풍백을 마, 말했습니다!"

"저, 접니다!"

"사, 살려주십시오!"

"죽을죄를……!"

자리에서 일어선 자들은 모두 식은땀으로 목욕을 하고 있었고 안색이 새파랗게 질려 있었다.

"풍백이 누구에게 있느냐?"

모두 얼어붙어 있는 가운데에서도 한 삼십 대의 장년인이 재빨리 대답을 했다. 담이 큰 자임이 분명했다.

"나, 나, 남궁세가의 노, 노가주인 남궁산이 가지고 있습니다."

흡족한 대답이었나 보다. 백의인은 가타부타 아무런 말도 없이 몸을 돌려 식당 밖으로 걸어나가 버렸다.

털썩!

백의인의 말에 대답을 했던 장년인이 바닥으로 힘없이 무너지는 소리가 갑작스럽게 자리한 정적을 밀어냈다. 백의인의 등 뒤쪽에 있어 무형지기의 압박을 덜 받았던 자들이 기쁨에 겨워 소리쳤다.

"살았구나!"

"아! 내가 정말 살아 있구나."

그제야 계산대에 처박고 있던 머리를 조심스럽게 들어 올린 곽 노야는 소매를 들어 올려 눈물과 식은땀으로 흐려진 눈가를 훔치며 내심 중얼거렸다.

'풍백이 악마를 불러들인 것이 틀림없어. 이곳에 있다간 제명에 못 죽겠구나. 날이 밝자마자 이곳을 떠나야겠어.'

해가 뜨기도 전인 묘시(卯時) 무렵. 웅성거리는 소리가 사방에서 들려왔다. 장무위는 가부좌를 풀고 자리에서 일어나 침상 쪽을 돌아보았다. 어젯밤에 일찍 잠이 들었던 조일봉은 밖으로 나갔는지 보이지 않았고 침상 위엔 유소백이 홀로 앉아서 운공조식을 하고 있었다. 아니, 운공조식을 하는 것처럼 연기를 하고 있었다. 천하제일고수 소리를 듣는 장무위가 운공조식을 하는 사람과 운공조식을 하는 척하는 사람을 구분하지 못할 턱이 없었다. 유소백은 어제 일로 장무위에게 일종의 시위를 하고 있음이 틀림없었다. 장무위는 미안한 마음에 괜히 헛기침을 하면서 유소백에게 말을 걸었다.

"험! 험! 소백이, 그만 일어나게. 신무림맹의 고수들이 움직이기 시작했네."

그러자 운공조식을 하는 것처럼 연기를 하고 있던 유소백의 얼굴이 붉게 변해 버렸다. 하지만 유소백은 이내 태연한 표정을 지으며 자리에서 일어났다.

"잘 다녀오셨습니까?"

말속에 은근히 뼈가 있었다.

'화가 많이 났구나.'

장무위는 억지로 부드러운 미소를 지으며 대답했다.

"그냥 남궁세가를 한 번 둘러보고 왔을 뿐 별다른 일은 없었네. 한 가지 소득이라고 한다면 오늘 남궁산이 사람들을 향해 풍백을 사용하지 않겠다고 약속을 했다는 것일세."

장무위의 말을 들은 유소백의 얼굴이 일시 환하게 밝아졌다. 유소백으로서는 실로 십 년 묵은 체증이 한꺼번에 내려가는 듯했던 것이다. 그러나 유소백의 입에서 나오는 말은 여전히 무뚝뚝하기 그지없었다.

"그러셨군요. 다행입니다."

장무위는 오늘 하루의 평안을 위해서라도 사과를 하지 않을 수 없었다.

"소백이, 내가 잘못했네."

그제야 유소백이 본심을 말하기 시작했다.

"큰형님, 큰형님께서 저를 위해 그렇게 하셨다는 것은 저도 잘 알고 있습니다. 하지만! 저는 위험한 일을 모두 큰형님께만 맡기고 뒷전에서 구경만 하는 비겁한 인간이 되고 싶지 않습니다. 앞으로는 저도 의형제의 도리를 지키며 살 수 있게 해주십시오."

가슴이 뜨끔했다. 나름대로 유소백을 위한다고 한 행동이 사실은 유소백의 자존심을 크게 상하게 하는 일이었던 것이다. 장무위는 이내 진심으로 사과를 했다.

"내가 생각이 짧았네. 이제 그만 화를 풀게나."

"예."

유소백이 미소를 지으며 대답했다. 장무위도 그제야 어색한 미소를 떨쳐 버리고 궁금했던 점을 물어볼 수가 있었다.

"일봉이는 이른 아침부터 어디 갔는가?"

"일봉 형님은 팽 노선배를 찾아가셨습니다. 아무래도 형수님의 눈치를 봐야 하는 입장이니 팽 노선배께 잘해 드려야겠지요."

장무위는 작년에 팽여주의 자그마한 손에 끌려 무상구도의 후 이 초백두지명을 가르쳐 달라며 찾아오던 조일봉의 모습을 떠올리며 크게 웃었다.

"하하하, 그렇지. 내가 보기에도 일봉이가 꽉 잡혀 사는 것 같았어."

"하하, 큰형님도 저랑 똑같은 생각을 하고 계셨군요. 그런데 큰형님, 신무림맹을 도와주지 않아도 될까요?"

유소백의 질문에 장무위는 고개를 저었다. 오늘 싸움에서 남궁산이 풍백을 사용하지 않는 한은 철저히 방관자로 나설 생각이었던 것이다.

"일봉이야 명나라 사람이니 이런 일에 빠지면 곤란하겠지만, 우리는 괜히 나섰다가 욕만 먹을 수도 있어. 신무림맹의 전력이 압도적으로 강하니 우리가 군이 손을 보탤 필요도 없고. 그리고 자네도 알다시피 난 무림맹이니 무림공적이니 하는 것들이 당최 마음에 들지 않는구먼. 우리는 풍백만 신경 쓰세."

"예, 저도 같은 생각입니다. 그러면 우리는 따로 움직입니까?"

"그래. 손을 보태줄 것도 아니면서 같이 움직일 필요는 없지. 신무림맹의 고수들이 모두 떠나면 그때 움직이세."

"예."

장무위가 다시 자리에서 일어난 것은 진시(辰時)가 가까워올 무렵이었다. 유소백이 어디서 구해왔는지 두 개의 삿갓을 가지고 와선 그중에 하나를 장무위에게 내밀었다.

"큰형님께서 사람들의 시선을 꺼려하시는 것 같아 어제 낮에 준비해 두었던 것입니다. 이걸 쓰시면 번거로움은 면하실 겁니다."

"필요없지 않을까? 이미 신무림맹의 사람들은 모두 떠났을 텐데."

"아닙니다. 아직 많은 사람이 남아 있는 것 같았습니다."

"그래? 모두 떠났을 줄 알았는데. 하여간 고맙네."

장무위는 유소백의 세심한 배려에 고마움을 표시하며 삿갓을 쓰고 객잔을 나섰다. 그런데 아니나 다를까, 유소백의 말대로 적잖은 사람들이 각 객잔과 주루에서 끊임없이 몰려나오고 있었다. 모두 손에 길쭉한 병장기를 하나씩 들고 있는 것을 보면 신무림맹에 참여한 무림인들이 분명했다.

진시(辰時). 부지런한 농부라면 벌써 자신이 경작하고 있는 논과 밭을 한 번씩은 둘러보고 와 아침을 먹을 시간이었고, 게으른 농부라면 잠이 덜 깬 얼굴로 뒷간에 갈 시간이었다. 그리고 명나라 무림에서 칼밥을 먹고사는 사람들이라면 무림공적 남궁세가의 대문 앞에서 한참 전의(戰意)를 불태우고 있어야 할 시간이었다.

장무위는 고개를 갸웃했다. 남궁세가까지는 말을 달려서 한 시진이 걸리는 거리였던 것이다.

"지금 출발을 한다면 두 시진 안에 남궁세가에 도착하기가 쉽지 않을 텐데?"

하지만 유소백도 영문을 모르기는 마찬가지였다.

"그러게 말입니다. 공격 시간이 늦춰진 것도 아닐 텐데. 저도 계속 이상하게 생각하고 있었습니다."

"흠."

장무위는 사람들을 살펴보다가 이상한 점을 한 가지 더 발견할 수 있었다. 뒤늦게 관도로 몰려나오고 있는 무림인들에게선 전의라고 할 만한 것이 눈 씻고 찾아봐도 보이지 않았던 것이다. 대부분의 사람들이 어디 소풍이라도 가는 것처럼 느긋한 기색으로 삼삼오오 얘기를 나누며 걸음을 옮기고 있었다.

'신무림맹의 전력이 아무리 강하다고 하더라도 목숨을 걸고 싸움을 하러 가는 사람들이 저렇게 여유만만하다니? 이상하구나. 하룻밤 새 소백이와 내가 모르는 무슨 일이라도 있었나?'

아무리 궁리를 해보아도 답이 보이지 않았다. 장무위는 고개를 절레절레 내젓다가 말을 가지러 가려는 유소백을 말렸다.

"소백이, 관도가 붐벼서 말을 타고 갈 수는 없겠어. 걸어가세."

유소백도 사람들로 북적거리는 관도를 훑어보더니 이내 고개를 끄덕였다.

"예, 큰형님."

장무위가 뒤늦게 떠나는 무림인들의 사정을 알게 된 것은 객잔을 나선 시간으로부터 이각 정도가 지났을 때였다.

강소성(江蘇省) 서주(徐州) 출신의 동갑내기로 자칭(自稱) 서주이호(徐州二虎)이자 타칭(他稱) 서주이서(徐州二鼠)라는 찬란한 명호를 가지고 있는 유덕(劉德)과 오진평(吳秦評)도 다른 사람들과 마찬가지로 산보를 즐기듯이 여유로운 걸음을 옮기고 있었다.

오진평이 이른 아침의 시원한 봄바람에 흥취가 돋는지 흥얼흥얼 콧노래를 부르다가 유덕을 돌아보며 말했다.

"날씨가 정말 좋구만."

유덕이 즉시 맞장구를 쳤다.

"그러게 말일세. 이렇게 화창한 날에는 화선을 띄우고 뱃놀이를 하면 제격인데 말이야. 후딱 해치우고 소주로 바람이나 쐬러 가세."

오진평의 얼굴에 은근히 기대의 빛이 떠올랐다. 유덕이 잔머리 하나만큼은 기가 막힐 정도로 잘 돌아가는 자였던 것이다.

"좋지. 자네는 역시 뭔가를 안단 말이야. 남아로 태어났으면 당연히 풍류를 즐길 줄 알아야지. 그런데 말이야, 우리의 주머니는 좀 가벼운 편이 아닌가?"

"후후, 다 알면서 왜 그러나? 남궁세가에는 황금이 지천으로 널려 있단 소문도 못 들었어? 이번에 우리도 한몫을 단단히 챙겨야 해."

유덕이 실실 웃으며 하는 말에 오진평이 얼굴을 찡그렸다.

'그래도 명색이 무림맹에 참여를 한 놈이 남궁세가의 돈에 욕심을 부려? 이놈 이제 보니 완전 도둑놈 심보를 지닌 놈일세 그려. 때려죽일 놈.'

내심 유덕에게 욕을 퍼붓던 오진평은 맑은 봄 하늘을 한참 바라보며 심중에 이는 번뇌를 다스렸다. 그리고 걱정스런 기색으로 유덕에게 질문을 던졌다.

"괜찮을까? 너무 많이 챙기면 욕을 먹을지도 몰라."

"다 우리 같은 생각을 가지고 있을걸. 남의 눈치를 볼 필요는 없지. 자자, 그런 의미에서 우리도 서두르세. 부지런한 사람들은 벌써 신무림맹의 고수들을 따라 남궁세가로 떠난 것 같아. 참, 자네도 도제 장 대협께서 이곳에 오셨다는 소문은 들었지? 얼굴이나 한 번 뵀으면 좋겠는데 말이야. 장 대협은 신무림맹과 함께 움직이지 않고 따로 움직이신다고 하던데. 어쩌면 지금 우리와 같이 걸어가고 계실지도 몰라."

오진평은 다시 한 번 심중에 이는 번뇌에 인상을 잔뜩 찌푸렸다.

'부지런한 사람들은 벌써 남궁세가로 떠났다' 는 말이 오진평의 귀에는 흡사 '남들은 벌써 남궁세가로 돈을 챙기러 갔다' 는 소리로 들렸던 것이다. 도제 장 대협이고 뭐고 하는 이야기는 귀에 들어오지도 않았다. 오진평은 다급한 마음에 걸음을 빨리 옮기며 오히려 유덕을 재촉했다.

"알았네. 우리라고 뒷북만 치라는 법은 없지. 우리도 빨리 가서 악도들을 무찌르세."

천하제일고수 도제 장무위의 풍모를 한 번이라도 볼 수 있을까? 하여 잠시 한눈을 팔았던 유덕은 이미 저 앞에서 종종걸음을 옮기고 있는 오진평을 발견하곤 냉큼 욕부터 했다.

"저 썩을 놈이?! 욕심 때문에 눈이 멀었구나. 신무림맹이 남궁세가의 마졸들을 모두 처치한 다음에 가야지. 제 놈이 일찍 간다고 해서 무슨 뾰족한 수가 있다고. 협의지사는 신중해야 하는 법이거늘."

그러나 언제까지 욕만 하고 있을 수는 없었다. 오진평이 혼자서 남궁세가의 황금을 모두 차지해 버릴 것 같은 불안감이 들었던 것이다. 유덕은 곧 걸음을 빨리해 오진평을 쫓아갔다. 그러자 유덕의 근처에 있던 자들도 불안함을 느꼈는지 걸음을 서둘렀고 이내 그 주위의 사람들도 발걸음을 빨리 놀리기 시작했다. 이런 상황들이 반복되자 남궁세가로 향하는 관도는 곧 달리기 시합이 벌어지는 장소로 바뀌어 버리고 말았다.

갑작스럽게 맨 후미로 처져 버린 장무위와 유소백은 기가 막혀 입만 벌리고 있었다. 한참 후, 겨우 제정신을 차린 유소백이 실소를 터뜨리며 말했다.

"후훗. 큰형님, 협의를 말하는 자들 중에 진정으로 협의를 생각하는 사람은 몇이나 될까요?"

"허, 나도 어이가 없을 지경이네. 남궁세가의 재화에 욕심을 가진 자가 있다는 말은 들었지만 숫자가 이렇게 많을 줄이야. 아니, 우리가 있는 곳은 남궁세가에 대한 포위망의 한쪽에 지나지 않으니 지금 본 숫자는 빙산의 일각에 지나지 않을 수도 있겠어."

"그러면 지금 한 백 명 정도가 달리기를 하고 있으니 최소 사백 명 정도는 저런 추태를 연출하고 있다고 봐야 하겠군요?"

유소백의 말이 우스운지 장무위도 피식 실소를 터뜨렸다.

"훗! 그렇겠지. 그보다 우리도 좀 서둘러야겠네. 이렇게 가다가는 정오에 맞춰서 도착을 못할 것 같아."

"큰형님, 제가 돌아가서 말을 끌고 올까요?"

이각 동안 걸어왔지만 산보를 하듯이 천천히 걸어와서 이동한 거리는 아직 얼마 되지 않았다. 유소백이 신법을 펼쳐 다녀온다면 금세 말을 끌고 올 수 있을 것이다. 하지만 장무위는 뒤를 힐끔 돌아보고는 고개를 저었다.

"아닐세. 멀쩡한 두 다리를 두고 굳이 말을 탈 생각은 없네. 우리 간만에 시원하게 한 번 달려보세."

"좋습니다!"

유소백이 큰 소리로 호응을 하자마자 장무위는 즉시 조화구법을 전개해 빠른 속도로 앞으로 달려나갔다. 그러자 유소백도 머뭇거리지 않고 봉황비상신법을 전개해 장무위의 뒤를 따랐다. 유소백의 신법을 본 장무위는 내심 고개를 끄덕였다. 유소백의 움직임은 신법의 이름처럼 한 마리 봉황이 창공을 날아오르는 것처럼 빠르면서도 유연했고 운치도 있었다.

'박효양 어르신께서 최광 노사께 전해준 천단진경상의 봉황비상신

법이라고 했지? 정말 대단하구나. 조화구법보다 앞서는 듯해.'

아닌 게 아니라, 조화구법에 비해 봉황비상신법이 뛰어난 점이 있는 것이 사실이었다. 조화구법은 마자 샤드니가 장무위의 안전을 고려해서 만든 것이었지만 봉황비상신법은 검사의 움직임을 염두에 두고 만들어진 신법이었던 때문이다. 조화구법에 비해 공중에서의 움직임이 부드러웠고 신법을 펼칠 시 손이 자유로웠다. 봉황이 날아오르는 듯 화려하게 보이는 이유도 사실 따로 있는 것이 아니었다. 무성 연의민이 허공에서의 움직임을 최대한 자유롭게 하기 위해 각고의 노력을 기울인 끝에 얻은 가외의 소득이었던 것이다.

장무위는 유소백의 실력을 가늠해 볼 요량으로 혼원기를 사 할가량 끌어올려 조화구법을 시전했다. 그러자 아직 신법을 완전히 몸에 익히지 못했는지 바짝 뒤를 쫓아오고 있던 유소백의 이마에 즉시 송골송골 땀이 맺히기 시작했다. 장무위는 유소백의 이마에서 땀방울을 발견하자마자 속도를 조금 줄여 유소백이 편하게 달릴 수 있도록 배려를 하면서 전음을 보냈다.

"소백이, 자네가 익힌 신법의 위력을 제대로 발휘하지 못하고 있구먼. 좀 더 노력을 하게."

유소백은 전력으로 신법을 전개하고 있던 터라 전음도 못 보내고 고개만 끄덕였다. 그러면서 한편으론 부끄럽기 짝이 없었다. 장거리를 이동할 때마다 말만 찾았으니 신법이 제대로 될 리가 없었던 것이다.

'앞으로는 될 수 있으면 말을 타지 말아야겠어.'

유소백이 자신의 신법이 모자란다고 자책을 하고 있었지만 실제로 두 사람의 속도는 범인들이 상상할 수도 없을 만큼 빨랐다. 앞서 길을 간 협의지사(?)들의 눈에 띄지 않게 하려고 관도를 벗어나서 신법을 전개했음에도 불구하고 두 사람은 한 시진이 되기도 전에 남궁세가 근처에 다다를 수가 있었던 것이다. 말이 달리는 속도보다도 빠른 속도였다.

문득 유소백이 속도를 줄이며 크게 소리쳤다.

"큰형님! 제가 남궁세가를 한눈에 내려다볼 수 있는 곳을 알고 있습니다."

"그래? 그러면 그리로 안내해 주게."

유소백의 속도에 맞추느라고 본신의 실력을 반도 발휘하지 않고 있었던 장무위의 음성은 여유롭기 짝이 없었다.

'정말 큰형님의 무공은 그 끝을 짐작조차 못하겠구나.'

유소백은 자신의 모자람보다는 장무위의 뛰어남에 혀를 내두르며 방향을 바꿨다. 잠시 후, 두 사람이 도착한 곳은 남궁세가에서 백 장 정도 떨어진 인근의 야산이었다.

"아!"

장무위는 유소백의 안내를 받아 야산의 중턱에서 밖으로 크게 돌출되어 나온 너른 바위 위로 올라가자마자 탄성을 터뜨렸다. 유소백의 말대로 남궁세가와 신무림맹의 대치 상태가 일목요연하게 한눈에 들어왔던 것이다.

"자네 이곳은 어떻게 알았는가?"

"전에 일봉 형님과 함께 남궁세가를 뒤진 적이 있었습니다. 그때, 일봉 형님이 이곳을 가르쳐 주시더군요."

"허, 일봉이가?"

"예, 지난날 무림대회에 참석차 오다가 이곳을 발견했다고 하더군요. 그런데 큰형님, 명나라 무림인의 숫자가 벌써 삼천 명은 넘을 것 같습니다."

"그러게 말일세. 명나라 무림인들이 모두 몰려온 것 같구먼."

눈 아래 남궁세가의 전경은 그야말로 인산인해. 정오가 되려면 아직 반 시진도 넘게 남아 있었지만, 남궁세가는 이미 개미새끼 한 마리 빠져나갈 틈도 없을 만큼 철통같이 포위를 당한 상태였다. 정문 앞에는 대략 천 명 이상 되어 보이는 사람들이 운집해 있었고, 길게 이어진 담장 앞에도 족히 이천 명은 넘어 보이는 사람이 인의 담장을 만들어놓고 있었다. 원거리에서 남궁세가를 포위하고 있던 모든 인원이 거리를 좁혀 몰려온 듯했다.

"저 많은 사람을 보니까 심히 걱정이 되는구먼. 남궁산이 나와의 약속을 반드시 지켜야 할 텐데."

장무위가 아래쪽을 살펴보다가 미간을 찌푸리며 말하자 유소백이 눈을 크게 뜨면서 반문을 했다.

"큰형님, 남궁산이 약속을 했다고 하셨잖습니까?"

"음, 약속을 했지. 그러나 전적으로 약속만 믿고 있을 수는 없는 상황이야. 사람이 궁지에 몰려 이성을 잃어버리면 무슨 행동을 할지 모르니. 우리가 이곳에 온 이유도 그 문제를 걱정했기 때문이 아닌가?"

유소백은 일시 말문이 막혀 버렸다. 듣고 보니 안심할 수 있는 상황이 아니었던 것이다.

"큰형님, 만약 남궁산이 약속을 저버리면 어떻게 해야 합니까?"

"전에 보니까 풍백이 그 무서운 신능을 발휘하기까지는 적잖은 시간이 필요한 것 같더구먼. 만약 남궁산이 조금이라도 이상한 조짐을 보인다면 내가 바로 나서서 제지를 할 생각이네."

"풍백이 신능을 발휘하기까지 적잖은 시간이 필요하다고요?"

유소백이 처음 듣는 이야기에 눈을 빛내며 재차 질문을 하자 장무위는 가부좌를 틀고 앉아 눈을 감고 당시 남궁산이 풍백을 사용하던 장면을 떠올렸다. 남궁산이 풍백을 빼어 들고 나서 무시무시한 검은 바람의 기둥이 생성되기까지의 과정들이 뇌리에 생생하게 떠올랐다.

'빛과 영기가 대기를 움직이고 한줄기 바람이 불어올 때까지 분명히 시차가 있었어.'

장무위는 자신의 기억이 틀림없다는 것을 확신하면서 고개를 끄덕였다.

"전날 탕구라산에서 겪어본 바로는 그랬네. 그리 길지 않은 시간이지만 남궁산을 제지할 수 있는 시간은 충분히 될 것 같구먼. 그리고 어젯밤 나에게 적잖은 기연(奇緣)이 있었네. 남궁산이 풍백을 사용해서 사람들을 해치지 못하게 막을 수는 있을 게야."

사실, 어젯밤 장무위가 남궁산에게서 풍백을 회수하지 않고 그냥 돌아 나왔던 것은 세 가지 이유 때문이었다. 남궁태가 보는 앞에서 남궁산을 해칠 수는 없었다는 것이 가장 큰 이유였고 두 번째는 남궁산의 약속을 믿었기 때문이다. 그리고 마지막 세 번째 이유는 장무위가 어젯밤 기의 이치를 한 번 들여다봄으로써 큰 소득을 얻었기 때문이다. 이제는 풍백이 신능을 발휘한다고 해도 예전처럼 속수무책으로 당하지 않을 자신이 생겼다. 아니, 풍백을 막기는 어렵다고 해도 남궁산을 막을 자신은 있었던 것이다.

유소백이 그제야 안심을 했는지 미소를 지으며 말했다.

"그러면 제가 남궁산을 계속 주시하고 있다가 심상찮은 행동을 하면 바로 알려 드리겠습니다."

"그래, 자네만 믿겠네."

장무위도 미소로 화답을 하고는 아래쪽으로 고개를 돌렸다.

정오가 가까워 오자 남궁세가를 둘러싼 대기에 살벌한 전운이 피어올랐다. 남궁세가를 노려보는 신무림맹 고수들의 눈빛에 살기가 이글거리기 시작했고, 성질 급한 몇몇 사람은 벌써 자신들의 병장기를 뽑아들고 공격 명령만을 기다리고 있었다.

마침내 오늘 하루 동안 신무림맹의 임시 대표로 뽑힌 팽조혁이 한 걸음 앞으로 나서서 공력을 돋운 채 크게 소리쳤다.

"남궁노적! 이미 네놈이 꾸민 비열하고 잔혹한 음모가 만천하에 공개되었다. 네놈의 입이 열 개가 있다고 하더라도 변명할 말이 없을 것이다. 어서 대문을 열고 나와 무릎을 꿇지 못하겠느냐?!"

공격 명령을 내리기 전에 아군의 사기를 북돋우고 적의 사기를 떨어뜨리고자 하는 행동이었다. 그런데 팽조혁의 말이 떨어지기가 무섭게 굳게 닫혀 있던 남궁세가의 대문이 거짓말처럼 열렸다. 그리고 대문 사이로 늙고 초췌한 모습의 남궁산이 나타났다.

'헉! 저놈이?!'

팽조혁은 남궁산이 정말로 문을 열고 나타날 줄은 상상도 못하고 있었던 터라 일순 움찔 놀라지 않을 수 없었다. 그 순간, 남궁산을 알아본 사람들이 욕설을 퍼붓기 시작했다.

"남궁 마두다!"

"저놈이 아직도 낯짝을 들고 다니는구나! 후안무치한 놈!"

"저 마두를 때려죽여라!"

"때려죽여라!"

천지사방에서 폭풍처럼 터져 나오는 욕설. 지난날 자신을 지극 정성으로 떠받들던 모든 사람이 이제는 자신을 죽이지 못해 안달이었다. 남궁산은 무슨 말을 하려다 말고 쓴웃음을 지었다. 하지만 지금 제일 중요한 것은 가솔들이 완전히 탈출할 수 있도록 시간을 버는 일이었다. 이런 식으로 시간이 흘러가면 남궁산으로서는 나쁠 것이 하나도 없었다. 남궁산은 그저 묵묵히 욕설이 끝나기만을 기다릴 뿐이었다.

끊임없이 쏟아지는 욕설들을 막은 것은 팽조혁이었다.

"여러분! 모두 조용히 해주십시오. 남궁노적이 무슨 변명을 하는지 한번 들어봅시다."

오늘 하루 동안 신무림맹의 대표로 뽑힌 팽조혁이 공력을 돋워 소리치자 차츰 욕설이 잦아들었다. 남궁산은 대문 밖으로 한 걸음 걸어나와 팽조혁을 바라보며 말했다.

"말할 기회를 줘서 고맙소."

"남궁노적! 쓸데없는 소리 하지 말고 빨리 변명이나 해봐라."

"좋소. 사설을 늘어놓지 않고 단도직입적으로 말씀을 드리겠소. 내가 천하무림에 큰 죄를 지었음을 자인하는 바이오. 그리고 내가 당연히 목숨으로 대가를 치러야 할 상황임도 잘 알고 있소이다. 그래서 내가 이렇게 나왔소. 내가 사죄를 하고 자결을 할 테니 본가에 더 이상 책임을 묻지 말고 물러가 주시오."

남궁세가를 둘러싸고 있던 신무림맹 고수들의 눈이 휘둥그레졌다. 남궁산이 이렇게 나올 것이라고 예상한 사람은 아무도 없었던 것이다. 죄를 지은 자가 스스로의 죄를 자인하고 죗값을 치르겠다고 하는데 더 이상 무슨 말로 닦달을 하겠는가? 하지만 남궁산이 지은 죄는 용서받을 수 있는 일이 아니었다. 이내 사방에서 다시 남궁산을 욕하는 소리들이 터져 나오기 시작했다. 그리고 팽조혁의 뒤에 묵묵히 서 있던 현소 도장이 시뻘겋게 달아오른 얼굴로 노성을 터뜨렸다.

"남궁 노시주! 당신은 무언가 착각을 하고 있는 것 같구려. 당신의 추악한 욕심으로 인해 억울한 죽임을 당한 사람이 수천 명이 넘는데, 서 푼도 안 되는 당신의 목숨을 가지고 흥정을 하려고 하는 것이오?! 당신이 사죄를 하고 자결한다고 해서 달라질 것은 아무것도 없소이다."

복수회의 탈을 쓴 명교에 의해 멸문지경에 처했던 곤륜의 신임 장문인 현소 도장의 분노는 하늘 끝까지 닿아 있었다. 명교로 쏠렸던 모든 증오심에다 배신감까지 더해 남궁산이 무슨 말을 한다 해도 먹혀들 상태가 아니었다. 아니, 신무림맹에 합류를 한 상당수의 사람이 현소 도장과 같은 상태였다.

'현소 도장의 말대로 내가 사죄를 하고 자결을 한다고 해도 달라질 것은 아무것도 없겠지? 하지만 어떻게든 시간을 끌어야 해.'

남궁산은 길게 한숨을 내쉬었다.

"휴—우. 현소 도장께 이 죄인이 무슨 말씀을 드리겠소이까? 하지만 더 큰 인명의 피해는 막아야 할 것이 아니오? 여러분이 본가를 공격한다면 우리는 살기 위해서라도 여러분과 싸울 수밖에 없소이다. 그러면 신무림맹도 큰 피해를 입을 것이오. 여러분께 다시 한 번 간곡히 부탁드리겠소. 오늘의 사태는 모두 나 하나 때문에 벌어진 일이외다. 본가의 가솔들에겐 아무런 잘못도 없으니 내 목숨을 거둬가고 본가의 가솔들에게는 부디 아량을 베풀어주시오."

어떻게 보면 동정을 유발시키는 말인 것 같기도 했고 어떻게 보면 신무림맹을 협박하는 말 같기도 했다. 남궁산을 꾸짖으러 나왔던 현소 도장은 어이가 없는지 입만 벙긋거리며 말을 받지 못했다. 팽조혁이 현소 도장을 대신해 분기탱천한 얼굴로 소리쳤다.

"남궁노적! 피의 빚은 피로 갚아야 하는 강호의 법칙을 네놈이 몰라서 그런 헛소리를 지껄이는 게냐?"

남궁산도 팽조혁을 노려보며 크게 소리쳤다.

"음모를 꾸민 것도 나고 죄를 지은 것도 나요. 내가 모든 책임을 지고 자결하겠다고 하는데 굳이 죄없는 본가의 가솔들을 죽여야 하겠소? 그것이 강호의 정의요?!"

그러자 팽조혁이 무슨 말을 하기도 전에 사방에서 남궁산을 욕하는 소리가 또다시 터져 나왔다.

"남궁노적! 네놈이 꾸민 음모로 죽어 나간 수천 명의 사람은 무슨 잘못이 있어 죽임을 당해야만 했느냐?"

"남궁 마두야! 네놈의 가문이 소중한 것만 알고 남의 가문이 소중한 것은 왜 모르느냐?!"

"간악한 마두가 무슨 음모를 꾸미느라고 시간을 지체하는 것이 분명합니다."

"남궁마두의 이야기를 더 들을 필요도 없습니다. 즉시 공격 명령을 내려주십시오."

그때 종도가 나서서 분노한 군웅들을 말리며 남궁산에게 소리쳤다.

"남궁노적! 네놈이 죄없는 사람을 해치지 말라고 하는데 나도 한 가지 물어보자. 네놈의 가문 안에 남아 있다가 이틀 전부터 소식이 두절된 강호인들은 지금 어디에 있느냐? 네놈이 그분들을 모두 풀어준다면 내가 책임지고 그분들의 숫자만큼 네놈의 가솔들을 살려주겠다."

종도가 남궁세가에 남아 있던 강호인들의 안위에 대해서 묻자 남궁산은 일시 말문이 막혀 버렸다. 이미 다 죽여 버린 사람들을 무슨 재주로 풀어주겠는가?

'종도 이놈이 하필이면 이 문제를 들고 나올 줄이야. 큰일이구나.'

남궁산은 상황이 기묘하게 변해 버렸다는 것을 자각했다. 자칫하면 시간을 끌려고 하다가 더 큰 화를 자초한 꼴이 될 수도 있었다. 남궁세가에 있던 강호인들이 모두 죽었다는 사실이 알려지면 신무림맹의 공격이 더욱 무자비해질 것이 불을 보듯 뻔했다. 바로 그 순간, 남궁태의 전음이 들려왔다.

"아버님, 가솔들이 모두 비밀 통로로 들어갔습니다. 반나절 정도만 지나면 모두 통로를 벗어날 수 있을 겁니다."

궁지에 몰려 있던 남궁산의 얼굴에 간만에 화색이 돌았다.

"그래? 통로의 입구는?!"

"완전 봉쇄했습니다."

"잘했다, 잘했어! 넌 결사대를 지휘하도록 해라."

"옛!"

그때 종도가 다시 남궁산을 다그치기 시작했다.

"남궁노적! 이미 그분들을 모두 해친 것이 아니냐?!"

종도가 정곡을 찌르자 남궁산으로서도 더 이상 발뺌을 할 수가 없었다. 남궁산은 어금니를 질끈 깨물고 나서 나직하게 말했다.

"어쩔 수 없었소."

"뭐, 뭣이라?! 도대체 그분들을 어떻게 했느냐?"

"그 사람들은 본가에 숨어서 첩자 노릇을 하던 사람들이었소."

그 말을 끝으로 남궁산은 뒤로 돌아서서 대문을 닫아버렸다. 남궁세가에 있던 강호인들이 어떻게 되었는지는 불문가지. 팽조혁, 현소 도장, 종도, 그리고 무당을 대표해 이 자리에 나와 있던 자성 도장이 모두 어이가 없다는 듯 입만 벙긋거렸다. 그때 누군가가 크게 소리를 쳤다.

"마두를 때려죽이자!"

또 다른 누군가가 그 소리를 받아서 크게 소리를 질렀다.

"죽이자! 남궁마두를 죽이자!"

그러자 분노한 군웅들이 하나둘 병장기를 빼어 들고 남궁세가를 향해 달려가기 시작했고 이내 남궁세가를 빼곡히 에워싸고 있던 모든 군웅들이 남궁세가를 향해 달려갔다.

"공격!"

"와아! 마두를 죽이자!"

무공을 익힌 수천 명의 군웅들이 일시에 남궁세가를 향해 달려갔다. 천지를 뒤흔드는 벽력같은 함성과 충천하는 살기. 명나라 무림 사상 유래가 없는 일대 격전의 시작은 그렇게 급작스럽게 벌어졌다.

"멈추시오! 이렇게 하면 남궁노적의 술책에 말려들게 되오!"

팽조혁이 뒤늦게 정신을 차리고 사람들을 막아서려고 했으나 역불급. 지휘 체계가 확립되지 않은 상태에서 군중 심리에 휩쓸린 군웅들을 통제하는 것은 불가능한 일이나 마찬가지였다.

"와―아―아! 악도들을 무찌르자."

"와―아!"

연이어 울려 퍼지는 거대한 함성을 들으며 팽조혁은 탄식을 터뜨릴 수밖에 없었다.

"우리 측의 피해도 커질 텐데."

현소 도장이 고개를 절레절레 내저으며 팽조혁의 말을 받았다.

"너무 짧은 시간에 너무 많은 인원이 모였으니… 어쩌면 이렇게 될 수밖에 없었는지도 모르오. 어떻게든 무림맹주를 먼저 뽑고 지휘 체계를 확립했어야 했는데… 자꾸만 후회가 되는구려."

명나라 무림사를 통틀어 최고의 규모를 자랑하는 신무림맹이었으나 조직이라는 측면에서 볼 때는 역대의 무림맹 중에서도 최악이었다. 신무림맹의 수뇌부들이 신무림맹에 합류를 한 군웅들의 숫자조차 제대로 파악하지 못하고 있는 실정이었으니 다른 것은 말해 무엇 하겠는가? 남궁세가의 재화와 풍백에 대한 욕심으로 불과 두 달도 안 되는 짧은 시간 동안 수천 명이 넘는 강호인이 몰려와 조직을 정비할 시간을 갖지 못했기 때문이다.

　결국 신무림맹의 수뇌부들이 그동안 한 일은 재화의 분배 문제와 풍백의 소유권 문제를 두고 서로 다투는 것과 포위망을 확고히 하는 일뿐이었다. 그나마 한 가지 제대로 해놓은 것이 있다면 물밀듯이 밀려들어오는 강호의 고수들 중에서 최고수들만을 따로 뽑아 척마대와 탕마대의 인원을 보충하고 오히려 숫자까지 늘려놓았다는 것이다. 팽조혁과 종도, 그리고 자성 도장과 현소 도장이 열심히 노력한 덕분이었다.

　신무림맹의 수뇌부는 오늘의 일전에서 이들 척마대와 탕마대의 고수들로 하여금 남궁세가를 공격케 하고 나머지 강호인들로는 포위망을 구축하게 해 피해를 최소화할 계획을 세워놓은 상태였다. 그러나 지휘 계통이 확립되지 않은 조직은 오합지졸, 그 이상도 그 이하도 아니었다. 남궁산의 몇 마디 말에 자극을 받은 군웅들이 남궁세가를 향해 달려가면서부터 수뇌부들이 세워놓은 계획은 이미 틀어진 것이나 마찬가지였던 것이다.

　"현소 도장, 이미 어느 정도 예상했던 일이 아니오. 더 큰 피해를 줄이려면 우리도 빨리 서둘러야 하오. 팽가야! 네 책임이 막중하다. 어서 서둘러라."

　종도의 말에 팽조혁이 크게 고개를 끄덕였다.

"알았네."

이미 일은 벌어진 상태, 머뭇거리는 것은 오늘 하루 신무림맹의 대표로 뽑힌 자신이 할 일이 아니었다. 팽조혁은 즉시 신무림맹 수뇌부 고수들을 돌아보며 명을 내렸다.

"군웅들이 통제를 벗어났지만 지금은 다른 방법이 없소이다. 계획대로 모두 자신이 맡은 곳을 책임져 주십시오."

"알겠소이다."

팽조혁과 함께 북쪽을 맡기로 한 종도만이 그 자리에 남고 동쪽을 맡은 팔비나타 당민과 화산검군자 매영, 그리고 서쪽을 맡은 현소 도장 등 구주의 고수들은 팽조혁의 말이 떨어지기가 무섭게 자신이 맡은 곳을 향해 달려갔다. 남쪽을 맡은 자성 도장도 머뭇거리지 않고 즉시 자신이 맡은 곳을 향해 달려갔다. 동서에는 새로이 보충된 척마대의 고수들이 삼백 명씩 진을 치고 있었고, 남북에는 무당과 구파일방의 정예 고수들로 이루어진 탕마대의 고수들 삼백 명씩이 진을 치고 이들을 기다리고 있었다.

종도가 신법을 전개하며 크게 소리를 쳤다.

"팽가야! 이미 싸움이 벌어졌다. 우리도 서두르자!"

아니나 다를까, 벌써 남궁세가의 담을 넘은 군웅들과 남궁세가 간에 싸움이 벌어졌는지 병장기 부딪치는 소리가 담을 넘어 나오고 있었다. 종도는 말하는 시간도 아까운 듯 남궁세가의 대문을 향해 신법을 전개해 달려갔다. 팽조혁은 바로 맹호도를 빼어 들며 자신의 뒤에 대기하고 있는 탕마대의 고수들 삼백 명에게 명령을 내렸다.

"전원 공격!"

"옛!"

팽조혁과 탕마대 삼백 고수는 일제히 신법을 전개해 남궁세가로 달려갔다.

팽조혁의 바로 뒤에 멍하니 서 있다 홀로 남게 된 조일봉의 인상이 순간 팍 일그러졌다.

'으! 뒤에서 명령이나 내리시지 직접 칼을 빼어 들고 달려가시면 난 어떻게 하라고? 어휴! 재수없으면 나도 피를 보아야겠구나.'

조일봉은 속으로 한숨을 폭폭 내쉬다가 어쩔 수 없이 대도를 빼어 들고 팽조혁을 따라 신법을 전개할 수밖에 없었다. 싸움이 두려운 것은 아니었으나 조일봉은 그 명성(?)과 어울리지 않게 생사결의 싸움을 치러본 경험이 거의 없어 전장(?)으로 달려가는 발걸음이 무거울 수밖에 없었다. 그런데 조일봉이 한 걸음 앞서 달려간 탕마대 고수들의 뒤를 막 따라잡으려는 바로 그 순간, 남궁세가의 담장 위로 푸른 무복을 입은 백오십여 명의 무사의 모습이 보이는가 싶더니 순식간에 백오십여 개의 화살이 하늘 높이 날아올랐다.

"남궁 늙은이가 기어이 미쳤구나! 미쳤어!"

자기 쪽으로 날아오는 화살은 하나도 없었지만 조일봉은 대경실색해 욕부터 내뱉었다. 이런 대규모의 싸움에서 활이라는 장거리 공격 무기까지 동원된다면 관에서 가만히 있을 리가 없었다. 누가 이기든 간에 훗날 관부의 조사에 크게 경을 칠 수밖에 없을 것이다.

'하기야, 남궁 늙은이에게는 나중을 걱정할 까닭이 없겠지. 이런 빌어먹을!'

조일봉은 내심 남궁산이 활을 쏜 이유를 나름대로 추측해 보다가 다시 한 번 욕설을 내뱉으며 군웅들을 보호하기 위해 전력으로 신형을 날렸다. 하늘 높이 솟아올랐던 화살들이 강호의 군웅들이 밀집한 곳으로 떨어져 내렸기 때문이다.

쒸—이—익!

쉬익! 쉭! 쉭!

바로 코앞에서 날아오는 작은 암기도 척척 막아내는 무림인들이 화살의 공격을 막아내지 못할 턱이 없었다. 그러나 그것은 최소 탕마대나 척마대 정도 되는 고수들의 이야기였고 일반 강호의 무림인들에겐 화살도 치명적인 것이었다. 화살이 쏟아지자 각양각색의 비명이 온 사방에서 쏟아져 나왔다.

"크아악! 으윽! 컥!"

조일봉은 전력으로 무상구도의 제사초 선풍소무를 펼쳐 군웅들을 보호하다가 너무도 화가 나서 남궁세가의 담장을 노려보며 크게 소리쳤다.

"이 나쁜 남궁 늙은이야! 너는 오늘 내 손에 죽었다!"

조일봉의 노력에도 불구하고 사상자가 계속해서 속출하고 있었다. 남궁세가의 담장 위에 올라서 있던 청의무사들, 즉 결사대의 고수들이 시위를 당겼다가 놓기를 세 차례 정도 했을 때 땅바닥에는 벌써 오륙십 명가량의 무림인들이 화살을 맞고 쓰러져 있었다. 그래도 한가락씩 하는 사람들은 병장기를 휘두르거나 걸치고 있던 옷을 이용해 화살을 막고 있었지만 요행을 바라고 남궁세가를 찾아온 자들은 화살의 공격에 거의 무방비 상태로 죽어 나갈 뿐이었다. 조일봉은 기합을 넣으며 계속해서 선풍소무를 펼쳤다.

"이—야—압!"

조일봉이 군웅들을 보호하느라 고군분투하고 있을 때 팽조혁과 종도가 이끄는 탕마대의 고수들은 일제히 장력을 날리며 담장 쪽으로 다가가고 있었다. 쏟아지는 몇백 개의 화살도 팽조혁과 종도, 그리고 삼백 명의 탕마대 고수가 일시에 펼쳐 내는 장력에는 힘을 잃고 사방으로 날아갈 뿐 별 위협이 되지 못했다. 탕마대의 고수들은 순식간에 담장에서 오 장 정도 떨어진 곳까지 다가갈 수 있었다. 그 순간, 담장 위에 늘어서서 화살을 날리던 결사대의 고수들이 한 치의 머뭇거림도 없이 일제히 활을 팽개치고 담장을 뛰어내려 가더니 빠른 동작으로 안쪽에 위치한 두 번째 담장을 향해 달려갔다.

"저 죽일 놈들이 도망을 쳐?!"

한 발 늦게 담장 위로 올라선 팽조혁은 두 번째 담장을 넘어 사라지는 결사대의 꽁무니를 바라보며 노발대발할 수밖에 없었다.

"내 오늘 남궁노적을 때려죽이지 못하면 사람이 아니다!"

팽조혁은 공력이 깃든 노성을 터뜨리며 즉시 신법을 전개하려고 했다. 그때 종도가 급히 팽조혁을 막았다.

"팽가야! 일단 탕마대를 제외한 군웅들을 포위망 쪽으로 돌려놓자. 인명 피해가 너무 커."

"으음!"

팽조혁은 주위를 둘러보다가 크게 침음성을 터뜨렸다. 그 짧은 시간동안 화살의 공격에 죽은 자들이 백여 명은 넘어 보였고 화살 공격이 있기 전 담장을 넘었던 자들도 모두 참변을 당했는지 담장과 담장 사이에 죽어 널브러진 자들의 수도 백여 명 가까이 되어 보였다. 그리고 화살 공격의 공포에서 벗어난 군웅들의 모습도 천태만상이었다. 대부분은 주춤 뒤로 물러나 팽조혁이 올라서 있는 담장을 멍하니 바라보고 있었고 꽁지가 빠져라 도망을 가고 있는 자들도 숱하게 보였다.

뿌드득!

팽조혁은 참을 수 없는 분노가 치밀어 올라 이를 부드득 갈았다. 그러나 팽조혁은 살육의 충동을 억눌러야만 했다. 비록 오늘 하루뿐이었지만 팽조혁은 신무림맹의 삼천 명이 넘는 사람을 지휘해야 할 대표의 신분. 남들을 지휘하려면 그에 걸맞은 책임있는 행동과 냉정한 판단이 필수였던 것이다. 팽조혁은 자신을 일깨워 준 종도에게 고개를 끄덕여 고마운 마음을 전하고 이내 주위를 둘러보며 크게 소리쳤다.

"여러분도 이미 남궁가의 악독함을 절실히 느꼈을 것이오. 질서없이 움직였다가는 인명 피해만 누적될 뿐이오. 이 팽모가 탕마대의 고수들과 함께 안으로 진격해 들어갈 테니 여러분은 이곳에서 남궁세가의 악도들이 한 놈도 도망치지 못하도록 포위망을 구축해 주시오."

그러자 담장 밖에 있던 대부분의 군웅들은 내심 안도의 한숨을 내쉬며 뒤로 물러섰다. 죽음을 보고 전의를 상실한 자들이었다. 그러나 일부 군웅들은 살기충천한 모습으로 강력히 반발했다.

"팽 노가주님! 악도들을 물리치기 위해 수천 리를 달려왔습니다. 여기서 물러설 수는 없습니다. 우리도 싸울 수 있게 해주십시오."

"제 부친이 복수회와의 싸움에서 전사했습니다. 복수회를 부추긴 남궁가의 악도들을 결코 용서할 수 없습니다. 저도 악도들을 처벌할 수 있게 해주십시오."

"제일 친한 친구가 죽었습니다. 복수를 하지 않고 어떻게 물러서겠습니까?"

두 눈이 시뻘겋게 변한 자들의 수는 백여 명이 넘었다. 그리고 그 목적이 어디에 있든지 간에 그들은 팽조혁의 말을 따를 태세가 아니었다. 팽조혁이 뭐라고 거절의 의사를 밝히기도 전에 담장을 넘어서는 자들이 속출하고 있었다.

종도가 고개를 내저었다.

"팽가야, 알아서 하라고 할 수밖에 다른 도리가 없는 것 같구나."

팽조혁도 고개를 끄덕였다. 싫다는 사람을 억지로 포위망으로 돌리려면 시간이 많이 필요했다. 하지만 팽조혁과 종도가 맡고 있는 북로를 제외한 나머지 삼 로에서 신무림맹의 정예들이 움직이기 시작했는지 병장기 부딪치는 소리와 비명 소리가 울려 퍼지고 있어 시간을 끌여유가 없었다.

"가세. 우리도 다른 곳과 보조를 맞추어야지."

팽조혁은 살기충천한 군웅들을 달래길 포기하고 신법을 전개해 두 번째 담장 쪽으로 달려갔다. 당장이라도 남궁산을 때려잡아야 직성이 풀릴 것 같았다. 그러나 남궁세가의 처절할 정도로 끈질긴 저항에 팽조혁은 세 시진 동안 악몽을 꿔야만 했다.

초반 남궁세가의 화살 공격에 군웅들이 큰 피해를 입은 이후, 탕마대의 고수들이 전면으로 나서면서부터 혈전은 신무림맹의 압승으로 끝이 났어야 했다. 팽조혁과 종도가 이끌고 있는 탕마대 고수들은 하나하나가 남궁세가의 결사대 두세 명 정도는 쉽게 상대할 수 있을 정도로 뛰어난 고수들이었고 숫자도 무려 삼백 명이나 되었다. 그에 반해 탕마대 고수들을 가로막은 남궁세가의 결사대는 백오십 명뿐이었다. 세 살 먹은 어린아이도 능히 승패를 짐작할 수 있는 전력 차이였다. 그러나 결과는 그 누구도 예측할 수 없는 방향으로 전개되었다.

원래 남궁세가의 건축과 조경은 남궁세가의 중시조이자 하늘마저 꺼려한다는 천재적인 두뇌의 소유자 천기수사 남궁월이 오랜 세월을 고심해서 만든 설계도에 따라 이루어진 것이었다. 아름답고 화려한 겉모습 속에는 남궁세가를 적으로부터 보호하기 위한 음양오행의 각종

비법과 살인적인 기관이 숨겨져 있었다. 남궁세가의 결사대는 바로 이 이점을 최대한 이용해 치고 빠지는 전술로 탕마대를 괴롭혔다.

담장을 방패로 삼아 각종의 암기를 날리다가 탕마대의 고수들이 암기의 비를 뚫고 다가오면 다음 담장으로 도망쳐 다시 암기를 날리다 그 다음 담장으로 도망을 쳤다. 그리고 탕마대의 고수들이 예상치도 못한 길로 되돌아와 역시 암기로 후미를 급습하곤 또 도망을 가버렸다. 치고 빠지는 결사대의 고수들을 쫓아가기라도 할라치면 담장에서 별안간 쏟아져 나오는 암기에 맞거나 갑자기 무너지는 건물에 깔려 비명횡사를 당해야만 했다. 탕마대의 고수들은 제대로 된 싸움도 못해보고 큰 피해를 입을 수밖에 없었다. 즉, 지리의 이점을 남궁세가의 결사대가 완전히 틀어쥐고 있었던 것이다.

또한 천하 제패를 목적으로 길러진 남궁세가의 정예들은 집단전에 관한 훈련도 마친 상태였다. 반면 단기간 내에 급조된 탕마대의 고수들은 개개인이 아무리 뛰어난 고수라 해도 전체적으로 보면 오합지졸의 면모를 못 벗어나고 있는 것이 사실이었다. 팽조혁과 종도가 아무리 통솔력이 뛰어나다고 해도 이 문제만큼은 어떻게 할 방법이 없었다. 일정 시간 이상 훈련을 거쳐야만 해결할 수 있는 문제였던 것이다. 거기에다 남궁세가의 결사대는 죽음을 두려워하지 않는 정신력으로 무장을 한 상태였다. 아니, 죽음을 두려워하지 않는 정도가 아니라 죽을 각오로 싸우는 자들이었다. 이러한 정신무장은 탕마대의 고수들을 질리게 만들고도 남음이 있었다. 세상에서 제일 무서운 사람은 죽음을 각오한 사람이란 말이 그냥 있는 말이 아니었던 것이다.

위와 같은 복합적 요인들 때문에 도저히 상대가 안 될 것 같았던 남궁세가의 결사대는 탕마대를 오히려 압도하고 있었다. 팽조혁과 종도라는 두 명의 절대고수가 갖은 노력을 기울였지만 탕마대는 세 시진 동안 무려 백여 명에 가까운 인명 피해를 입어야만 했다. 이러한 현상은 비단 팽조혁과 종도가 책임지고 있는 북로(北路)뿐만이 아니라 나머지 삼 로(三路)에서도 동시 다발적으로 일어나고 있는 현상이었다.

하지만 지리의 이점과 집단전에 대한 이해도, 그리고 정신 무장만큼이나 중요한 승패의 요건이 또 하나 있었다. 바로 머릿수였다. 탕마대의 숫자가 결사대에 비해 꼭 두 배였다. 결사대가 제아무리 능력 이상의 활약을 펼친다고 해도 개인의 역량이 월등한 탕마대를 완전히 물리칠 수는 없었다. 거기에다 두 명의 절대고수가 뛰어난 능력으로 대부분의 위기를 미리 감지하고 막아내니 결사대도 결국은 조금씩 피해를 입을 수밖에 없었다.

승패의 분수령이 된 것은 팽조혁의 명을 거스르면서까지 공격에 가담한 이백여 군웅의 행동 때문이었다. 이들 이백여 군웅은 탕마대의 뒤를 따라오면서 남궁세가의 모든 담장을 허물고 모든 건물에 불을 질러 버렸다. 이렇게 되자 남궁월의 안배는 무산되어 버리고 말았고 결사대도 결국에는 중과부적, 세 시진이 지난 후에는 뒷걸음질을 칠 수밖에 없었다. 그리고 결사대가 뒷걸음질치는 순간부터 전세가 백팔십도 바뀌었다.

창! 채앵! 채챙! 챙!

퍼펑! 콰쾅! 콰콰쾅!

"으윽!"

"커윽!"

검기와 장력이 허공을 발기발기 찢어대자 살아 움직이던 결사대 고수들이 순식간에 시체가 되어 나뒹굴었다. 세 시진 동안 지옥 구경을 해야만 했던 탕마대의 삼백 명 고수 중 살아남은 이백 명의 고수는 악에 받쳐 결사대를 도륙하고 있었다.

종도의 분노도 대단했다. 종도는 귀결수를 시전해 결사대의 사혈을 짚고 있었는데, 적의 생명을 취함에 있어 아무런 주저함이 없었다. 그리고 머리끝까지 치민 분노로 인해 이미 이성을 잃어버린 팽조혁의 건곤연환탈백도(乾坤連環奪魄刀)는 후퇴하고 있는 결사대를 결코 용서하지 않고 있었다.

콰콰콰콰!

"컥!"

"으아악!"

맹호도에서 뻗어 나온 푸른 도강이 눈 깜박할 사이에 허공을 서른여섯 번이나 가르고 지나가자 결사대의 후미에 있던 두 명이 반항도 못 해보고 단말마의 비명과 함께 어육이 되어버렸다. 두 명의 몸을 채우고 있던 피는 사방으로 뿜어져 나와 팽조혁의 몸도 흠뻑 적셔놓았다. 하지만 팽조혁은 전혀 개의치 않고 계속해서 미허신보를 밟아 결사대를 쫓아갔다. 연무장으로 도망가고 있던 결사대 중 가장 후미에 있던 세 명의 결사대가 다시 건곤연환탈백도의 사정권에 들어왔다. 팽조혁이 노성을 터뜨렸다.

"사람을 죽이고 그냥 물러나겠다고?! 모든 것이 네놈들 마음대로 될 것 같으냐?!"

콰콰콰콰!

다시 세 명의 결사대가 비명도 못 지르고 분시가 되어 죽어 나갔다. 그러나 팽조혁은 맹호도를 멈출 생각이 없어 보였다. 다시 미허신보를 밟아가는 팽조혁의 전신에서는 섬뜩한 살기가 줄기줄기 뿜어져 나오고 있었다.

팽조혁의 너무도 잔인한 살수에 귀결수를 펼쳐 결사대를 제압하고 있던 종도가 급히 전음을 보냈다.

"팽가야! 정신을 차려라!"

그러자 막 맹호도를 휘두르려던 팽조혁이 진기가 끊어져 멈칫하다가 꽁지가 빠져라 도망가는 결사대를 노려보며 종도에게 노성을 터뜨렸다.

"왜 이러는가?! 자네가 내 심정을 몰라서 그러는가?! 탕마대의 고수들이 무려 백여 명이나 죽었는데 내가 어떻게 정신을 차려?!"

"허! 그래서 자네가 잔인한 살수를 계속 펼쳐 남궁노적과 같은 마두의 대접을 받겠다고?"

"……!"

버럭 노성을 지르던 팽조혁은 일시 입을 떼지 못했다. 종도의 말이 맞았던 것이다. 아무리 지독한 악행을 저지른 마두라고 해도, 아니, 짐승이라고 해도 살아 있는 생명을 너무 잔인하게 죽이면 그 후환이 있기 마련이었다. 종도가 미간을 찌푸리며 계속해서 말했다.

"진정하고 주위를 둘러봐. 이제 거의 끝났어."

종도의 말대로 팽조혁은 마음을 진정시키고 사방을 돌아보았다. 그제야 팽조혁의 굳어 있던 얼굴이 조금 풀렸다.

한줄기 서늘한 바람이 야산 중턱에 앉아 있던 장무위의 온몸을 스치고 지나갔다. 하지만 실랑대는 봄바람에 담겨 있는 것은 약동하는 생명의 기운이 아니라 죽음의 기운이었다. 사람들의 몸에서 흘러나온 피 냄새와 영화롭던 남궁세가의 건물들이 불타오르면서 뿜어내는 매캐한 냄새. 장무위의 눈빛이 무겁게 가라앉았다. 세상에 나온 이후로 수없이 많은 피를 보았고 스스로 그 피를 흠뻑 뒤집어쓴 적도 있었으나 죽음의 장면은 언제 보아도 끔찍하기만 했다.

"후—우!"

바람 속에 담긴 진득한 피 냄새에 욕지기가 일어 장무위는 고개를 위로 쳐들어 맑은 공기를 길게 들이마셨다. 그러자 혈전이 벌어진 이후로 계속해서 침묵을 지키고 있던 유소백이 장무위를 바라보며 말문을 열었다.

"큰형님, 신무림맹의 피해가 너무 큽니다. 사상자만 천 명 가까이 될 것 같군요."

유소백의 말에 장무위는 다시금 고개를 숙여 인세에 재현된 지옥도로 시선을 돌렸다. 정오를 조금 넘겨서 시작되었던 혈전은 이제 막바지로 치닫고 있었다. 남궁세가는 이미 신무림맹 고수들에게 대부분 장악된 상태였고 남궁산과 살아남은 청의무사들은 연무장 쪽으로 급격히 밀려가고 있었다. 그 때문인지 무려 세 시진 동안 들려오던 악 쓰는 소리, 고함 소리, 비명 소리들이 점점 잦아들고 있었다. 그러나 활활 불타오르는 건물들 사이사이에는 생명을 잃고 쓰러져 있는 시체들이 가득했다.

"그러게 말이야. 신무림맹이 압도적인 전력으로 공격을 하면서도 저렇게 많은 사상자를 낼 줄이야 그 누가 알았겠는가? 남궁세가의 저력이 상상 외로 강하구먼."

"지금이라도 도와주는 것이 어떨까요?"

신무림맹을 돕자는 말이었다. 그러나 장무위는 두 번 생각하지도 않고 먼저 고개부터 저었다. 남궁산 한 사람을 상대로 하는 것이라면 장무위도 주저없이 칼을 뽑아 들었을 것이다. 그러나 남궁산이 꾸민 추악한 음모로 인해 피해를 입은 사람들은 명교와 명나라 무림인들뿐이 아니었다. 신무림맹의 무사들이 치를 떨면서 죽이려고 하는 사람들, 아무런 잘못도 없이 무림공적으로 몰려 다 죽게 생겼지만 억울하다고 하소연도 못하는 신분의 사람들. 남궁산의 음모로 가장 큰 피해를 입은 사람들은 어쩌면 남궁세가의 가솔들인지도 몰랐다. 살자고 악을 쓰는 그들을 향해 장무위는 살수를 펼칠 자신이 없었다. 장무위는 불타는 건물과 널브러진 시체들 사이로 약탈을 하기 위해 돌아다니는 군웅들의 모습을 잠시 바라보다가 입을 떼었다.

"싸움을 말리는 것이라면 모를까, 어느 한쪽을 돕고 싶은 생각은 없네."

"예, 무슨 말씀인지 잘 알겠습니다."

장무위는 유소백을 향해 엷은 미소를 지어준 후 맑은 공기를 마시고 싶어 멀리 황산을 향해 고개를 돌렸다. 시간의 흐름을 말해 주듯 산 그림자가 길게 늘어나 있었다. 문득, 장무위는 황산 쪽에서 남궁세가로 천천히 말을 몰아 다가오고 있는 오십여 기의 기수를 발견하고는 고개를 갸웃했다. 그 오십 명에게서 뿜어져 나오는 기세가 상당했던 것이다.

"소백이, 혹시 저기 말을 타고 오는 자들의 정체를 아는가?"

안력을 최대한 돋워 장무위의 손끝이 향하는 곳을 바라보던 유소백이 이내 탄성을 내질렀다.

"아! 저자들은 오독문의 고수들입니다. 제가 어제 수소문을 하러 다닐 때 저들을 본 적이 있습니다."

"흠, 오독문이라… 종 노선배께서 말씀하시길, 저자들은 풍백에 욕심을 내고 있다고 했는데 사실인가 보군."

"예, 그게 아니라면 싸움이 다 끝나가는 지금 시점에서 나타날 이유가 없겠지요."

장무위는 오독문의 문주라 짐작되는 사람의 얼굴을 유심히 바라보다가 흥미를 잃어버리고 다시 남궁세가 쪽으로 시선을 돌렸다. 연무장으로 천천히 밀려가고 있는 신무림맹의 정예 고수들이 보였고 연무장 중앙에 배수진을 치고 최후의 혈전을 준비하고 있는 남궁산과 청의무사들의 모습이 보였다.

'음, 남궁산이 또 다른 수를 준비하고 있나 했더니 한계에 다다랐나 보구나. 위험한 상황이 벌어질 수도 있겠어.'

장무위는 가부좌를 풀고 자리에서 일어났다. 남궁산 부자가 '며칠만 여유를 준다면 풍백을 사람들에게 사용하지 않고 직접 돌려주겠다'고 약속을 했지만 그 말만 믿고 기다릴 수는 없었다.

"소백이, 이제 우리가 나설 시간이 된 것 같구먼. 가세나."

"예, 큰형님."

장무위는 즉시 조화구법을 시전해 남궁세가 쪽으로 신형을 날렸다. 그 뒤를 유소백이 빠르게 쫓아갔다.

남궁산은 활로를 찾기 위해 사방을 빠르게 살펴보다가 힘이 빠져 장탄식을 토했다.

"휴우!"

신무림맹의 동서남북 사로(四路) 모두가 남궁산이 현재 보유하고 있는 전력보다 최소 두세 배는 강한 전력을 갖춘 채 포위망을 좁혀오고 있었다. 도저히 틈이 없었다.

화르륵!

뚜둑! 풀썩!

사방에서 불꽃이 치솟아오르고 건물들이 무너지는 소리가 들려왔다. 살아남은 결사대와 예비 천살대 고수 백오십여 명은 그 사이에도 신무림맹의 포위망에 떠밀려 남궁산 쪽으로 계속 뒷걸음질치고 있었다. 남궁산은 신무림맹의 정예 고수들을 이끌고 있는 팽조혁, 종도, 현소 도장, 자성 도장, 당민, 매영 등의 살기 가득한 얼굴을 일일이 확인하곤 희망을 접을 수밖에 없었다.

'휴우! 한 놈도 못 죽였구나.'

신무림맹의 동서남북 사로(四路)를 지휘하는 자들이 모두 멀쩡하니 어디서 틈을 찾을 수 있겠는가? 급조한 조직은 우두머리가 죽으면 우왕좌왕하기 마련이라 그것에 희망을 걸고 결사대가 신무림맹 사로(四路)의 주력을 공격하는 사이 예비 천살대로 하여금 배후로 돌아가 팽조혁 등의 우두머리를 공격하게 했는데 모조리 실패했나 보다. 하기야 신무림맹의 최정예 고수들 틈에 있는 구주의 고수들을 예비 천살대로 해칠 수 있다고 생각했던 것 자체가 너무 큰 기대였는지도 모른다. 남궁산에게는 암담한 현실이었다.

그때였다. 팽조혁이 크게 소리쳤다.

"공격! 한 놈도 살려두지 말아랏!"

팽조혁의 명령이 떨어지자마자 척마대와 탕마대의 살아남은 고수들이 기다렸다는 듯 공격을 시작했다. 도기와 검광이 번뜩이고 수십 수백 줄기의 장력이 연무장 중심을 향해 쏟아졌다.

"크아악!"

"커억!"

"으아악!"

단 한 점의 인정도 깃들어 있지 않은 지독한 살수가 끊임없이 펼쳐지자 결사대와 예비 천살대 고수들이 비명을 지르며 속속 쓰러졌다. 속수무책이었다. 척마대와 탕마대 고수들에게 제대로 칼질 한 번 하는 자가 없었다. 순식간에 삼사십 명의 시체가 연무장 바닥에 널브러졌다.

남궁산은 허공을 물들이는 피분수 저 너머 아스라이 보이는 황산의 웅자를 바라보며 내심 간절히 기도했다.

'반드시 살아남아야 한다. 반드시!'

남궁산으로서는 세 시진 동안 신무림맹의 공격을 막아낸 것으로 이미 최선을 다한 것이라 할 수 있었다. 그러나 아직 가솔들이 비밀 통로를 다 빠져나갔는지 확신할 수가 없었다. 시간을 보면 어느 정도는 빠져나간 것처럼 보이기도 했지만 통로의 입구를 완전 봉쇄해 놓았던 탓에 남궁산도 알아낼 방법이 없었다. 죽어 귀신이 되기 전에는 가솔들의 소식을 들을 수 없을지도 몰랐다.

'최대한 더 오래 버텨야 해.'

남궁산은 어금니를 질끈 깨물어 결의를 다진 후 손을 품속으로 집어넣었다. 그러자 바로 옆에서 남궁산을 지키고 있던 남궁태가 크게 놀라 전음을 보내왔다.

"아버님! 지금 풍백을 사용하면 도제와의 약속을 어기게 됩니다. 이렇게 좁은 장소에서 풍백을 겁만 주기 위한 용도로 어찌 사용하겠습니까? 제가 어떻게 해서든 활로를 뚫을 테니 그 이후에 사용해 주십시오."

그러나 남궁산의 결심은 이미 확고했다.

"태야! 우리의 전력으로는 동서남북 사로(四路)의 어느 한쪽도 뚫을 수 없다. 차라리 난 장무위의 인품을 믿고 싶다. 아니, 그의 인품을 난 믿고 있어. 그는 결코 살기 위해 도망치는 사람을 해칠 사람이 아니야. 그리고 너를 살리려면 풍백을 사용하는 수밖에 없다. 내가 품속에서 손을 빼내면 너는 살아남은 결사대를 이끌고 최대한 빨리 내게서 멀어져야 한다. 명심해라."

"아버님! 안 됩니다. 도제가 만일 비밀 통로에 대해 밝히기라도 한다면 형님과 가솔들이 모두 위험해집니다."

"도제는 그럴 사람이 아니래도. 그리고 이제는 선택의 여지가 없어."

"지금쯤이면 모두 통로를 벗어났을 겁니다. 재고해 주십시오!"

남궁태가 다급한 어투로 전음을 보냈지만 남궁산은 더 이상 남궁태의 말에 귀를 기울이지 않고 있었다. 남궁산의 충혈된 눈은 결사대를 도륙하고 있는 팽조혁 등에게 초점이 맞추어져 있었다.

'이놈들! 본 가의 무서움을 뼈저리게 느끼게 해주겠다.'

가슴 저 깊은 곳에서 참을 수 없는 분노가 치밀어 올랐다. 남궁산은 마지막 공력을 돋워 전음을 보냈다.

"태야! 지금 풍백을 사용한다면 나도 죽을 수밖에 없을 것이다. 어서 결사대를 이끌고 물러서라."

"아버님!"

"시간이 없어! 모두 전멸한 이후에 물러설 생각이냐?! 어서 물러서거라!"

남궁산이 급한 마음에 소리치자 남궁태의 눈에서 피눈물이 흘러내렸다.

"아버님! 물러서고 싶어도 물러설 곳이 없습니다. 저보고 어디로 가라는 말씀이십니까?! 몇 걸음 더 도망치다가 죽느니 차라리 아버님 곁에서 죽겠습니다!"

"……!"

순간, 남궁산의 말문이 막혀 버렸다. 남궁태의 말대로 사방이 몇 겹의 포위망으로 옴짝달싹도 못할 만큼 둘러싸인 상태였다. 남궁산의 눈에도 남궁태가 움직일 만한 공간이 보이지 않았다. 이제 결사대의 숫자도 삼십 명 남짓. 신무림맹의 포위망은 그만큼 더 좁혀져 있었다. 그것을 인식하는 순간, 남궁산의 눈에 기이한 광채가 번뜩이기 시작했다.

'다 같이 죽는 거야! 다 같이!'

품속으로 들어갔던 남궁산의 왼손이 찬란한 빛무리에 싸인 채 서서히 빠져나왔다. 푸른색 반투명한 막대기에서 뿜어져 나오는 휘황찬란한 빛과 영기. 안목이 없는 자도 남궁산의 왼손에 들려진 물건이 희대의 기보임을 한눈에 알아볼 수 있을 정도였다.

"아! 보물이다!"

"무가지보가 나타났다!"

이제 십여 명 정도 남은 결사대를 사납게 휘몰아치던 신무림맹의 고수들이 하나둘 탄성을 지르며 손을 멈췄다. 곧 신무림맹 고수들의 눈빛이 탐욕으로 서서히 물들어갔다.

휘이잉!

피비린내 가득하던 대기가 갑자기 요동을 치면서 한줄기 차가운 바람이 불어 나왔다. 바로 그 순간, 멀리서 천둥벽력과도 같은 대갈일성이 터져 나왔다.

"약속을 어길 생각이시오?!"

쩌르릉!

너무도 거대한 음성. 그것은 인간 한계에 도전하는 초고수가 전력으로 토해내는 사자후였다. 피비린내 가득하던 대기가 그 위엄에 공명을 일으키고 한줄기 차가운 바람은 안개처럼 허무하게 스러져 갔다. 장내의 모든 인물은 하늘이 무너지는 듯한 충격에 안색이 새하얗게 질려 버렸다. 팽조혁, 현소 도장 등 명나라 구주의 고수들도 예외가 아니었고 남궁산도 너무 놀라 일시 자신이 무엇을 하고 있는지 잊어버릴 지경이었다. 그러자 선천진기의 흐름이 끊어지며 기다란 피 화살이 남궁산의 입술 사이에서 뿜어져 나왔다.

푸확!

남궁태가 급히 남궁산을 부축했다.

"아버님!"

남궁산은 급히 남궁태의 손을 뿌리치고 소리의 근원을 찾아 시선을 돌렸다. 오십 장 밖, 번개보다 더 빠른 속도로 다가오고 있는 장무위의 모습이 얼핏 보였다. 순간, 남궁산의 눈에 핏발이 곤두섰다.

'장무위! 약속을 어긴다고 말하지 마라. 나는 내가 할 수 있는 최선을 다할 뿐이다.'

남궁산은 남아 있는 선천진기를 모조리 쥐어짜 풍백에 주입했다. 그러자 남궁산의 왼손 주위로 빛과 영기의 소용돌이가 휘몰아치기 시작하더니 스러졌던 차가운 한줄기 바람이 재차 일기 시작했다.

휘이잉!

"멈추시오!"

이십 장 밖에서 천둥벽력과도 같은 대갈일성이 다시 한 번 터져 나왔다. 하지만 남궁산은 풍백에 주입시키는 선천진기의 흐름을 멈추게 할 생각이 추호도 없었다.

'본 가의 무서움을 보여주겠어. 다시는 그 누구도 본 가를 업신여기

지 못하도록 하겠어. 본가를 향해 칼을 겨누면 어떤 꼴을 당하는지 보여주겠어.'

후우우우웅!

차가운 한줄기 바람은 어느새 돌개바람이 되어 거세게 꿈틀거리기 시작했다. 팽조혁과 종도 등 남궁산 근처에 다가와 있던 사람들은 불안한 느낌에 너나할 것이 없이 빠르게 뒷걸음질을 쳤다. 개중에 어떤 이가 남궁산의 손에 들린 푸른색 투명한 막대의 정체를 깨닫고 크게 소리쳤다.

"남궁노적이 풍백을 사용하려고 한다!"

"모두 도망쳐!"

남궁산은 주위에서 들리는 소리에 냉소를 머금으며 풍백을 하늘 높이 치켜들었다.

'그런다고 풍백의 신능을 피할 수 있을 것 같으냐? 어리석은 놈들!'

쿠─쿠─쿠─쿠─쿠!

돌개바람이 점점 더 검게 물들어갔다. 시체가 되어 널브러져 있던 결사대의 시체가 검은 돌개바람에 들썩였다. 그때, 이십여 장 밖에서 심혼을 뒤흔드는 기이한 음향이 터져 나왔다.

우─우─웅! 우─웅!

남궁산은 그 소리를 듣자마자 어금니를 질끈 깨물었다. 심혼을 흔드는 기이한 소리가 어디에서 터져 나오고 있는지 너무도 잘 알고 있었기 때문이다. 남궁산은 내심 다급하게 소리쳤다.

'위험해!'

잘못하면 풍백이 신능을 발휘하기도 전에 자신이 먼저 죽을 수도 있었다. 남궁산은 신법을 전개해 즉시 물러서려고 했다. 그런데 다리가 말을 듣지 않았다. 선천진기가 바닥이 나면서 신체의 기능들이 급속도로 허물어지고 있었던 것이다.

'이렇게 죽는 것인가? 천하의 남궁산이 이렇게 죽는 것인가? 아니야, 본 가에 불을 지른 저놈들에게 빚을 갚지 않고 죽을 수는 없어. 조금만 더 버티자. 조금만 더.'

남궁산은 다급한 마음에 이판사판의 심정으로 남아 있는 선천진기의 마지막 한 방울까지 모두 풍백으로 밀어 넣으려고 했다. 바로 그 순간, 별안간 아름다운 빛의 구슬과 붉게 물든 한 쌍의 눈동자가 남궁산의 눈앞에 얼핏 나타났다가 사라져 버렸다. 그리고 갑자기 세상이 캄캄하게 변해 버렸다. 남궁산은 이유를 알 수 없는 두려움에 크게 비명을 질렀다.

"으—아—악!"

하지만 남궁산의 입 밖으로는 어떠한 소리도 나오지 않았다.

'왜 이러지? 내가 왜 이러지?'

둘째 아들 태가 목 놓아 부르는 소리를 들렸다.

"아—버—니—임!!"

너무도 애절한 목소리. 가슴이 찢어지는 듯했다. 아들을 달래줘야 했다. 그러나 갑자기 머리가 깨지는 듯한 통증이 밀려오고 눈꺼풀이 천근만근 무거워져 입이 떨어지지 않았다.

'태야, 좀 쉬고 싶구나. 한숨 자고 일어날 테니 날 부르지 말거라.'

풍백을 사용한 이후에 몸이 예전 같지가 않았다. 남궁산은 통증과 졸음을 견딜 수 없어 그냥 눈을 감아버렸다. 자신의 가문을 위해 수천 명의 사람을 죽게 한 희대의 효웅 남궁산의 죽음이었다.

풍백을 치켜들고 있던 남궁산은 어느샌가 미간에서부터 뒤통수까지 구멍이 뻥 뚫린 채로 널브러져 있었다. 누가 보더라도 즉사임이 분명했다. 천하를 재앙으로 몰아넣을 수 있는 신기 풍백을 가지고도 제 한 목숨 지키지 못한 것이다. 남궁산이 그렇게 허무하게 죽어버리자 남궁태가 부친의 시신을 붙들고 대성통곡하기 시작했다. 하지만 남궁태는 자신의 머리 위쪽으로 날아 내리는 백색의 그림자를 인식도 못하고 있었다.

풀썩!

백색 그림자의 손에서 다시 한 번 빛의 구슬이 번뜩이자 피눈물을 흘리고 있던 남궁태가 아무런 저항도 못하고 남궁산의 시체 위로 쓰러져 버렸다. 팽조혁 등 신무림맹의 수뇌부들과 정예 고수들은 뭐가 어떻게 돌아가는지 몰라 모두 멍하니 서 있을 뿐이었다.

한편, 신무림맹 정예들의 머리를 타 넘으며 무상구도의 후 이 초 백두지명을 시전하던 장무위는 급작스런 상황 변화에 대경실색, 전력을 다해 몸을 회전시켰다.

파라라락!

번개처럼 달려가던 몸이 허공에서 팽이처럼 맴돌다가 거짓말처럼 멈추어 섰다. 장무위는 바닥에 착지를 하는 것과 동시에 현천도를 중단으로 치켜들어 백색의 그림자를 겨냥했다. 세상이 아무리 넓어도 손가락으로 빛의 구슬을 발출하고 유형화된 살기, 초인간적인 살기를 온몸으로 뿜어낼 수 있는 무공고수는 많지가 않았다. 아니, 유사 이래 유형화된 살기를 뿜어낼 수 있을 정도로 높은 성취를 이룬 자가 과연 몇이나 되겠는가? 한 손으로 꼽아도 손가락이 몇 개는 남을 것이다. 장무위는 삿갓을 눌러쓴 백의인을 보자마자 그 정체를 알아낼 수 있었다.

"혈마!!"

장무위의 놀람에 찬 외침에 태연히 남궁산의 왼손에 쥐어진 풍백을 거두어들이고 있던 혈마가 흠칫 놀라는 기색을 보이더니 고개를 돌려 장무위를 아래위로 훑어보았다. 아니, 훑어보는 것처럼 보였다. 혈마는 온 얼굴을 다 가리는 큰 삿갓을 쓰고 있었던 것이다. 삿갓 아래로 예의 그 무미건조한 음성이 흘러나왔다.

"나는 무의 도를 추구하는 무인일 뿐이라고 말을 했을 텐데? 다시는 그런 호칭으로 나를 부르지 마라."

"허억!"

"크윽!"

"컥!"

소름 끼치는 음성과 무시무시한 살기에 신무림맹의 정예 고수들이 비명을 지르며 뒷걸음질을 쳤다. 전에도 그랬지만 혈마는 '혈마' 라는 호칭을 극도로 싫어하는 것이 분명했다. 혈마의 전신에 어린 살기가 극도로 증폭되고 있었던 것이다. 그 엄청난 살기에 장무위도 일시 멈칫하지 않을 수 없었다.

'도대체 저 마인의 한계는 어디까지란 말인가? 전보다 더 강해진 것 같아. 정말 엄청난 기세구나.'

그때 혈마가 장무위를 지나쳐 자리를 뜨려고 했다. 장무위는 즉시 혼원기를 전신에 유포시키며 혈마의 진행 방향을 막아섰다.

"멈추시오!"

그러자 혈마의 시선이 한참 동안 장무위에게 머물렀다. 잠시 후, 삿갓 아래로 보이는 혈마의 입술 사이로 나직한 음성이 흘러나왔다.

"네가 벌써 무상도를 완성했단 말이냐?"

무상도를 완성하지 못했으면 나서지 말란 말. 장무위는 현천도에 혼원기를 주입하면서 고개를 저었다.

"아니오. 하지만 당신을 막지 않을 수 없소. 풍백을 돌려주시오!"

그러자 삿갓 위, 혈마의 눈이 있음 직한 부위에서 붉은 광채가 넘실거리기 시작했다.

"네가 나에게서 풍백을 돌려받을 만큼의 실력을 쌓았단 말이냐? 물러가라. 넌 아직 내 적수가 아니다."

"길고 짧은 것은 대봐야 아는 법이오!"

장무위가 결연히 소리치며 혼원기를 극도로 끌어올리자 전신에서 첨예한 무형지기가 줄줄이 뿜어져 나오기 시작했다. 지난날, 히말라야에서 보였던 기세와는 차원이 다른 기세였다. 장무위는 그 상태로 팽조혁을 돌아보며 짧게 소리쳤다.

"팽 노선배, 근처에 있으면 위험합니다. 모두 멀리 물러나게 해주십시오."

팽조혁은 순간 미간을 잔뜩 찌푸렸다. 피하라는 말에 자존심이 상해서가 아니었다. 믿을 수 없는 일이었지만 혈마라는 백의인의 기세가 장무위보다 더 강해 보여 안심이 되지 않았던 것이다.

'돕지 않아도 될까?'

팽조혁은 짧은 시간 갈등하지 않을 수 없었다. 그러나 천하제일고수가 이미 칼을 뽑아 든 상황. 천하제일고수의 자존심을 건드릴 수는 없는 법이었다.

"알았네."

팽조혁은 즉시 사람들을 이끌고 뒤로 물러섰다. 그러자 살아남은 남궁세가의 결사대 일곱 명도 비실거리는 걸음으로 팽조혁을 따라갔다.

순식간에 남궁세가의 연무장에 사람의 벽으로 둘러싸인 지름 삼십 장의 공간이 만들어졌다. 그제야 혈마도 흥미를 느꼈는지 장무위를 마주 보며 자세를 잡았다.

"그사이에 적잖은 성취가 있었나 보구나. 어디 얼마나 늘었는지 한번 보자."

혈마가 일수를 펼치면 자연의 힘인 번개가 천지 사방을 종횡으로 누비며 번득였고, 도제가 일도를 그어대면 산악이라도 단칼에 베어버릴 듯한 반투명한 푸른빛 도강이 무려 사 장이나 뻗어 나와 공간을 휘저었다. 그리고 순간순간 두 사람의 몸을 감싸는 얇은 빛의 막은 이야기 속에나 나오는 호신강기임이 분명했다.

쾅! 콰콰쾅! 콰콰콰쾅!

츠—츠—츠—츳!

두 사람의 공격이 맞부딪칠 때마다 마치 수만 근의 화약이 일시에 터진 것과 같은 폭음이 터져 나오고, 무시무시한 경기가 사방팔방을 날카롭게 찢어발겼다. 값비싼 청석으로 만들어진 남궁세가의 연무장은 두 사람의 공격이 단 세 번 맞부딪쳤을 때 완전히 박살나 있었다. 흡사, 고금제일인이라 불리는 무성 연의민이 동시대에 두 명이나 나타나서 서로의 무공을 겨루고 있는 것 같았다.

수만의 명나라 무림인들 중에서도 가장 높은 경지까지 무공을 수련해 구주의 반열에 오른 절대고수 팽조혁은 허공을 날아다니며 신기(神技)를 펼치는 두 사람의 움직임에 혼을 빼앗기고 있었다. 아니, 팽조혁뿐만 아니라 종도, 자성 도장, 현소 도장, 당민, 매영 등의 모든 절대고수와 조일봉과 유소백, 그리고 신무림맹의 모든 고수가 넋을 놓고 두 눈을 고정시키고 있었다.

팽조혁은 입이 벌어져 침이 흐르는 것도 인식하지 못하고 내심 탄성만 질러댔다.

'이, 인간의 한계를 벗어난 무공이야. 아니, 신의 무공이야. 저들이 정녕 나와 같은 사람이란 말인가?'

장무위의 무공은 팽조혁이 예상하고 있던 수준을 한참이나 넘어서고 있었다. 아니, 팽조혁으로서는 장무위의 무공 정도를 짐작조차도 할 수가 없었다. 장무위는 도강을 무려 사 장이나 뿜어내고 전설상의 호신강기를 펼치는 고수였던 것이다. 그런데 혈마는 그런 장무위보다도 더 강해 보였다. 장무위는 때때로 바닥을 딛고 새로운 힘을 얻어 도약을 했지만 혈마는 그야말로 허깨비처럼 허공을 훨훨 날아다니면서 전율스러운 공격을 연이어 시전하고 있었다.

콰─콰─콰─쾅!

쿠─쿠─쿠─콰─콰─콰!

또 한 번 두 사람의 공격이 정면으로 부딪쳤는지 악마의 발톱같이 날카로운 경기가 폭죽 터지듯이 밀려왔다. 두 초고수의 대결을 좀 더 자세히 보고 싶은 욕심에 다른 사람들보다 십여 장이나 앞에서 구경을 하고 있던 팽조혁은 대경실색, 전력을 다해 뒷걸음질쳤다.

콰─콰─콰!

연무장 바닥이 폭죽 터지듯 터져 나가며 뒤로 물러서는 팽조혁을 따라왔다.

"허억!"

팽조혁의 입에서 절로 헛바람 집어삼키는 소리가 터져 나왔다. 경기의 범위가 무려 이십 장을 넘어서고 있었고 팽조혁이 뒤로 물러서는 속도보다 더 빠르게 다가오고 있었던 것이다. 팽조혁은 튀어 오르는 청석 조각을 급히 피하며 쇄도하고 있는 경기를 향해 건곤신장 세 대를 연속으로 때려내었다.

광광광!

폭음이 크게 터져 나오면서 무시무시하던 경기가 팽조혁의 코앞에서 사라졌다. 그러나 아직도 여력이 남아 있는지 팽조혁의 장포가 찢어질 것처럼 펄럭였다. 팽조혁의 입에서 한숨이 절로 흘러나왔다.

"후우! 내 능력이 이것밖에 안 되는가?"

절대고수의 칭호를 받는 팽조혁이 직접적인 공격도 아니고, 싸움에서 파생된 경기에 목숨을 잃을 뻔했으니 자존심이 상하지 않을 수 없었다. 그러나 팽조혁의 두 눈은 자존심과는 상관이 없는 듯 계속해서 두 초고수의 싸움에 고정되어 있었다.

그렇게 얼마의 시간이 흘렀을까? 갑자기 두 초고수의 싸움에 큰 변화가 일어났다. 장무위의 현천도에서 거대한 도의 환영이 생겨나고 혈마의 두 손에서 눈을 멀게 할 정도로 밝은 빛의 기둥이 일어났다. 도의 환영과 빛의 기둥이 부딪치는 것은 순식간이었다. 그 순간,

콰─콰─콰─콰─쾅!

산천초목이 뒤흔들릴 정도로 큰 폭음이 울려 퍼지며 팽조혁을 뒷걸음질치게 만들었던 경기의 폭풍보다 더욱 강력한 경기의 폭풍이 일어났다.

"모두 물러서라!"

자라 보고 놀란 가슴 솥뚜껑 보고 놀란다고 했던가? 이미 경기의 폭풍에 곤욕을 치렀던 팽조혁은 목이 터져라 소리치며 뒤로 물러섰다. 장내에 있던 모든 사람도 팽조혁의 행동을 본받아 '걸음아, 날 살려라'

하면서 뒤로 뛰어갔다. 경기의 폭풍은 무려 삼십 장을 휩쓸고 지나갔다. 미처 피하지 못했던 신무림맹의 정예들, 남궁산 부자와 결사대의 시체, 청석 조각… 경기 폭풍의 세력권에 있던 모든 것이 먼지가 되어 사라졌다. 그리고 잠시 후, 하늘을 뒤덮었던 먼지구름이 가라앉았다. 혈마는 어디로 갔는지 보이지 않았고 전신이 피투성이가 된 장무위만이 현천도에 몸을 의지한 채 비틀거리고 있었다.

"와! 도제 장 대협이 이기셨다!"

"장 대협이 악마를 물리치셨다!"

"도제 장 대협 만세! 만세!"

수백 명의 고수가 일제히 외치는 소리에 장내가 들썩거렸다. 유소백과 조일봉도 저마다 크게 소리를 치며 장무위를 향해 달려갔다.

"큰형님! 괜찮으십니까?!"

"형님! 역시 우리 형님이야! 형님 만세!"

그러나 정작 장무위에게 가장 먼저 달려간 사람은 아무 말 없이 몸을 날렸던 팽조혁이었다. 팽조혁은 조심스럽게 손을 뻗어 장무위를 부축하려고 했다. 그 순간, 비틀거리고 있던 장무위가 의식을 잃고 털썩! 쓰러졌다.

제38장

보이지 않는 섬으로

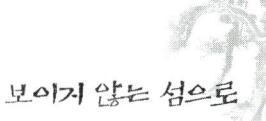

보이지 않는 섬으로

신무림맹과 남궁세가의 대혈전이 벌어진 날로부터 일주일 후, 장무위는 객잔의 침상에 가부좌를 틀고 앉아 상처를 치료하고 있었다. 가만히 놔두어도 상처가 치료되겠지만 혼원기를 상처 부위에 집중시키면 빨리 낫는다는 것은 이미 기련산에서 혈랑대와 싸울 때 깨달았던 것이었다. 그러나 벌써 나흘 동안 무상대능력을 운공하고 있었지만 상처가 쉽게 치유되지 않고 있었다. 혈마의 광검에 입은 부상의 정도가 워낙 심각했기 때문이다. 장무위는 치료를 하다 말고 내심 고개를 내저었다.

'정말 이해할 수 없을 정도로 강한 마인이야. 무상도를 터득한다 해도 그를 이길 수 있을까?'

전에는 무상도를 터득하기만 하면 혈마를 상대할 수 있을 것이란 자신감이 있었지만, 이제는 자신감을 가질 수가 없었다. 혈마의 무공은 무상도의 터득을 코앞에 둔 자신을 최소 한 단계 이상은 앞서고 있었다. 신법도 더 빨랐고 자신이 익히지 못한 장법, 지법도 혈마는 극성으로 익히고 있었다. 특히 혈마의 광검만큼은 어떻게 상대할 방법이 없었다. 남궁세가에서 상대한 혈마의 광검은 히말라야에서 겪었던 광검과는 아예 차원이 달랐다. 장무위는 하늘이 높다는 사실을 새삼 인식할 수밖에 없었다.

'내가 이제껏 광검의 위력을 잘못 알고 있었어. 하기야 히말라야에서 광검을 펼칠 때 혈마는 최상의 상태가 아니었어. 포달랍궁 일대제자들의 대수인을 맞아 이미 중상을 입고 있었고 요공 대사가 아라한신권을 펼쳐 급습을 하던 상황이었으니 본신의 능력을 제대로 발휘하기는 어려웠을 거야. 그에 비하면⋯⋯.'

전력으로 펼친 무상구도의 후 이 초 백두지명이 이슬처럼 녹아내리고 눈앞으로 빛의 검이 다가오던 장면이 뇌리에 선명하게 떠올랐다. 소름이 오싹 돋았다. 당시 자신은 아무것도 할 수가 없었던 것이다.

'휴우! 혈마가 손속을 거두지 않았다면 난 벌써 시체가 되었겠지.'

사실 이번에 장무위가 살아날 수 있었던 까닭은 혈마가 마지막 순간에 손을 거두었기 때문이다. 물론 오장육부가 자리를 이탈하고 심맥이 뒤틀려 보통 사람이라면 열 번도 더 죽었을 중상을 입기는 했지만 혈마가 일부러 살려주었다는 것을 당사자인 장무위가 모를 수는 없었다. 전에 히말라야에서도 그랬다. 혈마는 장무위를 쉽게 죽일 수 있는 기회를 포착했음에도 불구하고 그냥 지켜보기만 했었다. 장무위는 고개를 갸웃했다.

'도대체 그 마인의 속셈이 무얼까?'

누가 뭐라고 해도 혈마는 인명을 경시하는 마인임이 분명했다. 남궁산 부자를 죽이는 장면만 봐도 그랬다. 세상천지에 사람을 죽이면서 마치 벌레를 밟아 죽이듯 그렇게 무심하게 죽일 수 있는 사람이 몇이나 되겠는가? 혈마가 펼치는 살수는 너무도 비인간적이었다. 그런 혈마가 왜 자신에게만 관대하게 대해주는지 장무위는 궁금하지 않을 수 없었다. 그리고 혈마가 왜 풍백을 가져갔는지도 의문스러웠다. 풍백이 자연에 변화를 일으킬 정도로 무서운 신기였지만 풍백과 광검을 모두 겪어본 장무위에겐 풍백의 신능보다도 혈마의 광검이 오히려 더 무서웠다. 풍백은 사용하는 데 많은 제약이 따랐지만 광검은 혈마가 마음대로 사용할 수 있는 것이다. 장무위는 한참 동안 상념에 잠겨 있다가 머리를 내저었다.

'지금 중요한 것은 그게 아니지. 되든 안 되든 하루빨리 무상도를 먼저 터득해야 해. 휴우!'

이제는 혈마를 찾아야 할 이유가 한 가지 더 늘었는데 정작 혈마의 적수가 못되는 자신을 생각하자 한숨이 절로 나왔다. 혈마는 장무위가 넘을 수 없는 높은 벽이었던 것이다. 그때 밖에서 인기척이 들리더니 바람을 쐬러 나갔던 유소백의 목소리가 들렸다.

"큰형님, 종 노선배를 모시고 왔습니다."

"어서 뫼시게."

연장자가 찾아왔는데 부상을 핑계로 앉아 있을 수는 없었다. 장무위는 종도를 맞이하기 위해서 침상을 내려왔다. 바로 그 순간, 복부를 칼로 베어내는 듯한 통증이 치밀어 올랐다. 어금니를 질끈 깨물며 통증을 참았지만 입 밖으로 새어 나오는 신음을 막을 수는 없었다.

"으음!"

그러자 유소백의 안내를 받으며 들어오던 종도가 급히 침상 곁으로 달려와 장무위를 부축했다.

"그냥 앉아 있게!"

"괜찮습니다. 견딜 만합니다."

장무위는 꿋꿋하게 종도에게 예를 취하고 방 중앙에 있는 탁자로 종도를 안내했다. 종도는 탁자에 앉으면서 내심 혀를 내둘렀다. 유소백에게 듣기는 했지만 설마 했던 것이다.

'다 죽어가던 사람이 삼 일 만에 의식을 찾고 사 일 만에 걸어다닌다? 내 상식으로는 도저히 이해가 안 되는구나.'

세상천지에 기문괴사가 많다고 하지만 종도에게는 장무위라는 인간 자체가 신기하기만 하였다. 하지만 장무위의 특별함이 어디 한두 가지랴? 연배에 어울리지 않게 벌써 천하제일이라는 소리를 듣고 있는 무공, 그런 무공을 지니고 있으면서도 겸손함을 잃지 않고 있는 인품과 끝없는 배움의 자세. 종도는 장무위의 신비함에 대해서 이해하기를 포기하고 맘 편하게 자신이 찾아온 목적을 이야기하기 시작했다.

"혈마에 대한 소식이 들어왔네. 자네가 궁금해할 것 같아서 소식을 듣자마자 바로 달려온 것이네."

"감사합니다."

장무위가 통증을 누르며 다시 한 번 읍을 하자 종도가 부드러운 미소를 지으며 겸양의 말을 했다.

"감사는 무슨… 자네가 팽가와 나에게 해준 것에 비하면 이 정도는 아무것도 아니지. 그리고 그동안 신무림맹의 일 때문에 자주 찾아오지 못했었네. 미안하네."

"그렇게 말씀하시니 제가 송구스럽습니다."

장무위가 진정으로 민망해하는 것 같아 종도는 더 이상 겸양의 말을 하지 않고 바로 본론을 꺼냈다.

"오 일 전 혈마와 오독문의 문주 시천독왕 단횐이 직접 이끄는 오십 명의 정예 고수가 일전을 벌였다고 하네. 결과는… 오독문이 완전 박살났지. 문주인 단횐이 중상을 입고 쓰러졌고 오독문의 정예 고수들이 거의 몰살을 했다는구먼. 본 방의 제자가 알아본 바에 의하면 오독문이 자랑하는 독공이 혈마에게는 전혀 통하지가 않았다고 하네."

그 순간, 통증 때문에 미간을 찌푸리고 있던 장무위가 피식 실소를 터뜨렸다. 전설로 전해지는 광검과 호신강기를 대성한 혈마와 같은 초고수를 해칠 수 있는 독이 어디에 있겠는가? 입으로 직접 먹는 독이 아니라면 혈마를 해칠 수 있는 독은 없다고 봐야 했다. 오독문으로서는 그야말로 상대를 잘못 골라 피를 본 경우였다.

"혈마는 오독문을 박살 낸 이후에 계속해서 정북(正北)으로 이동을 하고 있네. 지금쯤이면… 하북성의… 경내에 접어들었을 걸세."

종도는 자신이 가지고 온 정보를 확신할 수 없어 말끝을 흐렸다. 말을 달려도 보름 이상은 가야 할 거리를 단 일주일 내에 주파하고 있는 사람에 대해 이야기를 하려니 스스로도 긴가민가했던 것이다. 그때 유소백이 질문을 했다.

"혈마가 몽골로 가고 있습니까?"

"그건 아직 판단할 수가 없구먼. 혈마의 속도를 생각해 보면… 흠… 방향을 바꾸지 않는다면 며칠 내로 몽골로 접어들겠지."

"…예."

그 순간 종도가 무슨 말을 하려다 말고 이마를 탁! 치며 자리에서 일어났다.

"이런! 내 정신 좀 보게. 난 이만 일어나야겠네."

장무위는 느닷없이 일어나는 종도를 따라 일어나다가 어금니를 질끈 깨물었다. 극심한 통증이 또다시 밀려들었던 것이다. 하지만 종도는 장무위의 그런 사정도 모르고 뭐가 그리 급한지 벌써 문 쪽으로 걸음을 옮기고 있었다.

"무슨 바쁜 일이라도 있으신지요?"

장무위가 간신히 방문까지 따라가며 질문을 하자 종도가 약간은 침울한 기색으로 대답했다.

"자네들도 알다시피 지금 팽가가 신무림맹의 대표로 동창의 조사를 받고 있잖은가? 이 늙은 거지는 팽가의 등 뒤에 숨어서 편하게 넘어가는 줄 알았었는데 나도 결국은 동창의 소환 명령을 받고 말았네. 팽가도 그렇고 나도 그렇고 이번에는 고생을 좀 해야 할 것 같네."

신무림맹과 남궁세가의 혈전은 워낙 그 규모가 크고 사상자의 수도 너무 많아 결국은 관의 개입을 불러오고 말았다. 이미 어느 정도 예견된 일이었지만 문제는 이번 사건을 조사하는 곳이 바로 동창이라는 것이었다. 실로 신무림맹의 수뇌부로서는 청천벽력과도 같은 일이었다. 명나라 사람들치고 동창을 무서워하지 않는 곳이 어디 있겠는가? 일반 백성들이나 강호무림이나 동창을 무서워하기는 마찬가지였다. 자칫 잘못하면 신무림맹에 참여했던 무림인들 중의 상당수가 잡혀 들어갈 수도 있었다. 그리고 한 번 잡혀 들어가면 그걸로 끝장이었다. 동창에 잡혀 들어갔던 사람들치고 멀쩡히 제 발로 걸어나온 사람이 없었던 것이다.

장무위가 미소를 지으며 말했다.

"너무 걱정하지 마십시오. 이번 사건을 조사하러 온 동창의 당두가 저와 안면이 좀 있습니다. 제가 일봉이한테 이야기를 듣고 좀 전에 서신을 보냈습니다. 두 분께 별일은 없을 겁니다."

그러자 종도가 환한 얼굴로 장무위의 손을 마주 잡고 흔들었다. 종도로서는 실로 십 년 가뭄에 단비와 같은 소리였다.

"고맙네, 정말 고맙네. 자네 덕분에 팽가와 내가 고생을 면하게 되었어. 그러고 보면 자네에게 매번 신세만 지는구먼."

"그런 말씀은 듣기 거북합니다. 제가 할 수 있는 일이라면 당연히 해야지요."

"허허, 알았네. 하지만 나도 낯짝이 없는 사람은 아니니 이 은혜는 꼭 장부에 기록해 두겠네. 그나저나 팽가를 찾아가 보기는 해야겠네. 그 성질 더러운 팽가가 나중에 무슨 소릴 할지 모르니."

"그러면 저도 같이 가도록 하겠습니다."

"아닐세. 자네는 좀 쉬도록 하게. 내 아무리 눈치가 없어도 자네가 힘들어하는 것을 모를 만큼 어리석지는 않네."

종도는 문 앞까지 배웅을 나온 장무위의 손을 다시 한 번 마주 잡아 고마운 마음을 표시하고는 장무위가 다른 말을 할 기회도 주지 않고 빠른 걸음으로 자리를 떴다. 혹시라도 장무위가 고집을 부려서 따라올까 봐 걱정하는 것이리라. 하지만 장무위도 말로만 같이 간다고 했지 실제로는 종도를 따라나설 생각을 아예 못하고 있었다. 걸음을 옮기는 동안에 통증이 점점 더 심해져 급기야 현기증까지 생겼던 것이다. 아무리 적게 잡아도 이삼 일은 더 조섭을 해야 외출이 가능할 것 같았다. 눈치 빠른 유소백이 급히 장무위를 부축하며 말했다.

"큰형님! 괜찮으십니까?!"

"좀 쉬어야겠어."

장무위는 유소백의 도움을 받아 간신히 침상에 앉을 수 있었다. 그러자 유소백이 깨끗한 수건을 가져와 장무위의 이마에 흥건히 맺힌 땀을 닦아주었다.

'소백이에게 못난 모습을 보였구나.'

무안해진 장무위는 유소백의 걱정스러운 얼굴을 바라보며 억지로 태연을 가장해 말문을 열었다.

"소백이, 혈마의 이동 경로에 대해 뭐 짐작 가는 바라도 있나?"

"별다른 것은 없습니다. 다만 혈마가 정북으로 이동하고 있다는 말을 들으니 북해라는 단어가 떠올라서 좀 꺼림칙했습니다."

"음… 혈마가 천부인 우사와 운사가 숨겨져 있는 천부(天府)로 가고 있을 수도 있다는 말인가?!"

장무위가 약간의 놀람을 담은 목소리로 말을 하자 유소백이 고개를 가로저었다.

"아닙니다. 그냥 불길한 느낌이 들었을 뿐입니다. 천부의 위치는 반만년이 넘는 동안 비밀에 싸여 있었습니다. 이 세상에서 천부의 위치를 알고 있는 자는 아무도 없습니다."

"그렇지. 개천경이 있어야 천부를 찾을 수 있다고 했지?"

"예. 그런데 큰형님, 앞으로 어떻게 하실 생각이신지요?"

"글쎄… 다른 방법은 없잖은가? 부상이 낫는 대로 즉시 혈마를 추격해야지."

장무위의 목소리에는 힘이 없었다. 의기소침해 있다고 하는 것이 정확한 표현이리라. 통증도 통증이었지만, 일 년 사이에 무려 네 번씩이나 사경을 맞이했던 사람이 계속해서 자신감을 가질 수는 없는 노릇이었다.

유소백이 곰곰이 생각에 잠겨 있다가 자신의 의견을 말했다.

"큰형님, 현재 우리와 혈마와의 거리가 많이 벌어져 있습니다. 지금부터 쫓아간다고 해도 거리는 점점 더 벌어질 것입니다. 차라리 혈마가 멈출 때까지 개방의 도움을 얻는 것이 어떻는지요? 그리고 우리는 그사이에 보이지 않는 섬으로 가서 개천경을 찾는 것이 어떻겠습니까?"

장무위는 내심 고개를 끄덕였다. 지금은 혈마를 이길 자신이 없었다. 아니, 이기는 것은 고사하고 혈마를 만난다면 또 한 번 지금과 같은 꼴을 당할 것이 뻔했다. 장무위로서는 어떻게든 피하고 싶은 결과였다. 말이 좋아 죽을 위기지 그 과정에서 겪는 고통은 그야말로 필설로 형용할 수가 없을 정도였던 것이다. 혈마를 찾기 전에 무상도를 먼저 터득해야만 했다. 물론 무상도를 터득한다고 해도 혈마를 이길 자신이 있는 것은 아니었지만, 장무위가 기댈 곳은 오로지 무상도밖에 없었다. 삼라만상을 이루고 있는 기의 이치를 잠깐이나마 들여다본 후, 장무위도 자신이 무상도를 터득할 날이 멀지 않았다는 것을 본능적으로 느끼고 있는 상황이었다. 유소백의 말대로 개천경을 먼저 찾는다면 최소한 무상도를 터득할 시간은 얻을 수 있는 것이다.

"흠, 자네 말이 일리가 있구먼. 어차피 풍백을 회수한다고 해도 천부의 위치를 모르면 천부인을 소멸시킬 수가 없으니 먼저 개천경을 찾는 것이 좋을지도 모르겠네. 일단 며칠 더 두고 보세. 혈마가 어디로 가는지, 그리고 혈마가 풍백을 가지고 무엇을 하려는지 좀 더 지켜보고 난 이후에 결정하세."

"예, 큰형님!"

유소백이 의도적으로 힘차게 대답하는 것을 보며 장무위는 실소를 터뜨리다가 다시 가부좌를 틀고 앉았다.

삼 일 동안 장무위는 찾아오는 대부분의 방문객을 사절하고 전심전력으로 무상대능력을 운용해 상처를 돌봤다. 무엇보다 중요한 것이 바로 몸 상태를 정상으로 되돌리는 것이었다. 다만 이번에 신무림맹을 조사하러 온 동창의 책임자, 즉 진자홍이 찾아왔을 때는 장무위도 가부좌를 풀고 일어나지 않을 수 없었다. 한동안 반가운 인사가 오고 갔다. 그리고 장무위가 진자홍의 손을 꼭 잡으며 말했다.

"부탁을 들어주어서 고맙네."

"제가 장 대협의 뜻을 어찌 거스르겠습니까? 그렇게 말씀하시니 송구스럽습니다."

장무위는 황망히 고개를 조아리는 진자홍을 조금은 걱정스럽게 바라보았다. 자신이 보낸 서신 한 통에 진자홍이 신무림맹의 일에서 완전히 손을 떼어버릴 줄은 장무위도 몰랐던 것이다. 동창의 당두들 중에서도 가장 막강한 영향력을 가지고 있는 진자홍이라 해도 문책을 받을 확률이 높아보였다.

"적당히 사정만 봐줬어도 됐는데. 자네에게 화가 미치지는 않을까 걱정이 되네."

"걱정하지 마십시오. 아무런 문제도 없습니다. 사실 신무림맹과 남궁세가의 혈사를 조사한다는 것은 표면적인 이유일 뿐입니다. 제독태감이 관심을 가지시는 것은 풍백이라는 신기입니다."

"남상이 풍백에 관심을 가지고 있다?"

"예. 당금 황상께서 즉위하신 후, 제독태감의 입지가 많이 약해졌습니다. 숙청을 당할 것이라는 소문이 공공연히 돌고 있는 실정입니다. 이에 제독태감은 풍백이라는 신기를 황상께 올려 신임을 얻고자 하십니다."

공손한 말투로 기밀 사항을 스스럼없이 말하는 진자홍을 보며 장무위는 고마움과 동시에 약간의 거북함을 느꼈다. 진자홍이 여전히 자신을 무슨 상전 대하듯 하는 것이다. 십 년이 넘는 동창에서의 삶이 진자홍의 행동 양식을 그렇게 바꾸어놓았으리라. 그러나 내색할 수는 없었다. 이제 와서 뭐라고 한들 쉽게 고쳐질 것 같지가 않았고 실제로 전날 운남으로 가는 길에 몇 번씩이나 그러지 말라고 해도 진자홍의 공손한 행동은 변함이 없었던 것이다.

　"그래, 풍백에 대해서 알아낸 것은 있나?"

　"풍백에 대한 소문이 이미 널리 퍼져 있어 따로 알아내고 말고 할 것도 없었습니다. 오늘 낮에 '풍백이 혈마라는 괴인의 손에 있다'는 보고를 제독태감께 올렸습니다. 문제는 혈마라는 마인에 대해서 아무런 자료도 첨부하지 못했다는 것입니다. 신무림맹의 수뇌부들도 혈마에 대해서는 모르고 있더군요."

　"혈마에 대해서라면 내가 다른 분들보단 좀 더 낫겠구먼."

　한마디로 가르쳐 줄 의향이 있다는 뜻. 진자홍은 즉시 머리를 조아리며 도움을 구했다.

　"감사합니다. 장 대협! 혈마가 누군지 제게 가르쳐 주십시오."

　"고마워할 일은 아닐세. 내가 비록 혈마와 두 번을 싸웠지만 그에 대해 아는 것은 남들보다 많지가 않네. 내가 처음 혈마를 만난 곳은 히말라야에서였네."

　차 한잔 마실 시간 동안, 장무위는 자신이 어떻게 해서 혈마를 만나게 되었고 그 이후에 어떤 식으로 혈마와 얽히게 됐는지를 비교적 자세히 설명해 주었다. 이윽고 장무위의 설명이 끝나자 진자홍이 다시 한 번 감사를 표했다.

"장 대협 덕분에 한시름을 놓았습니다."

진자홍이 비록 '아무런 문제가 없다'고 말은 했었지만 혈마와 풍백에 대해 알아낸 것이 별로 없어서 나름대로 걱정이 많았었나 보다. 장무위는 몰래 안도의 한숨을 내쉬는 진자홍에게 조심스럽게 의사를 타진해 보았다.

"자홍이, 자네는 언제까지 동창에 몸담을 생각인가? 남상이 숙청을 당할 지경이라면 자네도 어서 발을 빼는 게 좋지 않겠는가?"

"아직 정착할 곳을 찾지 못해서 남아 있을 뿐입니다. 장 대협께서 절 받아주실 수 있겠습니까?"

진자홍이 기대를 듬뿍 담아서 하는 말에 장무위는 씁쓸한 미소를 머금지 않을 수 없었다. 자신을 진정으로 위해주는 진자홍을 왜 받아주고 싶지 않겠는가? 하지만 장무위는 누구를 받아주고 말고 할 입장이 아니었다.

"자네도 내가 어떻게 살고 있는지 잘 알고 있잖은가? 미안하네. 참, 내 의제와 함께 사는 것은 어떻겠는가?"

진자홍이 즉시 반색을 했다.

"조 대협을 말씀하시는 건지요?"

"그래. 조가장은 이제 시작하는 단계라 유능한 사람이 많이 필요하네. 자네 같은 인재라면 일봉이도 좋아할 것 같구먼. 어떤가?"

"그렇게 해주시면 저는 감사할 따름입니다."

진자홍은 몇 번씩이나 고개를 조아려 감사를 표시했다.

'조 대협께 일신을 의탁하는 것은 장 대협께 일신을 의탁하는 것이나 마찬가지야. 이제야 남상의 그늘에서 벗어날 수 있겠구나.'

진자홍은 진즉부터 동창의 당두라는 관직에 대해서 환멸을 느끼고 그만둘 생각을 하고 있었다. 하지만 세상사가 마음먹은 대로 되는 것은 아니었다. 남상의 비밀을 워낙 많이 알고 있었던 탓에 진자홍은 사직하고 싶다는 마음 자체를 숨기고 살아야만 했다. 자칫 남상에게 그런 낌새를 비치기라도 한다면 쥐도 새도 모르게 죽임을 당할 가능성이 높았던 것이다. 그러나 장무위에게 일신을 의탁하면 사정이 달라진다. 숙청 위기에 놓여 있는 남상이 장무위라는 무서운 적을 새로 만들 까닭이 없었다. 물론, 진자홍이 남상에게 비밀을 지킬 것이라는 확신을 심어주기는 해야겠지만.

진자홍의 얼굴엔 진정으로 좋아하는 기색이 역력했다. 즐거운 기분은 전염성이 강한 법이라 장무위의 얼굴에도 이내 환한 웃음꽃이 피어올랐다.

"하하, 감사는 무슨. 그 문제는 내가 알아서 하겠네. 우리는 술이나 한잔하세."

"장 대협께서 술을 드시지 않는다는 것을 잘 알고 있습니다. 저 혼자 마시라고 하시면 사양하겠습니다."

내심 진자홍에겐 술을 마시게 하고 자신은 차를 마실 생각을 하고 있던 장무위는 깊은 속(?)을 적나라하게 들켜 버리자 실소를 터뜨렸다.

"후훗, 자넨 별걸 다 기억하고 있구먼. 그런 것은 좀 잊어버리게."

간만에 하는 우스갯소리였지만 장무위는 원래부터 남을 웃기게 하는 재주가 없었고, 장무위의 모든 언행을 진지하게 받아들이는 진자홍은 우습지 않은 우스갯소리를 재밌게 받아 넘길 재주가 없었다. 진자홍은 장무위를 따라 가만히 미소 지을 뿐이었다. 각설하고 두 사람 사이의 진지했던 분위기가 조금은 화기애애하게 흐르는가? 했을 때, 진자홍이 문득 탄성을 지르며 말했다.

"아! 제가 한 가지 사실을 말씀드린다고 해놓고 깜빡하고 있었습니다."

"……?"

"신무림맹은 모르고 있는 것 같았습니다만, 남궁세가가 불타기 전 상당수의 인원이 탈출을 했습니다. 며칠 전에 남궁세가를 조사하면서 비밀 통로의 입구를 발견하고 탐색해 보았더니 황산의 기슭으로 이어져 있더군요. 그래서 수하들을 시켜 자세히 알아보게 했는데, 아니나 다를까, 절강성의 바닷가에서 가주 남궁인과 남궁세가의 가솔들이 발견되었다는 소식이 오늘 올라왔습니다."

확실히 동창의 정보력은 팽가나 개방 등 무림의 어떤 단체와도 비할 바가 아니었다. 장무위는 진자홍의 두 눈을 보면서 당부를 했다.

"자홍이, 살자고 모든 것을 버리고 도망친 사람들일세. 자네도 그냥 모른 척해주게나. 아니, 이 소식이 신무림맹의 귀에 들어가지 않도록 자네가 각별히 신경 좀 써주게나."

"예! 알겠습니다."

장무위는 두말 않고 머리를 조아리는 진자홍을 보면서 내심 가슴을 쓸어내렸다.

'자홍이가 나한테 먼저 말을 했기에 망정이지 팽 노선배께 먼저 말했으면 큰일날 뻔했어.'

신무림맹에는 남궁세가에 대해 원한이 골수까지 맺힌 사람이 많이 있었다. 그들이 남궁세가의 가주와 가솔들이 살아 있다는 것을 알게 된다면 그냥 놓아둘 리가 없었다. 삭초제근이라는 명분을 내걸고 세상 끝까지라도 쫓아가서 남궁세가를 멸족시켜 버릴 가능성이 높았다. 어린 시절 살기 위해 도망을 쳤던 부모님의 기억이 아직도 뇌리에 생생한 장무위는 차마 그런 꼴을 보고 싶지는 않았다. 남궁세가의 생존자들이 후에 어떤 문제를 일으키든지 간에.

　신무림맹과 남궁세가의 혈전이 있은 날로부터 보름이 지나자 장무위 의형제들이 머물고 있는 객잔은 그 어느 때보다 조용하게 바뀌어 버렸다. 신무림맹에 참여했던 대다수의 강호인들이 자파로 복귀를 하거나 혈마를 따라 북쪽으로 이동해 버렸고, 그 후에 찾아온 관인들도 모두 돌아가 버렸기 때문이다. 객잔 주인의 입장에선 머리를 쥐어 뜯을 일이었지만 이제 남궁세가로 가는 길목에 자리했던 모든 객잔과 주루들은 간판을 내려야만 할 상황이었다. '남궁세가가 숨겨둔 재산이 있지는 않을까?' 하면서 보름이 지난 지금까지 폐허가 된 남궁세가를 뒤지고 다니는 지저분한 인간들과 뒤늦게 남궁세가의 멸문 소식을 듣고 찾아온 호기심 많은 인간들을 상대로 장사를 계속할 수는 없었던 것이다.

　각설하고, 남궁세가로 가는 길목에 위치하고 있던 모든 객잔과 주루의 주인들이 생존 수단을 찾기 위해 궁리에 궁리를 거듭하고 있을 그 시간에 장무위는 상처를 모두 치료하고 무상도를 터득하기 위해 하루 종일 명상을 하고 있었다. 기의 이치를 들여다본 후, 장무위는 무상도의 경지가 바로 코앞에 다가와 있음을 자각하고 있었다. 이제 장무위에게 필요한 것은 오직 시간뿐인 것 같았다.

　하지만 닿을 듯 닿을 듯하면서도 잡힐 듯 잡힐 듯하면서도 끝내 무상도의 경지는 장무위에게 정복당하지 않고 있었다. 흡사 엷은 막 같은 것이 있어 무상도의 경지로 가는 길목을 턱하니 막고 있는 것 같았다. 건드리기라도 할라치면 툭! 소리를 내며 터져 버릴 것 같은 엷은 막. 그러나 그 얇은 막은 장무위에게 너무나 두껍고 질겨 보였다. 당최 그 얇은 막을 뚫을 방법이 없었던 것이다. 장무위는 그 얇은 막을 뚫기 위해 필요한 것이 무엇인지 감조차 못 잡고 있었다.

"휴우!"

마침내 장무위는 긴 한숨을 내쉬며 눈을 떴다. 속이 답답하고 조바심이 들어 명상을 계속할 수가 없었다. 이런 상태라면 차라리 마음을 편하게 먹고 다른 것을 하는 것이 좋았다. 자칫 무리를 하다가는 예전에 박효양 어르신이 그랬던 것처럼 주화입마를 당할 수도 있었다. 장무위는 자리에서 일어나 탁자로 걸어갔다. 그러자 문밖에서 조심스런 목소리가 들려왔다.

"큰형님, 들어가도 되겠습니까?"

유소백이었다. 방문 앞에서 장무위가 명상을 마치기만을 기다리고 있었음이 분명했다.

"그래, 어서 들어오게."

장무위의 허락이 떨어지자 유소백이 조심스레 문을 열고 들어왔다. 장무위는 유소백이 맞은편에 앉기를 기다렸다가 미소를 머금으며 말했다.

"자네는 밤에 지킨다고 하더니? 일봉이는 어디로 가고 자네가 지키고 있었는가?"

원래 조일봉과 유소백은 신무림맹의 사람들이 모두 빠져나간 후에 따분함을 느꼈는지 장무위의 방문 앞에서 번갈아가며 호법을 서고 있었다. 장무위로서는 부담스럽기 짝이 없는 노릇이었다. 운공조식을 하는 것도 아니고 가만히 눈을 감고 앉아서 명상을 하는데 무슨 위험이 따로 있겠는가? 오히려 방문 앞에서 입도 벙긋 하지 않고 지키는 동생이 있다는 생각 때문에 명상에 방해만 받았다. 하지만 장무위는 울며 겨자 먹기로 두 사람의 애정을 받아들일 수밖에 없었다. 고집에서는 조일봉을 따를 수 없었고 말로는 유소백을 이길 수 없었던 것이다.

"일봉 형님은 심심하다고 하시더니 바람을 쐬러 가셨습니다."

장무위는 실소를 터뜨렸다.

"후훗, 하기야. 일봉이 성격에 며칠이나 가나 싶었어. 그런데 자네 얼굴이 왜 그리 어두운가? 무슨 걱정이라도 있나?"

"큰형님, 사실 좀 전에 종 노선배로부터 전갈이 왔습니다."

"그래? 말해 보게."

팽조혁과 함께 하북성으로 돌아간 종도에게서 연락이 왔다는 말을 듣고 장무위는 약간 긴장할 수밖에 없었다. 종도는 장무위의 부탁을 받고 혈마에 대한 소식을 계속 전해주기로 했었던 것이다. 아니나 다를까, 유소백의 입에서 나온 이야기는 과연 혈마에 관한 이야기였다.

"개방이 혈마의 종적을 놓쳐 버렸답니다."

장무위의 얼굴이 흠칫 굳어버렸다.

"어떻게 하다가?!"

"혈마가 몽골로 들어갔다는군요. 종 노선배로서도 어쩔 수 없었다고 합니다."

대답을 하는 유소백의 얼굴도 딱딱하게 굳어 있었다. 혈마의 종적에 관한한 전적으로 개방에 의지하고 있었는데 이제는 혈마를 찾을 길이 막막해져 버렸으니 당황스럽지 않을 수 없었던 것이다.

"음."

장무위의 고개가 무겁게 끄덕여졌다. 혈마가 몽골로 들어갔다면 개방에서 혈마의 종적을 놓치는 것이 당연했다. 몽골이라면 개방의 힘이 못미치는 지역이었다. 아니, 개방뿐만 아니라 명나라 사람이라면 접근조차 할 수 없는 곳이 바로 몽골이었다. 영락제의 원정 이후에 몽골 사람들은 명나라 사람들이라면 치를 떨었던 것이다.

"자네의 예상대로 되었구먼."

"예, 그래서 걱정입니다. 저는 혈마가 몽골 쪽으로 움직인 까닭이 의심스럽습니다. 천부의 위치를 알고 있는 것이 아닐까요?"

장무위가 고개를 갸웃거리며 말했다.

"흠, 천부의 정확한 위치는 보이지 않는 섬에 있는 개천경에만 기록되어 있을 뿐 수호문의 전승자들도 모르고 있다 했잖은가?"

"예, 맞습니다. 천부의 위치는 절대 비밀이었습니다. 수호문의 전승자들도 북해에 천부가 있다는 것 정도만 알고 있었습니다."

"그러니까 말일세. 그렇게 절대 비밀에 싸여 있던 천부의 위치를 혈마가 어찌 알고 있겠는가? 이건 내 생각이네만, 역대 수호문의 전승자들 중에 어떤 분이 북해에 천부가 있다는 것을 발설했을 가능성도 있네. 자네가 일봉이와 나에게 천부를 언급했던 것처럼 말일세. 그리고 그렇게 발설한 이야기가 어딘가에 기록되어 있다가 혈마에게 전해진 것이 아닐까, 하는 생각이 드는구먼. 그렇게 생각하니까 혈마가 풍백을 가져간 것도 설명이 되고 말이야. 그러나 천부의 위치는 계속 비밀에 묻혀 있었을 확률이 높네. 그게 아니라면 천부에 봉인되어 있던 우사와 운사가 벌써 예전에 세상에 유출되었겠지."

그제야 유소백의 얼굴이 풀렸다. 하기야 반만년이 넘는 세월 동안 수호문의 전승자들이 백 명이 훨씬 넘었는데, 북해라는 단어를 흘린 사람이 없었다고 어떻게 장담을 하겠는가?

"듣고 보니 큰형님의 말씀이 맞는 것 같습니다. 천부의 위치가 알려졌다면 혈마 이전의 사람들이 무슨 수를 써서라도 우사와 운사를 꺼내 갔을 겁니다."

"그래. 그러니 일단 혈마가 천부의 위치를 알고 있을 것이란 걱정은 하지 말게나. 기우일 확률이 높으니까. 그보다 종 노선배가 전해온 소식은 그게 단가?"

유소백은 장무위가 걱정하는 것이 무언지를 알고 미소 지었다. 자신이 혈마가 천부의 위치를 알고 있지 않을까 하는 걱정을 하고 있었다면, 장무위는 혈마가 사람들에게 해를 입히지는 않았을까 하는 것을 걱정하고 있었다.

"예, 오독문 외에 혈마에게 피해를 입은 사람들이 있다는 소리는 없었습니다."

"그나마 다행이네. 그런데 혈마가 풍백을 가지고 있단 사실이 이미 널리 퍼졌으니 많은 사람이 혈마의 뒤를 쫓고 있었겠구먼?"

"예, 신무림맹에 참여했던 강호인들 중에 무공에 자신이 있는 사람들은 모두 혈마를 쫓고 있었던 것 같았습니다. 팽 노선배와 종 노선배께서도 따로 말씀은 안 하셨지만 혈마를 추적할 생각을 가지고 계신 것 같았고요."

"두 분도? 흠, 하지만 지금 혈마를 추적한다면 따라잡을 수도 없을 텐데."

유소백이 바로 공감을 한다는 듯 고개를 끄덕였다. 혈마의 신법은 천하제일이라고 알려진 장무위보다도 더 빨랐으니 어지간한 말로도 추적이 어려울 것이 분명했다.

"제 생각도 그렇습니다. 이제 혈마가 몽골로 들어갔으니 두 분께서도 생각을 달리하시겠지요. 그런데 큰형님, 앞으로 어떻게 하실 생각이십니까?"

유소백의 질문에 장무위는 곰곰이 생각에 잠겼다. 개방이 혈마의 종적을 놓칠 것이란 생각을 해보지 않았던 탓에 그에 대한 대응 방법을 따로 생각해 놓은 것이 없었던 것이다. 장무위는 한참 동안 생각에 잠겨 있다가 마침내 입을 열었다.

"소백이, 우리는 보이지 않는 섬으로 가세."

그러자 유소백이 힘차게 대답했다.

"즉시 준비해 놓겠습니다!"

방 밖으로 걸어나가는 유소백의 활기찬 발걸음을 보며 장무위는 쓴웃음을 지었다. 보름 동안 하는 일 없이 한곳에 머물러 있어야 했으니 역마살이 끼어 있는 유소백이나 따분한 것을 못 견뎌하는 조일봉이 얼마나 좀이 쑤셨겠는가?

'무상도에만 매달리느라 동생들 생각을 하지 못했구나.'

미안하지 않을 수 없었다. 장무위는 유소백을 돕기 위해 침상 옆에 기대어놓았던 현천도를 집어 들고 밖으로 나갔다. 그러나 그사이에 유소백은 어디로 사라졌는지 보이지 않았다. 계속 방 안에만 있느라고 계절의 흐름을 놓치고 있었는데, 장무위가 모르고 있는 사이에 봄은 이미 가고 없었다. 제법 후텁지근한 것이 한 해의 여름이 다가와 있음을 실감할 수밖에 없는 그런 날씨였다. 이리저리 유소백을 찾아보던 장무위는 문득 고개를 들어 남쪽 하늘을 바라보았다. 보름 만에 보는 맑고 푸른 하늘과 찬란한 태양, 그리고 뭉게뭉게 피어오르는 구름. 그 아래 어딘가에 보이지 않는 섬이 있으리라.

두두두두!

열두 개의 말발굽이 땅을 지치는 소리가 끊이지 않고 터져 나왔다. 비싼 돈을 주고 산 세 마리의 양마는 과연 그 값을 했다. 귓전으로 바람을 가르는 파공음이 들려왔고, 멀리 떨어져 있던 산과 들이 순식간에 눈앞을 스쳐 지나갔다. 그리고 그 산과 들이 스쳐 지나간 뒤에는 그보다 더 높은 산과 더 넓은 들이 또 다가왔다. 가도가도 끝이 보일 것 같지 않은 넓은 대지. 이렇게 말을 달리다 보면 사람은 없고 자연만 있었다. 백두산에서 청년기를 보낸 장무위에게는 너무도 편안한 분위기였다. 안휘에서 묻어온 피 냄새가 흔적도 없이 사라져 버리는 듯했다. 장무위는 말을 달리면서 주위를 대충 훑어보았다.

'여기가 화평(和平)이라고 했지? 앞으로 삼사 일 정도만 더 가면 해경방이 있다는 산두(汕頭)에 도착할 수 있겠구나.'

장무위 의형제들은 '보이지 않는 섬'을 찾아가는 중이었다. 아니, 보이지 않는 섬으로 찾아가기 위해 광동성의 해경방을 찾아가고 있다는 것이 더 정확한 말이리라. 조선의 최남단에서 뱃길로 십여 일 거리에 있다는 보이지 않는 섬으로 가기 위해서는 대양을 항해(航海)할 수 있는 배가 필요했고, 그런 배를 보유하고 있는 무림방파 중에 장무위 일행과 친분(?)이 있는 곳은 해경방밖에 없었던 것이다.

선두에서 말을 달리던 장무위는 고개를 뒤로 돌려 조일봉과 유소백을 바라보았다. 안휘의 객잔을 떠난 지 벌써 이십 일. 제대로 쉬지도 못하면서 계속해서 말을 달렸음에도 불구하고 두 사람 다 전혀 피곤한 기색이 아니었다.

'후훗, 두 사람 다 아무래도 역마살이 잔뜩 끼어 있는 것 같아.'

장무위는 내심 실소를 터뜨리다가 조일봉에게 말을 걸었다.

"일봉이, 해경방주가 우리에게 배를 빌려줄까?"

"형님! 걱정 붙들어 매고 저만 믿으십시오."

가슴을 두드리면서 큰소리를 치는 조일봉. 그사이에 기마술이 늘 대로 늘었는지 조일봉은 이제 말을 달리면서도 한 손을 자유자재로 놀리고 있었다.

"물론 자네만 믿고 있네. 그래서 절강성으로 가다가 말을 돌려 광동성까지 먼 길을 가고 있는 것이 아닌가? 하지만 확실하게 해야 해. 우리에게는 시간이 없어."

"하하하, 형님! 이 조일봉이 누굽니까?! 저는 자신없는 일에는 결코 큰소리를 치는 사람이 아닙… 험! 험! 하여간 제가 다 알아서 하겠습니다!"

조일봉이 말을 하다 말고 뭔가 찔리는 게 있는 듯 헛기침을 하자 유소백이 한마디 했다.

"일봉 형님의 자신감은 도대체 어디서 나오는 겁니까? 해경방주와는 그렇게 친분이 있는 사이도 아니라면서요?"

"어허? 소백이! 자네는 다 좋은데 말이야, 날 너무 무시하는 경향이 있어. 내 이름을 대면 그깟 배 한 척이 문제겠는가? 서너 척이라도 문제가 없네. 핫하하!"

"제가 어찌 일봉 형님을 무시하겠습니까? 하여간 그렇게 장담을 하시니 저는 그냥 일봉 형님만 철썩같이 믿겠습니다."

"나만 믿게!"

조일봉의 자신감은 하늘을 찌르고 있었다. 믿는 바가 있었던 것이다.

'해경방의 곽 방주가 무림대회 때 나에게 약속을 했지. 해경방을 방문하기만 하면 성심성의껏 대접을 하기로 약속했단 말이야.'

물론, 해경방주의 약속이 진심에서 우러나온 말이 아닌 그냥 예의상으로 한 말이라는 것은 조일봉도 잘 알고 있었다. 하지만 조일봉은 해경방주가 자신들의 부탁을 거절하기는커녕 반길 것이라는 확신이 있었다. 조일봉은 유소백 앞에서 크게 체면을 세울 수 있을 것 같은 기분 좋은 예감에 내심 음흉한 웃음을 터뜨렸다.

'흐흐흐.'

그리고 조일봉의 예감은 사실로 드러났다.

삼 일 후, 장무위 일행이 길을 물어물어 도착한 곳은 규모가 큰 산두의 한 어촌이었다. 삼면이 산으로 둘러싸여 있고 한 면이 바다와 접해 있는 어촌에는 수백 채의 잘 만들어진 가옥이 즐비하게 늘어서 있는데, 이곳이 바로 당대 광동무림의 패주로 떠오르고 있는 해경방(海鯨幫)의 본 모습이었다.

장무위 일행의 도착 소식을 전해 들은 해경방의 방주 남해혈교(南海血蛟) 곽석형(郭晳瀅)과 제자 남해소교(南海小蛟) 가형기(柯鎣杞)가 버선발로 뛰쳐나왔다. 이미 전날 무림대회 때 싫다는 사람을 붙들고 안면을 터놓았던 처지, 곽석형은 곧바로 장무위를 알아보고 포권을 했다.

"어서 오십시오. 천하제일고수 도제 장 대협과 의제 분들께서 방문해 주시다니 이 곽모(郭某)의 삼생의 영광이옵니다."

안으로 기별을 넣은 후에 생소한 어촌의 풍경을 감상하고 있던 장무위도 곧 곽석형을 알아보고 정중히 읍을 하며 감사를 표했다.

"기별도 없이 이렇게 불쑥 찾아온 저희들을 이렇게 반겨주시니 감사할 따름입니다."

연배는 곽석형이 훨씬 더 높았지만 곽석형은 나이를 따질 생각이 전혀 없었다. 아니, 곽석형은 오히려 유난히 친밀감을 표시하며 장무위를 대했다.

"별말씀을 다 하십니다. 우리 해경방의 대문은 장 대협과 의제 분들에게 언제든지 열려 있습니다. 안으로 드시지요."

"감사합니다."

곽석형은 곧 제자인 남해소교 가형기에게 손님을 맞을 준비를 하게 하고는 장무위 일행을 해경방의 중지 중에 중지인 자신의 집무실로 안내했다. 그리고 한참 동안 인사말이 오간 이후에야 본격적인 대화가 진행되었다.

"곽 방주님께 부탁드릴 일이 있어 찾아뵙게 되었습니다."

곽석형의 얼굴에 반신반의하는 표정이 떠올랐다. 장무위 일행이 놀러 온 것이 아니란 것은 알고 있었지만, 설마 하니 자신에게 부탁할 일이 있을 줄이야 어찌 상상이나 했겠는가? 천하제일고수의 부탁, 곽석형으로서는 당장이라도 들어주겠다고 큰소리를 치고 싶은 심정이었다. 곽석형은 그동안 운남의 마교 오독문의 동진을 막을 길이 없어 얼마나 고심을 했는지 모른다. 작금에 이르러 광동성의 패자라 자타가 공인하는 해경방이었지만 운남의 마교이자 점창을 봉문시킨 오독문을 상대로 해서는 승산이 있을 턱이 없었다. 오독문이 치고 나온다면 곽석형은 제자들의 불필요한 희생을 막기 위해서라도 해경방을 오독문에게 얌전히 갖다 바치는 수밖에 없었을 것이다. 오독문이 지금까지 해경방을 건드리지 않고 있는 까닭은 곽석형이 전날 장무위와 인사를 나눈 것을 계기로 해서 도제 장무위와 친분이 있다는 거짓 소문을 퍼뜨렸던 덕분이었다. 하지만 거짓은 거짓, 오독문이 언제까지 해경방이 퍼뜨린 거짓 소문에 속아줄 것인지는 아무도 몰랐다. 곽석형으로서는 하루하루가 긴장의 연속이었다. 그러던 차에 거짓 소문의 희생자(?)인 장무위가 직접 찾아와서 부탁을 했다. 곽석형으로서는 천우신조를 만난 것 같은 기분이었다. 하지만 자신의 역량이 미치지 못하는 부탁이라면 골치가 아플 수밖에 없는 일이었다. 곽석형은 내심 걱정을 하면서 조심스레 반문했다.

"부탁이라시면?"

"지금 저희는 시급한 일로 먼 바다를 항해할 수 있는 배가 한 척 필요하게 되었습니다. 도움을 주실 수 있겠는지요?"

곽석형의 얼굴에 환한 미소가 떠올랐다. 해경방이 보유하고 있는 배중에서 먼 바다를 항해할 수 있는 배가 십 척이 넘었다. 배 한 척 빌려주는 정도가 무슨 문제가 되겠는가? 곽석형은 두말 않고 흔쾌히 승낙했다.

"장 대협의 말씀을 제가 어찌 거절하겠습니까? 내일 당장 배를 준비해 놓도록 하겠습니다. 그리고 실력이 좋은 제자들로 하여금 장 대협 일행을 모시도록 조치해 놓겠습니다."

조일봉은 당연히 그럴 줄 알았다는 표정이었지만 장무위는 예상외로 일이 너무 수월하게 풀리자 오히려 어안이 벙벙할 정도였다. 자신이 비록 배에 대해서는 무지했지만 먼 바다를 항해할 수 있는 배의 가격이 상상을 초월한다는 것 정도는 알고 있었던 것이다. 장무위는 곽석형의 넓은 배포에 진심을 가득 담아서 읍을 하며 고마움을 표현했다.

"감사합니다."

그러자 곽석형이 미소를 지으며 말했다.

"배 한 척 빌려 드리는 것이 무슨 문제가 되겠습니까? 맘에 두지 마십시오."

하지만 '맘에 두지 말라' 는 말과는 다르게 곽석형은 이미 계산을 끝낸 상태였다.

'휴우! 이제 오독문을 걱정하지 않아도 되겠구나.'

누가 무슨 소리를 한다 해도 세상에는 공짜가 없는 법이다. 곽석형은 장무위의 부탁을 들어줌으로써 실질적인 이익을 얻게 되었다. 바로 천하제일고수를 후원자로 둘 수 있게 되었다는 것이다. 곽석형이 장무위에게 따로 무슨 대가를 달라 할 필요도 없었다. 장무위의 성격을 보건대 앞으로 해경방에 무슨 일이 있다면 절대로 모른 척하지는 않을 것 같았기 때문이다. 이제 곽석형이 할 일은 하나였다. 바로 장무위와 자신의 친분 관계를 널리 소문 내는 일이었다. 그렇게 되면 오독문도 함부로 해경방에 칼을 겨눌 생각은 못할 것이다. 곽석형은 가형기가 시녀들을 시켜 각종의 산해진미를 내어오는 것을 보며 흐뭇한 미소를 지었다.

다음날 정오 무렵, 장무위 일행은 어촌 마을의 부두에 정박되어 있는 거대한 배 한 척을 눈앞에 두고 입을 떡 벌리고 있었다. 백두산에서 살아온 장무위나 조선의 내륙 지방 출신인 유소백, 그리고 청해에서 물구경도 제대로 못해본 조일봉, 세 사람 다 바다나 배와는 거리가 먼 사람들이었다. 당연히 배에 대한 인식도 단순하기 그지없어 배라고 하면 그저 강상에 떠 있는 작은 고기잡이배나 놀잇배 정도만을 생각하고 있을 뿐이었다. 하지만 세 의형제의 눈앞에 턱하니 나타난 배는 고기잡이배나 놀잇배와는 차원이 달랐다. 흡사 작은 산을 연상시킬 정도로 거대한 크기의 배. 세 사람의 눈이 휘둥그레지는 것은 당연한 일이었다. 작은 산만한 배에는 해경방의 제자 수십 명이 분주히 물자를 싣고 있었다.

"어서 서둘러! 일각 내로 모든 물자를 실어야 한다!"

공력을 실은 가형기의 목소리가 크게 울려 퍼지자 수백 마리의 갈매기가 일제히 날아올랐다.

끼룩! 끼룩! 끼루룩!

갈매기 울음소리에 정신을 차린 유소백이 마침내 믿을 수 없다는 듯 감탄사를 내뱉었다.

"아! 이것이 과연 배란 말인가?"

곽석형이 미소를 지으며 설명하기 시작했다.

"유 대협께서 놀라시는 것도 당연합니다. 내륙 지방에 사는 사람들은 이 정도 크기의 배를 구경하기 어렵죠. 이 배가 바로 본 방의 자랑인 해룡호(海龍號)입니다. 길이가 십팔 장에 너비가 육 장 팔 척이나 되지요. 하지만 본 방의 해룡호보다 훨씬 더 큰 배들도 많습니다. 사실 해룡호는 삼보태감(三保太監)이 원정함대를 조직할 때 만들었던 다섯 종류의 배 중에서 가장 크기가 작은 전선(戰船) 정도의 규모일 뿐입니다."

이 당시에 여섯 번에 걸친 남해원정을 성공시킨 삼보태감 정화(鄭和)의 명성은 이미 온 명나라 천하에 널리 퍼져 있었다. 유소백도 정화의 명성은 익히 들어 알고 있었다. 하지만 바다나 배에 대해 별 관심이 없던 유소백이 정화의 원정함대에 소속된 배의 종류를 알 리 없는 노릇.

"해룡호보다 큰 배가 네 종류나 더 있단 말씀입니까?"

"그렇습니다. 원정함대의 배들 중에 가장 큰 보선(寶船)은 최대 길이 사십사 장에 너비 십팔 장이나 되고 동시에 천 명의 인원을 태울 수 있습니다."

길이 십팔 장에 너비 육 장 팔 척인 배를 보고도 크게 놀란 세 사람에게 길이 사십사 장에 너비 십팔 장의 배가 존재한다는 말은 경악 그 자체였다. 장무위와 유소백은 말문이 막혀 그냥 멍하니 곽석형의 입만 바라볼 뿐이었다. 그때, 청해 내륙 지방의 시골뜨기 조일봉이 눈을 휘둥그레 뜨면서 질문을 했다.

"곽 방주님, 그 정도 크기의 배가 과연 물에 뜨기는 뜹니까?"

"허허, 뜹니다. 아니, 뜰 뿐만 아니라 빠르기도 하더군요."

무식한 질문에 뻔한 대답. 하지만 평생을 바다와 함께한 곽석형도 정화의 이차 원정함대(1407년)를 눈으로 직접 보지 않았다면 다른 누군가에게 조일봉과 같은 어리석은 질문을 던졌을 가능성이 높았다. 원정함대의 보선은 곽석형의 상식으로도 이해가 되지 않는 규모였던 것이다. 당시 곽석형은 보선을 구하려고 얼마나 많은 노력을 기울였는지 모른다. 하지만 일반인이 보선을 가질 수는 없었다.

'보선을 이 척 정도만 입수해 놓았으면 본 방이 대해를 주름잡을 수 있었을 텐데.'

곽석형은 전날의 기억을 떠올리며 아쉬워하다가 해룡호에 대한 설명으로 되돌아왔다.

"보선에 비해 많이 작은 것이 사실이지만 우리 해경방이 보유하고 있는 해룡호도 당대 최고의 배 중에 하나입니다. 삼보태감의 원정함대에 소속된 배에 비해 못하지 않다고 자부하고 있습니다. 해룡호는 원래 바람의 힘을 이용하는 범선입니다. 그러나 바람이 불지 않을 때는 열네 정의 노(櫓)를 이용해 항해를 계속할 수 있습니다."

자부심 가득한 곽석형의 말에 장무위가 약간은 걱정스럽다는 듯이 말했다.

"시일이 오래 걸릴지도 모르는데, 혹여 귀 방에 큰 손해를 끼치는 것은 아닐는지요?"

"그 점은 신경 쓰지 마십시오. 본 방에는 해룡호에 버금가는 배가 두 척 더 있습니다. 몇 달 동안은 충분히 버틸 수 있습니다."

곽석형이 괜찮다고는 했지만 장무위는 미안한 마음을 금할 수가 없었다. 곽석형의 입장에서는 그야말로 친분도 없는 자들이 다짜고짜 찾아와 배를 달라 하는 것이나 마찬가지가 아니겠는가? 해룡호와 같은 배를 남에게 빌려주려고 장만해 놓고 있는 것은 아닐 것이다. 얼마간이라고 해도 배를 빌려주면 해경방에 적잖은 금전적 손실이 있을 것이 분명했다.

"곽 방주님, 돌아와서 반드시 합당한 계산을 하도록 하겠습니다."

"장 대협, 그런 말씀은 하지 마십시오. 우리는 장 대협과 인연이 닿았다는 사실만으로도 충분히 만족합니다. 어서 배에 오르시지요."

곽석형이 미소 지으며 하는 말에 장무위는 더 이상 계산을 하겠다는 소리를 할 수가 없었다. 상대의 호의를 계속해서 거절하면 상대를 무시하는 처사로 비칠 수도 있었던 것이다. 장무위는 곽석형의 안내를 받아 배 위로 걸음을 옮기면서 진심을 담아 말했다.

"이 은혜는 잊지 않겠습니다."

순간, 곽석형의 얼굴이 눈에 띨 만큼 환하게 밝아졌다. 나름대로 사람 보는 눈이 있다 자부하는 곽석형이 보기에 장무위는 절대로 입에 발린 말을 할 사람이 아니었다. 장무위 같은 사람이 '은혜를 잊지 않겠다'라고 말했으면 그것은 정말로 해경방에 큰 힘이 되어 돌아올 것이 분명했다.

"은혜라 하시니 몸 둘 바를 모르겠습니다. 부디 목적한 바를 이루고 돌아오십시오."

"예, 그럼 다녀와서 뵙겠습니다."

인사를 마친 곽석형이 배를 내려가자 가형기의 힘찬 고함 소리가 울려 퍼졌다.

"닻을 올려라!"

마침내 해룡호가 그 이름에 걸맞은 거대한 몸통을 이끌고 바다로 나갔다.

항해 제일 일째.

넓은 바다로 나간 후 해룡호의 돛이 활짝 펴졌다. 그러자 거대한 선체가 바다 위를 미끄러져 가기 시작했다. 마침내 보이지 않는 섬으로의 본격적인 항해가 시작된 것이다.

배를 처음 타는 내륙 출신의 세 의형제는 글자 그대로 삼인삼색(三人三色)의 행태를 드러냈다. 장무위는 배를 오르기 전이나 후나 별 차이가 없었다. 아니, 배에 오르자마자 바로 적응해 버렸다는 것이 정확한 말일 것이다. 갑판 위를 걸어다니는 걸음은 한 치의 흐트러짐도 없이 일정했고 뱃멀미는 걱정할 필요도 없었다. 탈태환골을 한 신체 덕분이었다. 물론 탈태환골을 하지 않았다 하더라도 기를 마음대로 다루는 초고수가 신체의 반응을 조절하지 못할 이유가 없었다. 장무위는 배를 처음 탄 사람답지 않게 태연자약한 기색으로 해룡호의 뱃머리에 우뚝 서서 멀리 수평선 너머로 사라지는 태양을 바라보고 있었다.

반면에, 예전부터 배 타기를 두려워했던 유소백은 장무위의 바로 뒤에서 식은땀만 줄줄 흘리고 있었다. 특별히 물에 대한 나쁜 추억이 있는 것도 아니건만 괜히 꺼리고 피하다 보니 이제는 물에 대한 막연한 두려움이 생겨 버렸던 것이다. 거기에다 강이나 호수도 아닌 넓은 대양으로 배를 타고 나가고 있는 중이었다. 두렵다고 해서 배에서 내릴 수도 없었다. 그 점이 유소백을 더욱 두렵게 만들었다. 괜찮다고 스스로를 납득시키려 하면 할수록 더욱 자신이 있는 곳이 바다 한가운데라는 인식이 강해져 점점 더 견디기가 어려워졌다. 두려움이라는 것은 그림자처럼 조용히 다가와 한밤의 짙은 어둠처럼 유소백을 잠식해 들어가고 있었다. 체면 때문에 표시를 내지 않으려고 갖은 애를 써도 눈앞이 점점 컴컴해지고 무릎에 힘이 빠져 나중에는 서 있기조차도 어려울 지경으로 바뀌어 버렸다. 유소백은 그저 한시라도 빨리 선실이라는 곳에 들어가서 눕고 싶은 생각뿐이었다.

세 사람 중 배에 대한 기대가 가장 큰 사람이 바로 조일봉이었다. 청해 오지에서 물 구경을 하늘의 별따기처럼 하던 조일봉은 사방이 물로 뒤덮인 곳에서 행복을 만끽하고 있었다. 조일봉은 갑판 위를 이리저리 뛰어다니며 배가 움직이는 이치에 대해 탐구를 하고 있었다.

"이야~ 이렇게 커다란 배가 바람의 힘으로 움직인단 말이지? 정말 신기하네. 소백이! 이리 와봐."

조일봉은 노를 젓지 않아도 바람을 잔뜩 머금은 천(돛)이 배를 움직이게 한다는 사실을 간파(?)하고는 너무 신기한지 환호성을 지르며 유소백을 찾았다. 유소백에게 자신이 발견한 것을 가르쳐 주고 싶었기 때문이다. 하지만 유소백이 조일봉의 말에 대답할 정신이 어디 있으랴.

"소백이! 이것 좀 보라니까."

조일봉은 남의 사정도 모르고 다시 한 번 유소백을 찾았다. 그때, 장무위는 조일봉의 부름에도 침묵을 지키고 있는 유소백이 이상하여 문득 돌아보다가 크게 놀라고 말았다. 내가무공을 상승의 경지까지 터득한 유소백이 식은땀을 흘리며 극히 불규칙적인 호흡을 하고 있었던 것이다. 정상적인 상태가 아니었다. 장무위는 급히 유소백을 부축하며 조일봉에게 소리쳤다.

"일봉이, 소백이가 심상치 않네. 빨리 가 형을 찾아서 소백이가 쉴 수 있는 선실을 알아봐."

"예? 예!"

깜짝 놀란 조일봉은 곧 가형기를 찾아 뛰어갔다. 장무위는 유소백을 자리에 앉힌 다음 재빨리 유소백의 등 뒤에 가부좌를 틀고 앉았다. 그리고 유소백의 귀에 강하게 소리쳤다.

"소백이! 내가 자네를 돕겠네. 그러니 내가 주입하는 기를 거부하지 말고 받아들이도록 하게!"

"…예."

개미 소리만큼이나 작은 목소리. 자칫 잘못하다간 주화입마를 당할 수도 있었다. 장무위는 다급한 마음에 즉시 혼원기를 유소백에게 주입하기 시작했다.

항해 제십 일째.

해룡호는 순풍에 돛을 달고 동쪽으로 나아가다가 마침내 항로를 북쪽으로 바꾸었다. 그러자 때마침 불어오는 계절풍을 등에 업은 해룡호의 속도가 더욱 빨라졌다. 범선이 항해를 하기 딱 좋은 정도의 바람이 계속해서 불어왔던 것이다. 흡사 하늘이 해룡호의 항해를 돕고 있는 듯했다.

그동안 선실에 틀어박혀 꼼짝도 못하던 유소백은 이제 물에 대한 막연한 두려움을 극복하고 태연하게 갑판 위를 돌아다니고 있었다. 장무위가 주입해 준 혼원기가 심신을 안정시켜 주었고, 십 일 동안 물이 유소백에게 아무런 피해를 주지 않자 두려움이 절로 사라져 버렸던 것이다. 유소백은 가형기에게 바다와 배, 항해술에 대해 물어보며 새로운 지식을 쌓고 있었다.

그리고 배에 오를 때부터 신이 나 있던 조일봉은 하루빨리 물속으로 들어가고 싶은지 바쁜 해경방의 물귀신(제자)들을 꼬드겨 영법(泳法)을 배우고 있었다. 해경방의 제자들이 손짓, 발짓으로 이런 저런 동작을 가르쳐 주면 죽어라고 연습을 했는데, 그 정성이 무공을 익힐 때보다 더했다.

한편, 장무위는 새롭게 접하는 넓은 세상 바다의 매력에 흠뻑 취해 해룡호의 뱃머리를 떠날 줄을 몰랐다. 온 세상을 불살라 버릴 듯 장엄한 일출, 밤바다의 아늑함과 고요함, 바다를 알 수 없을 만큼 깊고 푸른 물속을 유영하는 수많은 생명체. 모든 것이 새롭고 낯설었으며 흥미로웠다.

십 일째 되던 날부터 장무위는 새로운 시각으로 바다를 바라보고 있었다. 잔잔한 파도의 일렁임 아래 천변만화하는 물의 움직임이 예사롭게 보이지 않아 시선을 뗄 수가 없었던 것이다. 어떻게 보면 거대한 바다, 단지 그뿐이었지만 그 속에는 수없이 많은 흐름들이 녹아 있었다. 분명히 장무위가 전에 본 적이 있는 광경이었다. 장무위는 심안을 일으켜 바닷물의 흐름을 살펴보다가 내심 중얼거렸다.

'낯설지가 않아. 분명히 저런 움직임을 어디서 본 적이 있어.'

장무위는 자신이 이제껏 살아오면서 겪었던 것들 보았던 것들을 모두 반추해 보기 시작했다. 하지만 무언가 생각이 날 듯 말 듯하면서도 끝내 모습을 드러내지 않아 장무위의 애를 태웠다.

'도대체 저 장면을 어디에서 보았을까?'

시간의 흐름을 증명이라도 하듯 중천에 찬란히 떠 있던 태양이 서서히 기울어져 갔다. 높고 넓은 돛이 기울어지는 태양의 각에 따라 조금씩 늘어났다. 그 모습이 흡사 산 그림자와 같았다. 장무위는 문득 뇌리를 스치는 어떤 생각에 자신도 모르게 무릎 위에 편안히 올려놓고 있던 두 주먹을 불끈 쥐었다.

'맞아! 태산이야!'

마침내 잊고 있던 장면이 기억났다. 그것은 바로 태산에서 수련을 할 때 보았던 현천도의 흐름이었다. 몇 시진 동안 넋을 놓고 보고 있는 바닷물의 움직임은 태산에서 수련할 때 마음속에서 저 혼자 살아 움직이던 현천도의 흐름과 비슷했다. 당시, 명상을 하면서 마음속으로 그렸던 현천도가 저 혼자 살아 움직이면서 수많은 흐름을 만들어내고 마침내 그 흐름들이 하나로 합쳐져 하나의 거대한 흐름을 만들어내었을 때, 장무위는 천지획분과 백두지명을 터득할 수가 있었다. 그리고 백두지명의 흐름을 보여주었던 현천도가 막 새로운 움직임을 시작하려고 할 때 조일봉이 암습을 당한 줄 알고 장무위를 깨웠었다. 만약 그때 조일봉이 방해를 하지 않았었다면 어떻게 되었을까?

"아!"

장무위는 부지불식간에 탄성을 토해냈다. 이제야 자신이 이미 예전에 무상도의 경지에 오를 수 있는 기회를 맞이했다가 그냥 흘려 버렸었다는 사실을 자각할 수가 있었다.

'당시에는 천지획분과 백두지명을 터득한 기쁨에 생각지도 못하고 있었지만, 이제 보니 마음속에서 살아 움직이는 칼, 자아를 가진 듯 움

직였던 가상의 칼이 바로 무상도의 경지로 가는 길이었구나.'

장무위는 즉시 가부좌를 풀고 일어나 선실로 걸음을 옮겼다. 그동안 자신이 무상도의 경지로 진입하고자 하는 것을 계속 막고 있던 엷은 막, 그것을 뚫어버릴 비법을 찾았던 것이다. 잃어버렸던 마음속의 칼, 자아를 가지고 있는 마음속의 칼을 다시 되살리기만 하면 그토록 열망하던 무상도의 경지가 장무위의 눈앞에 활짝 열리는 것이다. 이제 문제는 어떻게 하면 태산 이후에 사라져 버렸던 '마음속에서 살아 움직이는 칼을 되살리는가?' 하는 것이었다.

항해 제이십 일째.

천생의 신력을 타고난 곰(?)이 삼왕으로 만든 영단을 먹고 나서 내가의 상승무공을 경지에 다다르도록 익힌 다음 해경방의 물귀신(제자)들에게 제대로 된 영법(泳法)을 배우고 거기에다 각고의 노력을 기울여 영법을 대성한 후에 헤엄을 치면 어떻게 될까? 그 해답은 한 마리의 거대한 용처럼 유연하게 항해를 하고 있는 해룡호의 우측을 보면 알 수 있다.

하얀 포말이 부서지고 있는 짙푸른 바닷물 속에는 진기한 장면이 벌어지고 있었다. 시커먼 곰 한 마리가 해룡호가 움직이는 속도보다 더 빠른 속도로 물살을 가르며 헤엄을 치고 있었던 것이다.

촤촤촤촤!

손과 발이 물살을 가르는 소리가 힘차게 들리는 한순간, 시커먼 털로 뒤덮인 곰이 물살을 박차고 날아올랐다가 다시 풍덩! 소리를 내며 바닷물 속으로 잠수해 들어갔다. 그리고 한참의 시간이 흐른 후, 바닷물 속을 자유로이 유영하던 곰은 해룡호의 선수(船首)로부터 오 장 정도 떨어진 앞쪽에 불쑥 머리를 내밀었다.

"푸하하! 힘 좀 써보시오. 그렇게 개헤엄을 쳐서야 날 어찌 따라오 겠소이까?"

승리를 확신한 곰이 뒤쪽을 돌아보며 대소를 터뜨리자 죽을힘을 다 해 손발을 놀리고 있던 해경방의 물귀신이 숨을 헐떡이며 말했다.

"헉! 헉! 조 대협! 오늘은 제 몸 상태가 좋지 못합니다."

"어허! 사나이 대장부가 무슨 핑계요. 나도 오늘 몸 상태가 좋지 못 하지만 최선을 다하고 있는 것이오."

어느샌가 영법을 배영(背泳)으로 전환한 곰의 느긋한 말. 물귀신은 속에서 천불이 나는 듯했다. 거리가 이미 상당히 벌어져 있어 역전은 이미 물 건너갔고 또, 체력이 바닥나 더 이상은 승부에 연연할 입장이 아니었던 것이다. 물귀신은 간절한 염원을 담아 소리쳤다.

"허억! 헉! 헉! 조 대협! 승부를 내일로 미루는 것이 어떨까요?"

하지만 곰은 의외로 냉정했다.

"엥? 그게 무슨 말씀이오? 난 아직 팔팔한데. 계속합시다."

'지독하다. 내 사정을 뻔히 알고 있을 것인데 체면 좀 살려주지.'

각박한 상대가 원망스러워서라도 승부를 계속하고 싶었다. 하지만 입에서 단내가 나고 하늘이 노랗게 보이는 것이 자칫 잘못하다간 진짜 로 물귀신이 될 수도 있었다. 물귀신은 어쩔 수 없이 고개를 떨어뜨리 고 겸허히 패배를 인정해야만 했다.

"허억! 헉! 제가 졌습니다."

항복 선언. 해경방의 제자들 중에 제일의 수영 실력을 가졌다고 자 타가 공인하던 수귀(水鬼) 이건(李建)이 두 시진간의 사투(?) 끝에 마침 내 결국은 항복을 선언했던 것이다. 그 순간, 해룡호의 난간을 짚고 구경을 하고 있던 사람들 중의 극히 일부가 크게 함성을 터뜨렸다. 조일봉이 이긴다고 판돈을 걸었던 사람들이었다.

"와아! 조 대협이 또 이기셨다."

"와! 정말 대단해."

반면, 대부분의 사람은 아쉬운 기색으로 입맛을 다시더니 해룡호의 난간에 늘어져 있는 밧줄을 잡고 엉금엉금 배 위로 기어오르는 이건을 죽일 듯이 노려보았다.

"으! 내가 왜 저 잘난 척하는 놈을 믿어가지고. 피 같은 내 돈이 또 나가는구나."

"물귀신! 네놈이 기어이 물귀신 작전을 쓰는구나!"

간간이 섞여 들려오는 욕설. 차가운 원망의 눈초리. 아무도 도와주지 않아 혼자서 힘들게 뱃전으로 기어오른 이건은 기어이 갑판 위에 털썩 널브러져 버렸다.

'천하의 수귀 이건이 이런 개망신을 당할 줄이야.'

하지만 누구를 원망하고 누구를 탓하랴. 조일봉에게 승부를 건 사람은 바로 자신이 아닌가? 그리고 용돈이라도 벌어보려고 내기 판을 만든 것 또한 자신이 아닌가? 한동안 숨을 고른 이건은 돈을 잃은 사람들의 싸늘한 시선을 어렵사리 외면하며 자신에게 치욕을 안겨준 조일봉을 쳐다보았다. 조일봉은 여전히 바닷물 속에서 신나게 헤엄을 치고 있었는데, 손과 발로 물을 지치는 것이 무슨 거대한 톱니바퀴 돌아가듯 질서 정연하고 힘찼다.

촤악! 촤악!

'저것이 어떻게 영법을 배운 지 보름밖에 안 된 사람의 모습인가? 어수룩해 보이는 겉모습에 속은 내가 바보지.'

그때 누군가가 이건에게 말을 걸었다.

"물귀신, 자네는 '자네가 이긴다'에 은 두 냥을 걸었지? 승부가 끝나고 나서 돈을 준다고 했으니 이제 돈을 내놓게."

이건의 얼굴이 팍 일그러졌다.

한편, 가형기는 해도를 눈앞에 두고 골치를 썩고 있었다. 생각지도 못했던 문제에 부닥친 때문이었다.

'휴우! 너무 급하게 서둘렀어. 정확한 목적지를 알고 계시는지 먼저 확인부터 했어야 했는데.'

뒤늦은 후회였다. 설마 장무위 의형제들이 정확한 목적지를 모르고 있을 줄이야 어찌 알았겠는가? 출항을 하고 나서 정확한 위치를 가르쳐 줄 것이라 생각했던 것은 사부인 곽석형과 자신만의 착각이었다. 장무위 의형제들이 가지고 있는 정보는 '조선의 최남단에서 정남쪽으로 십여 일 동안 항해를 하면 도착할 수 있는 곳'이 다였다. 육지라면 걸어서 며칠, 혹은 말을 타고 며칠 하는 것이 대략적인 위치를 가늠할 수 있는 중요한 척도가 될 수 있지만 넓고 넓은 바다에서 '배를 타고 십여 일'이라는 정보만 가지고 어떤 지점을 찾아간다는 것은 사실상 불가능한 일이었다. 가형기로서는 기가 막히지 않을 수 없는 노릇이었다. 그렇다고 이제 와서 행선지를 모르니 돌아가자고 할 수도 없었다. 장무위 의형제들은 처음부터 '조선의 최남단에서 정남쪽으로 십여 일 동안 항해를 하면 도착할 수 있는 곳'이 행선지라는 말을 분명히 했던 것이다.

"휴우! 어쩔 수 없지."

가형기는 한숨을 푹푹 내쉬며 자신이 가지고 있는 정보의 문제점들을 정리하기 시작했다. 첫째, 조선의 최남단이라는 기준이 조선의 본토를 말하는 것인지 아니면 남쪽의 섬인 탐라도를 말하는 것인지 하는 문제였다. 둘째, 배의 종류에 따라 속도가 천차만별인데 어느 배를 기준으로 속도를 정해야 하는가? 하는 문제였다. 물론 이 외에도 여러 가지 문제점이 더 있었지만, 가형기는 더 이상의 문제점들은 고려 대상에서 지워 버렸다. 당장 위의 두 가지 문제점만 변수로 잡아도 해도에 점이 수십 개는 더 늘어나기 때문이었다.

가형기는 해도를 들여다보며 조선의 본토와 탐라도를 기준으로 해서 정남쪽으로 배의 속도를 고려한 점을 찍어 나갔다. 한참 후, 해도에 점으로 이어진 두 개의 직선이 그어지자 가형기의 이맛살이 더욱 찌푸려졌다. 두 가지 변수를 고려해 계산한 모든 지점이 텅 빈 바다 한가운데를 가리켰던 것이다.

'당최 모르겠구나. 본 방이 가지고 있는 해도는 명나라 수군이 사용하는 것으로 나름대로 정확한 것인데. 어찌 모든 지점이 텅 빈 바다를 가리킨단 말인가? 설마? 정말로 보이지 않는 섬이라는 것인가? 에라! 모르겠다. 일단, 선택부터 하고 보자.'

해도에 그어진 점들은 두 개의 선을 만들고 있었지만 두 곳을 다 둘러볼 시간이 없었다. 바야흐로 태풍(颱風)의 계절이 다가오고 있었던 것이다. 해룡호가 제아무리 큰 배라 하더라도 태풍 앞에서는 가랑잎이나 마찬가지. 어떻게든 태풍이 불기 전에 일(?)을 마치고 광동으로 되돌아가야만 했다. 가형기는 두 개의 선 중에 어떤 것을 선택할까 고민에 고민을 거듭하다가 어쩔 수 없이 자의적인 판단을 내려야만 했다.

'탐라도가 훨씬 더 가까우니 탐라도를 기준으로 해야겠어. 운이 좋으면 찾을 수도 있겠지. 태풍이 불기 전까지 대략 한 달 정도의 여유가

있을 것 같은데.'

더 이상 혼자서 고민해 봐야 명쾌한 답이 나올 것 같지도 않았다. 가형기는 해도를 잘 정리해 놓고 선실 밖으로 나왔다. 일단은 자신의 결정을 장무위 의형제들과 함께 상의해 봐야 할 것 같았기 때문이다. 곧 장무위의 선실 앞에 도착한 가형기는 걸음을 멈추고 안쪽의 기색을 살펴보았다. 선실 안이 쥐 죽은 듯 조용한 것이 장무위는 오늘도 명상을 하고 있는 것 같았다.

'이러다 제대로 말 한 마디 못 나눠보는 것은 아닐까? 나중에 사부님이 크게 실망하실 텐데.'

사부인 해경방주 곽석형이 제일 중시하는 것 중에 하나가 바로 인맥이었다. 이번에 가형기가 장무위 의형제들과 함께 항해를 하는 이유도 바로 사부의 인맥에 대한 욕심 때문이었다. 사부는 해경방의 다음 대주인이 될 가형기가 장무위 의형제들과 절친한 친분을 쌓길 바랐던 것이다.

다행히 이십 일 동안 항해를 하면서 가형기는 사부의 기대를 저버리지 않고 조일봉, 유소백 등과 나름대로 우정이라 할 만한 것을 쌓을 수가 있었다. 조일봉은 털털해 가형기가 접근하기 어려운 사람이 아니었고, 유소백은 붙임성이 좋아 가형기가 접근하기도 전에 먼저 찾아와 이런 저런 이야기들을 나누었다. 다만, 장무위는 선실에 틀어박혀 하루 종일 명상만 하고 있어서 가형기가 어떻게 친분을 쌓고 말고 할 기회조차 없었다. 물론 찾아가면 반가이 맞아주기는 했지만, 조일봉과 유소백도 장무위가 명상을 하면 방해하지 않기 위해 갖은 애를 쓰는데 가형기가 찾아가서 방해를 할 수는 없었다.

가형기는 자신의 발자국 소리가 크게 들리지 않게 뒤꿈치를 들고서 장무위의 선실 앞을 지나갔다. 찾아갈 수 있는 사람은 아직 두 사람이 남아 있었지만, 상의를 할 수 있는 사람은 이제 한 사람밖에 없었다. 한 사람은 물놀이에 정신이 팔려 상의를 할 만한 상태가 아니었던 것이다.

　항해 제삼십육 일째.
　해룡호의 항해는 마치 하늘이 보호를 하고 있는 듯했다. 한 달이 넘는 항해를 하면서 밋밋한 폭풍우(暴風雨)를 한 번 정도 겪었을 뿐, 그 외에 거센 풍랑이나 심한 폭우를 한 번도 겪지 않고 순항에 순항을 거듭하고 있었던 것이다.
　장무위는 여전히 선실에서 꼼짝도 하지 않고 명상에만 잠겨 있었고 만사태평인 조일봉은 여전히 물놀이에 정신을 못 차리고 있었다. 하지만 그동안 배운 지식들을 토대로 가형기의 해도를 들여다보고 있는 유소백의 얼굴은 밝지가 않았다. 탐라도에서 뗏목을 타고 십여 일 정도라 여겨지는 정남쪽 바다에 도착한 지 벌써 보름. 그 이후 가형기가 해도에 '보이지 않는 섬'이 있을 것이라 표시를 해놓은 지점들을 중심으로 바다를 이 잡듯 뒤지며 점차 먼 바다로 나가고 있었지만 '보이지 않는 섬'이라 여겨지는 곳은 그 어디에도 없었다.
　유소백은 문득 걱정스런 눈으로 기상 상태를 살피고 있는 가형기를 돌아보며 질문했다.
　"가 형, 탐라도의 최남단에서 이곳까지 해룡호를 타고 온다면 며칠이나 걸릴 것 같습니까?"
　뜬금없는 질문. 해도를 들여다보면서 계산을 해봐야 답할 수 있는 질문이었다. 하지만 이미 해도를 닳아 없어질 정도로 들여다보고 또 들여다봤던 가형기는 별로 생각하는 기색도 없이 쉽게 대답했다.

"넉넉잡아 육 일 정도면 될 것 같습니다."

"그러면 뗏목 같은 걸로 여기까지 오려면 며칠이나 걸릴 것 같습니까?"

가형기는 '뗏목으로는 여기까지 올 수 없습니다' 라고 잘라 말하려다가 유소백의 기색이 심상치 않음을 알고 곰곰이 생각에 잠겨 있다가 대답을 했다.

"대략 이십 일 이상은 걸릴 것 같습니다. 물론 뗏목을 타고 이 먼 바다까지 올 수 있다는 가정 하에서 하는 말입니다."

순간, 유소백이 한숨을 푹 내쉬며 말했다.

"휴우! 가 형, 그러면 더 이상 남쪽으로 항해를 계속하는 것은 무의미 한 일인 것 같습니다. 배를 돌립시다."

"무슨 말씀이신지요?"

"보이지 않는 섬에 대한 이야기는 반만년 동안 전해져 내려온 이야기요. 반만년 전에 '뱃길로 십여 일' 이라는 말을 오늘날의 기준으로 해석할 수는 없잖습니까? 아무래도 '뗏목으로 십여 일' 이라고 해석을 해야 타당할 것 같습니다."

반만년 전의 조선술로 만들 수 있는 배가 뭐가 있겠는가? 유소백의 말대로 잘해봐야 뗏목 수준이었을 확률이 높았다. 그제야 무슨 말인지 알아들은 가형기가 반문을 했다.

"그러면 유 대협은 우리가 이미 보이지 않는 섬을 지나쳤을 확률이 높다는 말씀입니까?"

"그렇습니다. 그게 아니라면 본토가 기준이 되어야겠지요. 하지만 곧 태풍이 불 시기라 하셨으니 지금 본토를 기준으로 '보이지 않는 섬'

을 찾기에는 무리가 있을 것 같습니다. 차라리 탐라도 쪽으로 거슬러 올라가면서 다시 한 번 더 '보이지 않는 섬'을 찾아보는 게 좋을 것 같습니다."

그러자 가형기가 반색을 하며 말을 받았다.

"마침 잘됐습니다. 저도 막 배를 돌리자는 말씀을 드리려던 참이었습니다."

"······?"

"어젯밤에 별빛이 크게 흔들리고 바다가 우는 소리를 들었습니다. 기우일지도 모르겠지만, 무서운 폭풍우가 휘몰아칠 확률이 높습니다. 지금 하늘에 있는 양떼구름도 심상치 않고요."

육 일 전, 가형기의 표현을 빌리자면 '바다가 기침을 한 정도'라는 밋밋한 폭풍우(?)에도 죽음을 생각했던 유소백은 '무서운 폭풍우'라는 말에 대경실색하지 않을 수 없었다. 바다에서 만나는 폭풍우는 육지에서 만나는 것과는 차원이 달랐다. 부드럽고 잔잔하던 바다가 그렇게 거칠고 사납게 바뀔 줄이야 어찌 짐작이라도 했겠는가? 하늘에 구멍이 뚫리기라도 한 듯 무섭게 쏟아지던 장대비와 집채만한 파도. 바다에서 만나는 폭풍우는 한마디로 공포였다. 유소백은 다급하게 가형기의 의견을 물었다.

"가 형! 어떻게 했으면 좋겠습니까?"

"이곳에서 동북방으로 반나절 정도만 가면 제법 큰 무인도가 있습니다. 거기서 한 이틀 동안 바다가 잠잠해지기를 기다렸다가 다시 탐라도 쪽으로 올라가는 게 좋겠습니다."

"좋소이다. 가 형의 뜻대로 하시구려."

"알겠습니다. 그럼 전 항로를 바꾸도록 하겠습니다."

바로 그때, 돛대 위에 올라가 바다를 살펴보고 있던 한 해경방의 제자가 크게 소리를 질렀다.

"암초닷! 전방에 암초가 있다!"

그 말이 터지자마자 유소백에게 예를 취한 후 자리를 뜨려고 하던 가형기가 급히 뱃전으로 달려갔다. 아니나 다를까, 멀지 않은 바다 한가운데에 우뚝 솟은 바위섬과 그 주위로 파도의 일렁임에 따라 나타났다 사라졌다가를 반복하는 수많은 암초가 보였다. 암초에 부딪쳐 사방으로 비산하는 포말. 암초 지대임이 틀림없었다. 그 암초 지대 뒤에 이상한 운무가 일렁이는 것은 눈에도 들어오지 않았다. 이 먼 바다에서 좌초를 한다면 죽음뿐이었던 것이다. 가형기는 목이 터져라 소리쳤다.

"우측으로 방향을 바꿔!"

가형기의 말이 떨어지자마자 방향타를 맡고 있는 제자가 마치 기다리고 있었다는 듯이 방향타를 회전시켰다. 해룡호가 급선회를 시작했다.

바다에서 잔뼈가 굵은 해경방의 제자들은 과연 명불허전. 조직적이고 일사불란한 움직임은 감탄을 자아내기에 충분했다. 해룡호는 아무런 피해 없이 위기를 벗어날 수 있었다. 문득 대략 삼 장의 거리를 두고 암초 지대를 우회하던 해룡호의 선상에서 벼락같은 고함 소리가 터져 나왔다. 바로 가형기였다.

"물귀신! 너 도대체 정신을 어디다 팔고 있었어?!"

그러자 초췌한 몰골로 무릎을 꿇고 있던 이건이 머리를 조아렸다.

"죄, 죄송합니다. 자, 잠깐 딴새, 생각을 하고 있었습니다."

"뭣이라?! 딴생각?!"

이건은 입술이 떨어지지 않아 식은땀을 뻘뻘 흘렸다. 하지만 대답을 안 하고 있으면 맞아 죽을 수도 있는 상황이었다. 가형기의 부릅뜬 두 눈에는 살기가 어려 있었던 것이다.

"죄, 죄송합니다. 용서해 주십시오."

"내 손에 맞아 죽을 테냐? 아니면 기합을 받을 테냐?"

"살려주십시오!"

기합을 받겠다는 말. 가형기의 입가에 비릿한 미소가 떠올랐다.

'이놈! 내가 예전에 사부님께 받았던 벌을 너도 한번 받아봐라.'

"좋다! 넌 지금부터 그 자세로 이틀 동안 꼼짝도 하지 말고 있어라. 만약 자세가 조금이라도 흐트러지면 내 손에 맞아 죽을 것이다."

"예!"

이건은 이틀 동안 무릎을 꿇은 채 꼼짝도 하지 않는다는 것이 얼마나 힘든 일인지 짐작도 하지 못하고 살았다는 생각에 힘차게 대답을 했다. 사실 당장에 때려죽인다 해도 할 말이 없는 상황이었던 것이다. 암초가 코앞에 다가온 뒤에야 발견했으니 입이 백 개가 있다고 한들 무슨 할 말이 있으랴. 이건은 내심 한숨을 내쉬었다.

'어휴! 괜히 내기를 해가지고.'

보름 전, 조일봉과 수영 내기에서 진 것이 화근이었다. 당시 이건은 당연히 자신이 이길 것이라 생각하고 대담하게 은 두 냥이라는 거금을 자기 자신에게 걸었다가 큰 곤경에 처하고 말았다. 바다에서 인어를 대주는 뚜쟁이라도 만난다면 모를까? 배 타고 바다로 나오는 사람이 은 두 냥이라는 거금을 가지고 있을 리는 만무했다. 이건도 수중에 가지고 있는 것이라고는 굳은살밖에 없는 상황이었다. 하지만 이건의 동료(?)들은 인내심이 강한 자들이 아니었다. 결국 이건은 보름 전부터 각종의 빚 독촉에 시달리다 못해 채무 상환을 일시 유예하는 조건으로 동료들이 해야 할 각종의 허접한 일들을 도맡아서 하고 있었다. 오늘 돛대 위로 올라간 것도 같은 이유였다. 자연 억울하기도 하고 스스로가 한심하기도 해 딴생각을 하고 있었는데, 그만 사건이 터져 버린 것이다. 이건은 머리를 뱃전에 마구 박고 싶은 심정이었다. 그런데 갑작스레 이상한 기분이 들었다. 암초에 부딪치는 파도 소리 외에 아무런 소리도 들리지 않았던 것이다.

'왜 이렇게 조용하지?'

이건은 남들이 눈치 채지 못하게 조심스럽게 고개를 들었다. 해룡호의 뱃전에 있던 모든 사람이 한곳을 바라보고 있었다. 이건은 고개를 쭉 빼어 사람들의 시선이 멈추어져 있는 곳을 바라보았다. 먼저 눈에 들어오는 것은 해룡호를 좌초하게 할 뻔했던 검은 암초 지대였다. 암초 지대는 끝이 보이지 않을 정도로 넓게 자리하고 있었는데 그 모양이 가운데가 비어 있는 둥근 고리 모양이었다. 아니, 가운데가 비어 있는 것이 아니라 가운데에서 이상한 현상이 벌어지고 있었다. 훤한 대낮임에도 불구하고 짙은 운무(雲霧)가 가득 피어올라 있었던 것이다. 신기한 장면이었다. 그러나 모든 사람이 넋을 놓고 바라볼 정도는 아니었다. 이건은 기이한 느낌에 운무를 자세히 살펴보았다.

'어라? 이상하다!'

원래 운무라는 것은 바람이 불면 그 모양이 흐트러지기 마련이었다. 그런데 지금 이건의 눈앞에 있는 이상한 운무는 바람의 영향을 전혀 받지 않고 있는 것 같았다. 적잖은 바람이 불고 있음에도 불구하고 그 모양이 한 치의 흐트러짐도 없었던 것이다. 그리고 아무리 뚫어지게 쳐다봐도 그 속을 들여다볼 수가 없었다.

"큰형님, 어떻습니까?"

명상을 하고 있다가 불려 나온 장무위는 눈앞에 있는 짙은 운무가 정상적인 자연 현상이 아님을 보는 즉시 알 수 있었다.

"결계인 것 같아."

"큰형님! 그럼 이곳이 바로?!"

"그래, 우리가 제대로 찾아온 것 같구먼."

장무위의 단정적인 말에 유소백의 안색이 새하얗게 변해 버렸다.

'위험했어! 영원히 보이지 않는 섬을 못 찾을 뻔했구나.'

만약, 이곳을 발견하지 못하고 항로를 바꾸었더라면 유소백은 조선의 본토나 탐라도의 근해(近海)만을 뒤지며 '보이지 않는 섬'을 죽을 때까지 찾아다녔을 확률이 높았다. 고대의 조선술로 만들 수 있는 배는 뗏목 정도의 수준일 것이라고 믿고 있는데 이 먼 바다까지 나올 일이 어디 있겠는가? 생각할수록 아찔했다. 유소백은 등골에 식은땀이 흘러내리는 것을 느끼며 운무로 뒤덮여 있는 곳을 멍하니 바라보았다.

그때 조일봉이 희열에 가득 찬 음성으로 소리쳤다.

"형님! 이제 고생 끝입니까?!"

거의 한 달 동안 햇빛 아래 무방비(?) 상태로 노출된 조일봉의 온몸은 숯을 연상케 할 정도로 새카맣게 변해 있었다. 명상을 하느라 그동안 조일봉의 변신을 주의 깊게 살펴보지 못했던 장무위의 입가에 자연 미소가 걸렸다.

"후훗, 이곳까지 온 목적을 아직 달성하지 못했으니 고생 끝이라고는 할 수 없지. 그런데 고생이라니? 자네는 재밌게 놀고 있다는 소리를 들었었는데?"

"헤헤, 배를 오래 타니까 육지 생각이 나서요."

조일봉은 계면쩍은 듯 머리를 긁적이다가 슬쩍 화제를 돌렸다.

"형님, 이제 저 속으로 들어갔다가 나오기만 하면 되는 겁니까?"

"우선은 저 속으로 들어갈 방법부터 찾아야지. 암초 지대를 한 바퀴 돌아봐야 할 것 같아."

그러자 조용히 대화를 경청하고 있던 가형기가 불쑥 대화에 끼어들었다.

"장 대협, 아무래도 곧 무서운 폭풍우가 몰아칠 것 같습니다. 폭풍우가 지나간 다음에 다시 여기로 오는 것이 어떨는지요?"

장무위는 크게 놀라 기상 상태를 살펴보았다. 아닌 게 아니라 가형기의 말을 듣고 나서 살펴보니 정말로 날씨가 심상치 않게 보였다. 바람이 계속해서 불고 있고 대기에 습한 기운이 가득한 것이 비가 한바탕 쏟아질 것 같은 날씨였던 것이다.

"가 형, 폭풍이 온다고 어떻게 단정을 할 수 있소?"

"제가 나이는 많지 않지만 바다에서 자랐습니다. 절 믿어주십시오. 이르면 오늘 밤이나 늦어도 내일 아침 전으로 큰 폭풍우가 몰아칠 것입니다."

바다에서 바다 사람의 말을 듣지 않으면 누구의 말을 듣겠는가? 이르면 오늘 밤이라는 말에 장무위는 더 이상 토를 달 생각을 못했다.

"가 형의 말을 못 믿어서가 아니오. 단지 궁금해서 물어보았을 뿐이외다. 가 형의 말씀대로 폭풍우가 몰아친다면 당장 배를 돌려야지요. 그전에 작은 배 하나만 빌려주실 수 있겠소?"

작은 배를 빌려달라는 말이 무슨 뜻인지 모를 가형기가 아니었다. 하지만 천하제일고수가 아니라 고금제일고수라 하더라도 대자연의 위용을 거스를 수는 없는 법이다. 폭풍우 속에서 작은 배 하나로 어떻게 버틸 수 있겠는가? 가형기는 간곡한 어조로 장무위를 만류했다.

"장 대협! 한 이삼 일만 기다려 주십시오. 폭풍우를 피하고 난 다음에 제가 모시겠습니다."

"아니오. 그때까지 기다리고 싶지가 않구려. 지금이 아니면 보이지 않는 섬을 찾지 못할 것 같은 느낌이 들어서 말이오. 폭풍우가 몰아치기 전에 섬에 오를 수 있다면 별 탈은 없을 것이오. 그러니 내가 가 형을 믿었듯이 가 형도 날 믿어주시오."

미소 지으며 하는 말이었지만 그 속에 담긴 뜻은 결코 가볍지가 않았다. 가형기는 자신감 가득한 장무위의 두 눈을 잠깐 바라보다가 어쩔 수 없이 고개를 숙였다.

"배를 준비하겠습니다."

"고맙소. 그런데 가 형은 어디서 폭풍우를 피할 생각이오?"

"유 대협께도 말씀드렸습니다만 이곳에서 동북방으로 반나절만 가면 제법 큰 무인도가 있습니다. 거기에서 폭풍이 가라앉을 때까지 머물 생각입니다."

"흠, 반나절이라? 알겠소이다. 가 형도 폭풍우가 불기 전에 어서 서두르시오."

"예."

사실 폭풍우가 언제 몰아칠지 귀신이 아닌 담에야 어찌 정확하게 알겠는가? 한시라도 빨리 서둘러야 할 상황이었다. 가형기는 장무위에게 고개를 숙인 다음 더 이상 머뭇거리지 않고 즉시 제자들을 시켜 해룡호에 실려 있는 작은 배를 내리기 시작했다.

그사이에 장무위는 유소백과 조일봉을 돌아보며 전음을 보냈다.

"소백이는 나와 함께 개천경을 가지러 가고, 일봉이는 남아서 가 형을 도와주도록 하게."

"예, 큰형님!"

"형님, 왜 매번 저만 빼놓으시려는 겁니까? 저도 형님과 같이 가겠습니다."

장무위는 조일봉의 얼굴을 보다가 실소를 터뜨렸다. 조일봉의 입이 댓발이나 튀어나와 있었던 것이다.

'훗, 저런 입으로 어떻게 전음을 보냈을까?'

장무위는 부드러운 미소를 지으며 재차 전음을 보냈다.

"소백이가 '보이지 않는 섬'에는 수호문의 제자만 들어갈 수 있다고 한 말을 벌써 잊어버렸나? 자네나 나나 '보이지 않는 섬'에는 들어갈 수가 없어. 내가 소백이를 따라가는 이유는 소백이가 결계를 뚫을 수 있도록 돕고자 함일세."

"그럼 저도 따라가도 되잖습니까? 제가 결계에 대한 지식은 없다고 해도 힘쓰는 일은 자신있습니다."

"하하, 보이지 않는 섬에 들어가는데 힘쓸 일이 무에 있겠는가? 그리고 개천경만 가지고 나오면 되는데 군이 우리 의형제들 세 명이 다 들어갈 필요는 없잖은가?"

"그야 그렇지만……."

조일봉이 수긍하는 기색을 보이자 장무위는 달리는 말에 채찍을 가한다는 심정으로 하늘을 가리키며 말을 이었다.

"기상 상태가 심상치 않아. 가 형의 말대로 무서운 폭풍우가 몰아친다면 큰일일세. 이 먼 바다까지 나왔다가 배를 잃어버리면 우리는 꼼짝없이 죽을 수밖에 없을 걸세. 원래는 내가 남아서 가 형을 도와야 하는데… 소백이를 도울 사람이 없잖은가? 그래서 자네에게 부탁하는 거네. 자네가 아니면 누가 폭풍우 속에서 해룡호를 보호하겠는가?'

장무위가 평소의 그답지 않게 약간의 아부를 섞어서 설득을 하자 조일봉의 얼굴에 득의만만한 표정이 떠올랐다.

'형님 말씀이 맞아! 중요한 것은 해룡호를 안전하게 지키는 일이지. 암! 그리고 그건 내가 없으면 안 되지. 형님 말씀대로 해야겠구나.'

"헤헤, 그럼 진즉에 그렇게 말씀하시죠."

그래도 체면은 있는지 머리를 긁적이는 조일봉을 보며 장무위가 대소를 터뜨렸다.

"하하하! 그래, 내 잘못이네. 그러니 자네는 가 형과 함께 해룡호를 잘 지키게."

조일봉이 힘차게 대답했다.

"옛! 형님."

"일봉이, 뒤를 잘 부탁하네."

장무위는 조일봉의 어깨를 한 번 두드려 주고는 유소백과 함께 뱃전으로 걸음을 옮겼다. 가형기는 그새 배를 바다에 내려놓고 장무위와 유소백을 기다리고 있었다.

"가 형, 수고하셨소이다. 폭풍우가 지나간 다음에 다시 봅시다."

"예, 그럼 며칠 후에 뵙겠습니다."

장무위는 가형기에게 읍을 해 고마움을 표시하고는 유소백을 돌아보았다.

"가세!"

"예, 형님!"

유소백의 대답이 떨어지는 순간 장무위가 훌쩍 배에서 뛰어내렸다.

그러자 밧줄 사다리를 준비해 놓고 있던 해경방 제자들의 입에서 경호성이 터져 나왔다.

"앗!"

"위험합니다!"

해룡호의 높은 뱃전에서 뛰어내리면 작은 배가 전복을 당할 우려가 있었기 때문이다. 하지만 결론적으로 말해 해경방 제자들의 걱정은 쓸데없는 기우에 지나지 않았다. 장무위는 그야말로 깃털처럼 사뿐히 작은 배에 내려섰다. 그러자 해룡호의 선상에서 함성이 터져 나왔다.

"와!"

뱃전에 막 올라서 밧줄 사다리를 잡으려고 하던 유소백은 장무위가 그냥 뛰어내리자 순간 계면쩍은 미소를 짓지 않을 수 없었다.

'무서운 폭풍우가 몰아칠 것이라는 가 형의 말 때문에 마음이 많이 조급하신가 보구나.'

편하게 해석한 유소백은 시간을 지체할 수 없다는 생각에 역시 장무위처럼 뱃전에서 뛰어내렸다.

착!

흡사 한 마리 봉황처럼 우아하게 작은 배 위에 착지하는 유소백. 해경방 제자들 사이에서 다시 한 번 함성이 터져 나왔다.

"와아!"

멀쩡한 밧줄 사다리를 두고 빠른 속도로 이동하고 있는 배에서 다른 배로 뛰어내리는 사람을 한 번이라도 본 적이 있었던가? 가형기와 해경방의 제자들은 장무위와 유소백의 현란한 신법에 그저 혀를 내두를 뿐이었다. 그때 한 해경방의 제자가 밧줄 사다리를 걸며 하는 말이 장무위의 귀에 들려왔다.

"역시 무공이 뛰어난 분들은 뭐가 달라도 달라. 괜히 밧줄 사다리를 준비했잖아."

그제야 뱃전에 길게 늘어진 밧줄 사다리를 발견한 장무위의 얼굴이 살짝 붉어졌다. 괜히 멋을 부린 격이 되어버렸던 것이다. 해룡호에 탄 이후로 처음 십 일간은 바다에 온 마음을 빼앗기고 있었고, 그 후로는 계속해서 선실에 틀어박혀 명상만 했던 탓에 밧줄 사다리가 있다는 것을 모르고 한 실수였다. 장무위는 무안한 마음에 유소백을 독촉했다.

"소백이, 폭풍우가 몰려오기 전에 결계를 통과해야 하네. 암초 지대를 빨리 한 바퀴 돌아보세."

"알겠습니다!"

역시 예상대로 장무위는 폭풍우를 걱정(?)하고 있었다. 유소백은 서둘러야겠다는 생각에 노를 힘차게 젓기 시작했다. 장무위가 명상에 전념을 하고 조일봉이 수영에 공을 들이는 동안, 유소백은 가형기와 해경방의 제자들을 붙잡고 배와 바다에 관한 지식들을 습득하고 있었다. 이제 노 젓기는 유소백에게 낯선 일이 아니었다. 최소한 이론만큼은 완전히 숙지해 놓았던 것이다. 그러나 역시 이론과 실제는 다른 법, 한동안 배는 유소백이 의도하는 것과 다른 방향으로만 움직였다.

'이, 이런?!'

간단해 보이는 노 젓기도 결코 쉬운 일이 아니었다. 장무위의 의아해하는 시선을 느낀 유소백은 어금니를 질끈 깨물며 그동안 배웠던 이론들을 차근차근 되새겨 보았다. 유소백은 곧 자신의 문제점을 알아낼 수가 있었다. 이론을 통달한 덕분이었다.

'힘의 분배가 잘못되었구나.'

평생 동안 무공을 수련해 온 천고기재 유소백의 감각이 어디 가랴.

유소백은 문제점을 파악하자마자 순식간에 노 젓기에 적응해 버렸다. 그리고 노에다가 삼 갑자에 다다른 내공의 힘을 서서히 주입하기 시작했다.

좌아악! 좌아악!

유소백이 노를 젓자 할 일이 없어진 장무위는 넓게 펼쳐진 검푸른 바다와 어느새 작은 점이 되어버린 해룡호를 잠시 바라보고 있다가 암초 지대가 있는 쪽으로 고개를 돌렸다.

제39장

천공(天空)을 가르는 칼

천공(天空)을 가르는 칼

처얼썩! 처얼썩!

대양을 달려온 파도가 암초 지대에 부딪쳐 산산이 부서지면서 비가
되어 쏟아졌다. 차가운 물방울은 멀찍이 암초 지대를 돌아 나가는 작
은 배 위에도 수없이 떨어졌다. 장무위와 유소백의 옷은 금세 바닷물
에 흠뻑 젖어버렸다. 가까이에서 본 암초 지대는 무시무시한 모습을
하고 있었다. 파도의 일렁임에 따라 수면 위로 드러나는 암초들은 그
야말로 빙산의 일각에 지나지 않았다. 숨겨진 암초들의 수가 훨씬 더
많았다. 그리고 암초들 사이사이에는 크고 작은 수백 개의 와류(渦流)
가 형성되어 있어 주위의 모든 것을 빨아들이고 있었다.

장무위는 암초 지대를 신중히 살펴보면서 내심 중얼거렸다.

'결계의 비밀은 이 암초 지대에 있는 것 같은데.'

암초 지대의 한가운데에 있는 짙은 운무는 결계의 힘에 의해서 일어

나는 환상이었다. 수없이 많은 암초 사이에 광범위한 결계의 축이 되는 암초들이 있는 것이 분명했다. 하지만 암초 지대를 모조리 둘러보지 않고서는 결계의 이치를 파악할 수가 없었다.

'한 바퀴만 둘러보면 이치를 파악을 할 수 있을 것도 같아.'

순간 장무위의 두 눈이 크게 뜨여졌다. 암초 지대의 한가운데에 짙게 피어올라 있던 운무가 눈 깜짝할 사이에 사라져 버렸던 것이다. 운무가 있던 곳에는 바닷물 외에 아무것도 남아 있지 않았다. 그것뿐만이 아니었다. 셀 수조차 없을 만큼 많던 암초의 숫자도 확 줄어 있었다. 바다 한가운데에서 순간적으로 일어난 현상. 마치 모든 것이 환상인 것 같았다. 이제 암초 지대는 바다에서 간간이 볼 수 있는 평범한 암초 지대일 뿐이었다.

"이럴 수가?"

열심히 노를 젓고 있던 유소백도 뒤늦게 그것을 발견했는지 노 젓기를 멈춘 채 경악성을 발했다.

"앗! 도대체 이게 무슨 조화란 말인가?"

유소백은 급히 장무위를 바라보았다.

"큰형님?"

뒷말을 생략하기는 했지만 뜻은 명확했다. 유소백의 얼굴에는 궁금해하는 빛이 가득했던 것이다. 그러나 어떻게 된 까닭인지 모르는 것은 장무위도 마찬가지였다. 장무위는 숫자가 확 줄어든 암초 지대를 한참 동안 뚫어지게 바라보다가 천천히 입을 떼었다.

"지금은 나도 뭐가 뭔지 모르겠네. 혹시 해동검객 강민욱님께서 이런 현상에 대해 어떤 말씀을 해주지 않으셨는가?"

유소백이 잠시 생각에 잠겨 있다가 고개를 내저었다.

"다른 말씀은 없으셨습니다. 저는 해동검객 강민욱님의 유언을 듣고 '보이지 않는 섬'을 찾기만 하면 결계를 뚫는 것은 그다지 어렵지 않을 것이라는 느낌만 받았습니다."

순간, 장무위의 안색이 흐려졌다. 이해가 가지 않았던 것이다. 수호문의 사명이 풍백의 회수가 아닌 천부인의 소멸이라면 수호문의 전승자들은 당연히 '보이지 않는 섬'에 들어가는 방법을 확실히 알고 있어야만 했다. 개천경이 없으면 북해의 바다 속에 잠들어 있는 천부를 찾을 수 없기 때문이다.

'이상하구나. 왜 소백이에게 말해 주지 않았을까? 수호문과 천부인의 역사에 대해 말해 줄 시간이 있었다면, 당연히 '보이지 않는 섬'으로 들어가는 방법도 자세히 설명해 줬을 텐데. 무엇보다 중요한 것은 천부인의 소멸이 아닌가? 설마 해동검객도 모르고 있었단 말인가?'

그때 유소백이 뭔가를 생각해 냈는지 서둘러 입을 열었다.

"큰형님, 그리고 보면 이상한 점이 있습니다. 좀 전의 짙은 운무는 너무도 특이해 마치 '여기에 뭔가가 있다'라고 가르쳐 주는 것처럼 보였습니다. 조사들께서 '보이지 않는 섬'의 위치를 숨기기 위해 그토록 고심하셨는데 그렇게 티가 나도록 결계를 설치하지는 않으셨을 것 같습니다."

장무위의 고개가 절로 끄덕여졌다.

"자네 말이 맞아. 좀 전의 운무는 누구라도 호기심을 느낄 만했어. 아무래도 반만년의 세월이 흐르는 동안 결계에 어떤 변화가 생긴 것 같아."

"제 생각도 그렇습니다."

"소백이, 일단 빨리 한 바퀴 돌아보세."

"예, 알겠습니다."

머뭇거릴 시간이 없었다. 시간이 흐를수록 날씨가 점점 더 흐려지는 것이 가형기의 예상대로 폭풍우가 몰아칠 것 같은 분위기였던 것이다. 유소백은 곧 전력을 다해 노를 저었다.

암초의 숫자가 확 줄어들면서 관찰하기가 쉬워진 덕분에 장무위는 오래지 않아 '보이지 않는 섬'을 숨기고 있는 결계의 이치를 파악할 수 있었다. 암초 지대에 설치되어 있는 것은 인간과 동물에게 착시 현상을 일으키게 만드는 결계였다. 바로 장무위가 사람들의 방해를 받지 않고 수련에만 전념하기 위해 백두산에 설치해 놓았던 결계와 대동소이했다. 착시 현상을 일으키는 결계는 허상에 현혹되지만 않으면 쉽게 뚫을 수 있는 것, 심안을 터득하고 있는 장무위에게 실상과 허상을 구분하는 것은 일도 아니었다.

그러나 반만년의 세월이 흐르는 동안 결계의 중추가 되는 백팔 개의 암초가 풍화 작용에 의해 변형된 까닭에 결계는 이상하게 변해 있었다. 바람에 흔들리지 않는 짙은 운무가 보였던 것도 그 때문이었다. 변형된 결계와 비산하는 물보라, 그리고 흐린 날씨가 빚어낸 이상 현상이었던 것이다.

각설하고, 장무위와 유소백이 탄 작은 배는 암초 지대 사이사이를 왔다 갔다 하면서 시간만 낭비하고 있었다. 암초들 사이사이에 존재하는 와류들이 결계와 기이한 반응을 일으켜 배를 자꾸 밀어내고 있었던 것이다. 유소백이 죽어라고 노를 젓고 있음에도 앞으로 나아가는 거리는 얼마 되지 않았다.

태양이 서쪽 바다 아래로 사라지고 나자 사방이 컴컴하게 변해 버렸다. 하늘을 가득 덮고 있는 짙은 먹구름 때문에 어둠이 더욱 짙어 보였다. 두 사람의 마음은 시간이 갈수록 조급해졌다. 그러는 사이에 시원하게 느껴지던 바람이 점점 더 강해지고 한두 방울씩 떨어지던 빗방울도 점차 굵어지기 시작했다. 아니, 바람이 강해지고 빗방울이 굵어진다고 느끼는 순간에 이미 폭풍우가 휘몰아치고 있었다. 순식간에 폭우가 쏟아지고 천둥 번개가 사방을 수놓기 시작했다.

쏴아아아!

번쩍! 쿠르르릉!

세차게 몰아치는 거친 파도에 작은 배가 마치 갈대 잎처럼 흔들렸다. 오 갑자에 가까운 혼원기의 힘으로도 파도에 흔들리는 배를 붙잡아둘 수는 없었다. 장무위는 결국 뱃전을 박차고 일어났다.

"소백이! 이대로는 안 되겠어. 늦었지만 지금이라도 배를 포기하세. 암초 지대를 딛고 신법을 전개한다면 충분히 벗어날 수 있을 걸세."

정신없이 노를 젓고 있던 유소백의 몸이 흠칫 굳어버렸다. 해룡호가 데리러 올 것이기 때문에 배를 버려도 큰 상관은 없었지만, 무서운 비바람과 거친 파도가 몰아쳐 오는데 미끄러운 암초를 디딤돌 삼아 신법을 전개할 자신은 없었던 것이다. 더욱이 유소백은 수영을 할 줄 몰랐다. 단 한 번이라도 실수를 하면 파도나 와류에 휩쓸려 들어가 죽음을 당할 수도 있었다.

"저, 전 자신이 없습니다."

유소백의 말이 떨려 나왔다. 하지만 장무위는 유소백이 왜 소극적으로 말하는지 판단할 여유가 없었다. 자신들을 향해 밀려오는 집채만 한 파도가 시야에 들어왔던 것이다. 장무위는 재빨리 유소백의 손목을 강하게 움켜잡으며 소리쳤다.

"내가 도울 테니 최대한 몸을 가볍게 해!"

말이 끝나기도 전에 장무위는 조화구법을 전개해 뱃전을 박차고 뛰어올랐다.

파파파팟!

하늘에서 떨어지는 굵은 빗방울과 파도가 장무위와 유소백의 몸을 강하게 두드렸다. 제아무리 장무위라 해도 이 상태에서는 먼 거리를 날아갈 수는 없었다. 더군다나 결계 때문에 시야도 확보되지 않고 있었다. 겨우 삼 장 정도 떨어진 암초 위로 날아간 장무위는 재차 조화구법을 전개해 다음 암초를 향해 날아갔다. 그때, 장무위가 혼원기의 힘으로 붙잡아두고 있던 작은 배가 파도에 휩쓸리더니 암초에 부딪쳐 박살이 나버리고 말았다.

와지끈!

뒤를 돌아볼 여가도 없었다. 집채만한 파도가 계속 덮쳐 오고 있었던 것이다. 대경실색한 장무위는 기합을 지르며 전력으로 조화구법을 전개했다.

"하앗!"

장무위에게 천하제일의 명성을 얻게 했던 조화구법이 톱니바퀴 돌아가듯이 계속해서 펼쳐졌다. 그리고 비, 바람, 번개가 장무위가 지나간 곳을 난자했다.

쏴아아아! 쿠르르르!

번쩍! 콰콰콰쾅!

암석을 박차고 신형을 날리길 이십 차례 정도 했을까? 재차 도약을 하려고 하던 장무위의 입에서 헛바람 집어삼키는 소리가 터져 나왔다.

"헉!"

눈앞에 보이는 것은 거칠게 일렁이는 거대한 바닷물뿐 발 디딜 곳이 그 어디에도 없었다. 멀리 해변 같은 것이 얼핏 보이는 듯도 했지만 자세히 살펴볼 여유는 없었다. 산더미 같은 파도가 계속해서 밀려오고 있었던 것이다. 잔잔하고 평화롭게만 보이던 바다. 하지만 사나운 얼굴을 드러낸 바다는 정말로 무서운 곳이었다.

'어쩔 수 없구나.'

장무위는 어금니를 질끈 깨물며 혼원기를 끝까지 끌어올려 마지막 암초를 박찼다.

파파파팟!

장무위와 유소백은 물보라를 뚫고 거의 십 장이나 날아갔다. 그리고 마침내 힘이 다했다. 홀몸이라면 수면을 박차고 재차 날아오를 수도 있었을 테지만 유소백을 달고 있는 상황. 장무위와 유소백의 신형은 속절없이 물거품이 부글부글 끓어오르고 있는 바닷물 속으로 떨어져 내렸다.

쿠르르르!

산더미 같은 파도가 그 위를 덮쳤다. 몸이 둥실 떠오르는 듯한 기분이 들더니 이내 빠르게 앞으로 밀려갔다. 하지만 장무위는 무상대능력을 익힌 몸이었다. 망망대해가 아니라면 물에 빠져 죽을 확률은 없었다. 걱정되는 것은 유소백이었다. 파도에 휩쓸리는 순간, 의식을 잃었는지 유소백의 몸무게가 고스란히 장무위의 오른손을 통해 전해지고 있었다. 가슴 저 깊숙한 곳에서부터 동생을 잃을지도 모른다는 두려움이 치밀어 올랐다.

'이대로 있으면 소백이가 위험해. 어떻게든 빨리 섬으로 올라가야 해.'

계속해서 몸이 빠르게 밀려가고 있었지만 장무위는 재빨리 몸의 중심을 잡았다. 그리고 안력을 돋워 조금 전 얼핏 보았던 해변이 있는 곳으로 시선을 집중했다. 그 순간, 장무위의 입에서 경악성이 터져 나왔다.

"헛!"

바로 눈앞에 거대한 바위가 턱하니 나타나 있었다. 거대한 바위는 파도의 높이보다 더 높아 수면 위로 이 장 가까이나 돌출되어 있었다. 이 상태로 밀려간다면 어떻게 될지는 불을 보듯 뻔한 노릇이었다. 대경실색한 장무위는 기절한 유소백을 업는 것과 동시에 조화구법을 시전해 물속에서 다리를 박찼다.

파아앗!

온 사방으로 바닷물이 폭죽처럼 튀어올랐다. 물속은 유소백을 업고도 바위 위로 올라갈 수 있을 만큼의 충분한 반력을 제공해 주었다. 척! 하는 소리를 내며 물에 젖은 신발이 바위 위에 닿았다. 산더미 같은 파도도 바위 위까지는 닿지 않고 있었다. 장무위는 재빨리 유소백을 바위 위에 내려놓고 상태를 살펴보았다. 다행히 유소백은 호흡도 편하게 하고 있었고 물을 많이 먹은 것 같지도 않았다. 일시 기절한 것이 분명했다. 내심 안도의 한숨이 절로 나왔다.

'휴우! 위험했어.'

하지만 아직 안심할 수 있는 상황은 아니었다. 장무위는 허리를 죽 펴고 사방을 살펴보았다. 순간, 장무위의 입술 사이로 나직한 탄성이 흘러나왔다.

"아!"

쏴아아아! 번쩍! 쿠르르릉!

번개가 번뜩일 때마다 열대의 수목들, 높은 산봉우리. 그리고 산봉우리의 정상에 있는 거대한 백색의 석조 건물이 환상처럼 보였다.

마침내 결계를 지나 반만년의 세월이 흐르는 동안 인적이 없던 '보이지 않는 섬'에 도착한 것이다. 장무위가 거대한 바위라고 생각했던 것은 실제로 '보이지 않는 섬'의 해안가 절벽이었다.

그때 유소백이 정신을 차렸는지 나직하게 신음을 토하는 소리가 들렸다. 장무위는 즉시 유소백을 부축해 주며 강하게 소리쳤다.

"소백이, '보이지 않는 섬'에 도착했네."

폭풍우를 뚫고 선명하게 들려오는 장무위의 말에 유소백이 기절을 했던 사람답지 않게 퍼뜩 고개를 쳐들었다. 아니나 다를까, 번갯불 아래 섬의 풍경이 눈에 들어왔다. 유소백은 전신에 힘이 솟는 듯하여 벌떡 자리에서 일어났다.

"큰형님 덕분에 '보이지 않는 섬'을 찾게 되었습니다. 감사합니다."

"감사는 무슨… 빨리 가서 개천경을 찾아보게."

"예?!"

"난 여기서 자네가 개천경을 찾아올 때까지 명상이나 할 생각이네."

유소백은 의아한 표정으로 질문을 했다.

"왜 군이 폭풍우 속에서 명상을 하시려는 겁니까? 조금만 더 가면 비를 피할 수 있잖습니까?"

이 자리에서도 선명하게 보이는 백색의 석조 건물을 두고 하는 말이었다. 그러자 장무위가 태연히 미소를 지으며 말했다.

"난 이곳에서 명상을 하고 싶어. 왠지는 모르지만 그냥 그러고 싶은 마음이 들어. 그러니 내 걱정 하지 말고 어서 가보게."

장무위의 마음은 이미 확고해 보였다. 하기야 장무위가 말을 꺼내고 나서 뜻을 꺾는 것을 한 번이라도 본 적이 있었던가? 유소백은 어쩔 수 없이 고개를 숙였다.

"그럼 서둘러서 다녀오겠습니다."

유소백은 곧 봉황비상신법을 전개해 산봉우리로 달려갔다. 잠시 유소백의 뒷모습을 물끄러미 바라보던 장무위는 파도가 미치지 않을 만한 곳으로 자리를 옮겨 가부좌를 틀고 앉았다. 그리고 허리춤에 차고 있던 현천도를 칼집 채 무릎 위에다 올려놓고 손잡이를 불끈 움켜쥐었다.

'오늘은 백두지명 이후의 길을 볼 수 있을까?'

대략 한 달 전, 무상도의 경지로 가는 길이 잃어버렸던 마음속의 칼, 자아를 가지고 저 혼자 살아 움직이는 가상의 칼이라는 것을 깨달은 이후, 장무위는 자아를 가진 칼을 되살리기 위해 전력을 다했었다. 그러나 자아를 가진 칼을 되살리는 것은 쉬운 일이 아니었다. 장무위가 할 수 있는 일은 그저 마음속으로 가상의 칼을 만들어 계속해서 휘두르고 또 휘두르는 것뿐이었다. 지성이면 감천이라는 말이 있듯이 장무위의 이런 노력은 결코 헛된 것이 아니었다. 마침내 잃어버렸던 자아를 가진 칼을 되살릴 수 있었던 것이다. 하지만 자아를 가진 칼은 백두지명에 이르는 길만을 보여줬을 뿐 그 이후의 길은 보여주지 않고 있었다.

쏴아아아! 번쩍! 쿠르르릉! 콰콰쾅!

물의 장막을 펼쳐 놓은 듯한 착각마저 불러일으키게 하는 폭우. 바위라도 날려 버릴 것 같은 강풍과 하늘을 찢어발기고 있는 번갯불. 그리고 온 세상을 집어삼킬 듯이 일어나는 거대한 해일. 시간이 흐를수록 폭풍우가 점점 더 거세게 몰아쳤다.

장무위는 눈앞에서 펼쳐지는 대자연의 위용을 잠시 바라보다가 명상을 시작했다. 금세 마음속으로 가상의 현천도가 만들어졌다. 장무위는 즉시 가상의 현천도를 휘둘러 무상구도를 펼치기 시작했다. 전 일초 출천일기에서부터 후 이 초 백두지명까지.

그렇게 얼마를 휘둘렀을까? 가상의 현천도가 자아를 가진 생명체인 마냥 저 혼자 살아 움직이기 시작했다. 이미 며칠 전부터 경험하고 있던 상황, 장무위는 편안한 마음으로 가상의 현천도가 그리는 선을 관조하듯이 바라보았다. 그런데 바로 그 순간, 명상을 하는 동안 자연스럽게 열려 있던 장무위의 심안을 통해 갑자기 넓은 바다와 그 속을 흐르는 수많은 흐름이 선명하게 보였다. 아니, 그렇게 느끼는 순간 넓은 바다와 그 속을 흐르는 수많은 흐름은 천지를 가르는 번갯불과 거센 비바람으로 바뀌어 있었다. 삼십 년이 넘게 명상을 했던 장무위로서도 처음 겪는 기이한 현상이었다. 하지만 삼매경에 빠져 있는 장무위는 그 모든 것을 무심히 관조할 뿐이었다.

유소백은 산봉우리의 정상에 있는 백색의 석조 건물을 바라보고 있었다. 거대한 바윗덩어리를 통째로 깎고 다듬어서 만든 것처럼 보이는 백색의 석조 건물은 오랜 세월의 흐름에도 불구하고 제 형태를 고스란히 유지하고 있었다. 유소백은 내심 혀를 내둘렀다.

'반만년이 흘렀는데 형체를 유지하고 있는 건물이라? 아무리 돌로 만들었다고는 하지만 신기하기 짝이 없구나.'

한동안 감탄의 눈으로 석조 건물을 둘러보던 유소백은 지름 일 장가량의 둥근 구멍이 건물 안으로 들어가는 문인 것을 파악하고는 주저하지 않고 걸음을 옮겼다. 석조 건물 내부는 기이한 밝은 기운이 어려 있어 군이 야안공을 일으키지 않아도 사물을 분별하는 데 아무런 지장이 없었다. 대략 열 걸음쯤 걸었을까? 유소백이 도착한 곳은 둥근 원형의 방이었다. 하얀색 돌로 만들어진 둥근 방 한가운데에는 가로 이 장 높이 일 장 정도의 석단(石壇)이 자리하고 있었는데, 그 위에는 커다란 석함(石函)이 하나 놓여 있었다. 석함을 발견한 유소백의 눈에 이채가 떠올랐다.

'저 속에 개천경이 들어 있나 보구나.'

유소백은 먼저 석함과 석단을 자세히 살펴보았다. 석함과 석단은 모두 건물과 같은 하얀색의 돌로 만들어져 있었는데, 석함에는 별다른 특징이 없었고 석단의 상단에는 흡사 그림처럼 보이는 몇 개의 고대 문자가 음각되어 있었다. 뭔가 의미가 있는 듯했지만 해석도 못할 고대 문자를 들여다보며 골치를 썩일 유소백이 아니었다. 시간과 자료가 충분하다면 해석을 시도해 볼 수도 있겠지만 지금은 시간도 없고 자료도 없었다. 유소백은 고대 문자에 대한 관심을 바로 접어버리고 허리춤에 차고 있던 검을 빼 들었다. 그리고 검끝으로 석함의 뚜껑을 조심스럽게 밀었다. 혹시 있을지도 모르는 함정에 대비한 행동이었다.

스르륵! 툭!

석함의 뚜껑은 의외로 쉽게 열렸다. 그리고 아무런 함정 장치도 없는 듯했다. 유소백은 두근거리는 가슴을 간신히 진정시키고 석함 속을 들여다보았다. 하지만 석함 속에는 시커먼 구멍이 하나 뚫려 있을 뿐 아무것도 담겨 있지 않았다. 유소백은 '구멍 속에 개천경이 들어 있나?' 하면서 구멍 속을 들여다보려고 했지만 구멍의 위치가 워낙 교묘해 당최 안을 들여다볼 수 없게 되어 있었다.

"손을 집어넣어야만 꺼낼 수 있다는 뜻인가?"

유소백은 미간을 잔뜩 찌푸린 채 구멍 속으로 왼손을 집어넣었다. 손끝에 닿는 것이 아무것도 없었다. 유소백은 미간을 더욱 찌푸리며 손을 깊숙이 안으로 집어넣었다. 그 순간, 손목에서 섬뜩한 느낌이 신경을 타고 뇌리로 전달되었다.

"앗!"

유소백은 깜짝 놀라 급히 손을 빼내었다. 아니나 다를까? 왼쪽 손목이 어느새 길게 베어져 있었다.

'조상들이 이런 장치를 해놓은 이유가 뭐란 말인가?'

유소백은 급히 혈을 눌러 지혈을 하면서 석단에 새겨진 고대 문자들을 다시 한 번 바라보았다. 그 내용은 '피를 증명하라'는 것이었지만 해석할 수 있을 리 만무했다. 유소백은 즉시 고대 문자에서 시선을 돌려 석조 건물 내부를 차근차근 살펴보았다. 석조 건물 내부에 다른 공간은 없어 보였다. 하지만 유소백은 실망하지 않고 건물 내부를 모두 두드려 보기 시작했다. 바로 그때였다.

그르르릉!

무거운 돌이 밀리는 소리가 들리더니 수천 년의 세월 동안 제자리를 지키고 있었을 석단이 일 장이나 밀려났다. 건물 입구 쪽 벽을 두드리고 있던 유소백은 석단이 밀려나는 소리를 듣고 재빨리 석단이 있던 곳으로 달려왔다. 그곳에는 지하로 내려가는 계단이 하나 자리하고 있었다.

'이거 참, 복잡하게도 만들어놓으셨구나. 이 섬까지 찾아올 사람이 누가 있다고? 그런데 걱정이야. 무슨 위험이 있을 줄 알고 지하로 내려간단 말인가? 강민욱님은 이런 게 있단 말씀은 안 해주셨는데. 그렇다고 여기서 발걸음을 돌릴 수도 없고. 휴우, 어쩔 수 없구나.'

유소백은 내심 한숨을 내쉬며 조심스럽게 발걸음을 옮겼다. 지하로 내려가는 계단은 곧 끝이 났다. 그러나 이번에도 개천경이라 여겨지는 것은 보이지 않았다. 대신 유소백의 눈앞에 펼쳐진 것은 석조 건물 내부처럼 기이한 밝은 빛이 감돌고 있는 기다란 지하 통로였다. 유소백은 또다시 한숨을 푹푹 내쉬며 천천히 걸음을 옮겼다.

뚜벅! 뚜벅!

지하 통로에 유소백의 발걸음 소리가 메아리쳤다.

한 시진 후, 유소백은 여전히 아래쪽으로 경사가 져 있는 지하 통로를 걷고 있었다. 지하 통로는 정말로 길었다. 도대체 끝이 보이지 않았다. 유소백의 얼굴이 절로 찌푸려졌다.

"얼마나 더 가야 하는가? 이 정도면 벌써 해수면보다 한참이나 아래로 내려온 것 같은데."

혹시라도 함정이 있을까 하여 신경을 잔뜩 곤두세우고 사방을 살피면서 한 걸음씩 한 걸음씩 전진하는 일은 보통 일이 아니었다. 심력의 소모가 극대하여 눈앞이 가물거릴 지경이었던 것이다. 거기에다 결계를 통과할 때 워낙 노를 많이 저었던 터라 체력도 바닥이 나 있었다.

'이 상태로는 내가 먼저 쓰러지겠어. 별다른 위험은 없어 보이는데. 하기야 함정을 설치해 놓고자 했으면 벌써 해놓았겠지.'

판단을 내리는 데는 신중했지만 한 번 결정을 내리면 머뭇거릴 유소백이 아니었다. 유소백은 즉시 봉황비상신법을 전개해 빠르게 앞으로 달려나갔다.

그렇게 일 다경 정도가 흘렀을까? 지루하게 이어지던 지하 통로가 갑자기 끝나면서 눈앞이 환하게 밝아졌다. 유소백이 지나온 통로의 끝은 밝은 빛이 일렁거리고 있는 거대한 지하 공간의 상단 부분과 연결되어 있었다. 유소백은 걸음을 멈추고 지하 공간을 자세히 살펴보았다. 지하 공간은 자신이 들어온 통로 외에는 어떤 틈도 없는 닫힌 공간이었다. 그리고 바닥을 제외하고는 모든 벽이 매끈한 하얀색 돌로 이루어져 있었는데, 빛 그림자가 일렁이고 있어 몽환적인 분위기를 물씬 풍기고 있었다. 그리고 바닥의 한가운데에는 은은한 빛이 뿜어져 나오고 있는 지름이 오 장가량 되는 작은 연못이 있었다.

"빛이 뿜어져 나오고 있는 연못이라?"

한참 동안 지하 공간의 아름다움에 취해 있던 유소백은 호기심을 참지 못하고 신법을 전개해 작은 연못으로 다가갔다. 연못의 물은 그야말로 명경지수(明鏡止水). 너무도 맑고 깨끗해 보는 것만으로도 정신이 맑아질 정도였다. 해룡호에서 내린 후, 단 한 모금의 물도 마시지 못했던 유소백은 무엇에 이끌리듯이 연못 가장자리에 무릎을 꿇고 앉아 연못 물을 들이켰다. 입과 목구멍이 얼어붙을 정도로 차가운 물이었다. 하지만 그 차가움은 지쳐 있던 심신의 피로를 한꺼번에 풀어줄 만큼 상쾌했다. 감로(甘露)가 따로 없었다. 유소백은 배가 부른 줄도 모르고 연못 물을 마음껏 들이켰다.

"큰형님도 같이 오셔서 이 시원한 물맛을 보셨으면 좋았을 텐데."

열 모금 이상의 물을 벌컥벌컥 마신 유소백은 포만감을 가득 느끼며 몸을 일으켰다. 연못 한가운데에서 조그마한 구슬을 발견한 것은 바로 그때였다. 그전까지는 빛의 산란 때문에 미처 발견하지 못했던 것이었다. 아니나 다를까, 몸을 조금 굽혀보자 빛의 산란 때문에 구슬이 보이질 않았다.

"음! 저것이 혹시 개천경이 아닐까?"

유소백은 혹시나 하는 마음에 차가운 연못으로 풍덩 뛰어들었다. 입으로 들어갈 때 느꼈던 차가움보다 서너 배는 더 차가운 기운에 머리 끝이 쭈뼛해졌다.

'이 속에 오래 있다가는 얼어 죽기 십상이겠어!'

유소백은 재빨리 목까지 차는 물을 가르며 연못의 가운데로 다가갔다. 그리고 허리를 숙여 빛의 산란이 일어나고 있는 곳으로 오른팔을 쭉 뻗었다. 연못의 물보다 더 차갑고 단단한 물체가 손 안에 가득 들어왔다. 그러나 차갑다고 느껴지는 순간, 갑작스레 따뜻한 온기가 물체에서부터 흘러나왔다. 그것은 애기 주먹만한 크기의 타원형의 구슬이었는데, 티 한점 없이 매끄러운 표면으로부터 은은한 맑은 빛이 뿜어져 나오고 있었다. 거울이라 하기에는 무엇했지만 유소백은 손바닥에 쏙 들어오는 이 작은 구슬이 개천경이라는 것을 본능적으로 알아챌 수 있었다.

"빨리 큰형님께 돌아가야겠구나."

유소백은 폭풍우 속에 혼자 있을 장무위를 생각하며 즉시 봉황비상신법을 시전했다.

휘익!

휘파람 소리와 같은 파공음이 울려 퍼지는가 싶더니 이내 유소백의 신형이 지하 공간에서 사라져 버렸다. 하지만 유소백은 개천경이 있던 연못의 중앙에 고대 문자가 새겨져 있었다는 것을 알지 못했다.

하늘을 여는 거울이 섬을 떠나면 죄인들의 영혼이 있는 섬은 바다 속으로 잠길 것이다.

빛과 영기를 뿜어내던 개천경이 사라져 버린 지하 공간은 반만년 만에 처음으로 짙은 어둠에 잠겨 버렸다. 반면, 반만년 동안의 성석을 깬 유소백이 사라졌음에도 불구하고 오랜 세월 동안 지하 공간과 함께하던 고요는 다시 이어지지 않았다.

툭!

천장에서 작은 돌 조각이 떨어졌다.

바다에서 태어나고 바다에서 자라났다고 큰소리를 치는 해경방의 제자들도 공포를 느낄 만큼 무시무시하게 몰아치던 폭풍우는 이틀이 지나자 흔적도 없이 사라져 버렸다. 무인도에서 폭풍우가 무사히 지나가기만을 기다리고 있던 가형기는 안도의 한숨을 내쉴 겨를도 없이 해룡호를 몰고 장무위와 유소백을 내려주었던 바다를 찾아 나섰다. 폭풍우가 몰아치기 전에 작은 조각배 하나에 두 사람을 남겨두고 떠나왔으니 걱정이 되어 지체하고 싶지가 않았던 것이다. 그러나 가형기의 이 갸륵한 마음을 몰라주는 사람도 있었다.

"이보시오, 가 형! 여기가 확실한 거요?"

조일봉의 어투에는 듣는 것만으로도 기분이 나빠질 것 같은 시비조의 기운이 농후하게 담겨 있었다. 하지만 가형기는 화를 내기는커녕 식은땀만 줄줄 흘리고 있었다.

"그, 그게… 여기가 맞는 것 같습니다."

가형기의 대답이 떨어지기가 무섭게 조일봉이 재차 질문을 했다.

"그렇다면 내 한 가지 물어보겠소. 며칠 전에 우리가 형님과 헤어졌던 곳에는 분명히 짙은 운무와 많은 암초가 있었소이다. 그런데 가 형이 형님과 헤어졌다고 주장하는 이곳에는 짙은 운무도 없고 많은 암초도 없소이다. 운무는 사라질 수 있다고 해도 암초들은 그대로 있어야할 것이 아니오? 내 말이 틀렸소?"

가형기는 조일봉의 논리 정연한 말에 어떠한 반박도 못하고 고개를 숙여야만 했다.

"아, 아닙니다. 조 대협의 말씀이 맞습니다."

"그러면 가 형도 이곳이 형님과 소백이를 내려준 장소가 아닌 것을 인정한다는 말이 아니오? 시간을 지체하지 말고 어서 형님과 소백이를 내려주었던 그곳으로 돌아갑시다."

"그, 그게 제가 해도에 기록해 놓은 바에 의하면 이곳이 확실합니다."

조일봉이 답답하다는 듯 버럭 소리를 질렀다.

"어허? 그러면 그 많던 암초가 어디로 사라졌단 말이오?!"

지렁이도 밟으면 꿈틀하는 법이다. 조일봉이 계속 강하게 나오자 가형기도 화가 나는지 약간 움츠리고 있던 어깨를 활짝 펴면서 조일봉의 두 눈을 똑바로 직시했다.

"제 말을 믿지 못하시겠다면 차라리 조 대협께서 안내해 주십시오. 저는 조 대협께서 가자고 하시는 곳으로 해룡호를 몰겠습니다."

그러자 조일봉이 크게 움찔하더니 연방 헛기침을 토해냈다.

"어험! 험! 가 형도 내가 바다에 대해서 무지하다는 것은 잘 아시잖소. 난 다만 형님과 소백이를 내려주었던 곳으로 가 형이 배를 몰았으면 할 뿐이오."

가형기는 가슴속에서 치솟는 울분을 간신히 억누르면서 차분하게 말했다.

"조 대협, 왜 암초가 사라졌는지는 저도 모르겠습니다. 하지만 저는 이곳이 장 대협과 헤어진 곳이라고 확신합니다."

가형기가 확신을 한다는 말까지 하자 조일봉도 더 이상은 가형기를 닦달할 수가 없었다. 조일봉은 못 미덥다는 눈빛으로 가형기의 얼굴을 한참 동안 바라보다가 암초 지대로 고개를 돌렸다. 하지만 아무리 봐도 듬성듬성한 것이 이틀 전에 보았던 그 암초 지대가 아니었다.

'이놈이 이렇게 완강하게 나올 줄이야. 그나저나 큰일이구나. 내가 배를 몰 수도 없는 노릇이고. 형님과 소백이가 지금쯤 날 기다리고 있을지도 모르는데 어떻게 해야 하지?'

그때였다. 어디선가 커다란 고함 소리가 들려왔다.

"가 형! 즉시 배를 돌리시오!"

장무위의 목소리였다. 이곳이 장무위와 헤어졌던 곳이 아니라고 가형기를 닦달하고 있던 조일봉은 놀라지 않을 수 없었다. 조일봉은 혹시나 해서 안력을 최대한 돋워 암초 지대가 있는 곳을 살펴보았다. 아니나 다를까, 장무위가 유소백의 손을 붙잡고 바닷물 위를 달려(?)오고 있었다. 조일봉은 조금 전까지 가형기를 닦달했던 사실을 즉시 뇌리에서 지워 버리고 탄성을 발했다.

"역시 우리 형님이야. 그사이에 또 다른 경지에 오르셨구나!"

조일봉이 감탄하는 사이에도 장무위의 신형은 빠르게 해룡호 쪽으로 다가오고 있었다. 조일봉은 문득 가형기를 돌아보면서 쌍심지를 돋웠다.

"가 형! 우리 형님이 하시는 말씀을 못 들었소? 빨리 배를 돌리시오!"

그러자 사방을 두리번거리고 있던 가형기가 멍한 표정으로 반문했다. 장무위와 유소백이 타고 있을 작은 배만 찾고 있던 가형기는 아직 장무위의 모습을 발견하지 못했던 것이다.

"장 대협이 어디에 계십니까?"

"눈은 뒀다가 뭐 하는 게요? 저길 보시오!"

가형기는 조일봉이 가리키는 곳을 바라보다가 두 사람의 모습을 확인하고는 기절할 듯이 놀라 버렸다.

"저럴 수가?! 사람이 바닷물 위를 달리다니?!"

"우리 형님이니까 가능한 거요. 하여간 놀라는 것은 나중에라도 할 수 있으니 빨리 형님의 말씀대로 배를 돌리시오!"

바로 그 순간, 이번에는 온 바다가 쩌렁쩌렁 울릴 듯한 거대한 고함 소리가 터져 나왔다.

"가 형! 시간이 없소! 최대한 빨리 배를 돌려 여기에서 벗어나시오!"

가형기가 어찌 된 영문인지 몰라 어리둥절하면서도 배를 돌리지 않을 수 없었다. 장무위가 저렇게 다급하게 소리치는 것을 보면 분명히 어떤 이유가 있을 것이라 짐작되었기 때문이다.

"배를 우측으로 돌려라!"

천천히 암초 지대를 돌아 나가던 해룡호의 선수(船首)가 빠른 속도로 암초 지대와는 반대 방향으로 돌려졌다.

"전속력으로 전진!"

가형기의 명령이 떨어지자 곧 해경방 제자들이 익숙한 손놀림으로 해룡호의 모든 돛을 활짝 폈다. 그러자 해룡호가 빠르게 앞으로 나가기 시작했다. 그 순간, 장무위와 유소백의 신형이 뱃전으로 쏜살같이 날아들었다.

"가 형! 서둘러야 합니다."

가형기는 신화와 같은 신법을 펼쳐 보였던 장무위에게 존경심을 가득 담아 공손하게 말했다.

"이미 전속력으로 달리고 있습니다."

그러자 장무위가 암초 지대와 해룡호의 거리를 가늠해 보더니 안도의 한숨을 내쉬며 말했다.

"휴―우, 다행이오. 이 정도라면 안심해도 될 것 같구려."

"장 대협, 왜 그러시는지요?"

"저길 보시오."

장무위가 손으로 가리키는 곳은 암초 지대였다. 순간, 가형기의 눈이 크게 부릅떠졌다. 아니, 가형기뿐만 아니라 해룡호에 탑승하고 있던 모든 사람의 눈이 크게 부릅떠졌다.

"허억!"

"저, 저게 무슨 조화란 말인가?!"

암초 지대에 급변이 일고 있었다. 해수면 위로 높이 솟구쳤던 암초들이 하나둘 바닷물 속으로 빠져들고 있었고 암초 지대의 한가운데에는 느닷없이 커다란 섬이 하나 나타나 있었다. 텅 비어 있던 바다 한가운데에서 환상처럼 나타난 커다란 섬… 놀라지 않을 도리가 없었다. 그런데 커다란 섬은 나타나기가 무섭게 사라지고 있었다. 바닷물 속으로 점점 가라앉고 있었다.

그때 장무위는 내심 안도의 한숨을 내쉬고 있었다.

'휴우! 다행이구나.'

'보이지 않는 섬'이 가라앉으면서 일어난 파도는 장무위가 걱정했던 것보다 훨씬 약했다. 섬이 워낙 천천히 가라앉고 있어 파도가 크게 일어나지 않았던 것이다. 그리고 섬 주위를 둘러싸고 있는 암초들이 완충 지대 역할을 해주어 해룡호가 있는 곳까지는 파도의 힘이 미치지 않고 있었다. 해룡호가 이미 섬에서 상당히 멀리 떨어져 있는 탓에 파도가 일어난 다음에 발생할 소용돌이에 휩쓸려 들어갈 염려도 없었다.

장무위는 가형기를 돌아보며 말했다.

"내가 쓸데없는 걱정을 해 가 형을 놀라게 했구려."

"아닙니다. 배를 돌리지 않았다면 저 파도에 큰 피해를 입었을 것입니다. 그런데 도대체 어떻게 된 일인지요?"

가형기의 태도는 공손하기 그지없었다. 말을 하면서도 연신 고개를 조아리는 것이 거북하게 느껴질 정도였다.

"그건 우리도 모르오. 갑자기 섬이 진동을 일으키며 가라앉기 시작해 서둘러 나온 것뿐이오."

장무위는 사실대로 말했지만 듣는 가형기는 그게 아니었다. 가형기는 장무위가 '뭔가를 숨기고 싶어한다'고 생각하고 더 이상 질문하지 않고 고개를 조아렸다.

"예."

"참, 가 형 덕분에 목적하던 바를 달성하였소이다. 이제 돌아갑시다."

"예. 그런데 장 대협, 바다에서 시간을 많이 지체하였습니다. 광동성으로 돌아가다가는 태풍을 만날 수도 있습니다. 그래서 가까운 절강성으로 배를 몰았으면 하는데 괜찮겠습니까?"

"절강성으로 배를 몰면 우리는 시간을 절약할 수 있어 더욱 좋소. 그렇게 합시다."

"예! 알겠습니다."

장무위는 힘차게 대답하는 가형기를 잠시 바라보다가 이제부터 자신이 찾아가야 할 먼 북쪽 하늘로 시선을 돌렸다. 이제 모든 것은 하늘의 뜻에 맡기는 수밖에 없었다. 먼저 북해로 간 혈마를 만날 수 있을지,

혈마를 제압하고 풍백을 회수할 수 있을지, 그리고 풍백을 회수해 천부인을 소멸시킬 수 있을지. 장무위는 현천도의 손잡이를 꽉 움켜잡으며 결의를 다졌다.

'무상도라면 혈마를 이길 수 있을 거야.'

이십 일 후, 장무위 의형제들은 절강성의 부두에서 가형기와 아쉬운 이별을 하고 조가장으로 말을 달렸다. 개천경만 있다고 해서 바로 북해의 바다 밑에 있는 천부를 찾아갈 수는 없었던 것이다. 북해로 가기 위해선 준비가 필요했다. 우선 혹한의 추위를 막아줄 방한복과 천막이 필요했고 먹을 음식도 준비해야 했다. 원래는 동몽골에 들어가서 준비를 해도 충분한 것들이었으나 영락제의 침략 이후, 동몽골의 사정이 워낙 불안했던지라 아예 조가장에서 준비를 철저히 하고 떠나기로 했던 것이다. 혈마에 대한 소식은 없었다. 적잖은 명나라 무림인들이 혈마를 찾아 북해로 갔다가 북해의 혹한과 동몽골 기병들에 혼쭐이 나 도 망쳐 왔다는 것이 혈마와 연관된 소식의 전부였다.

그로부터 두 달 후, 장무위 일행은 방한복으로 중무장을 한 채 모든 것이 얼어붙어 있는 차가운 동토(凍土)의 대지 위를 달려가고 있었다. 가도가도 끝이 보이지 않는 눈과 얼음. 북해는 그야말로 인세의 지옥이라 할 수 있는 곳이었다. 그러나 겨울의 히말라야를 경험했던 장무위에겐 백야(白夜)의 날들이 지속되고 있는 북해의 여름이 부담스럽게 느껴지지는 않았다. 아니, 장무위는 사실 별 추위를 못 느끼고 있었다. 혼원기의 힘으로 충분히 한기를 물리칠 수 있었기 때문이다. '보이지 않는 섬'에서 무공이 크게 급신장한 것도 중요한 요인으로 작용했다.

하지만 모두가 장무위처럼 북해를 만만히 볼 수 있는 것은 아니었다.

장무위는 앞서 달리고 있는 조일봉과 유소백의 발걸음을 예의 주시하다가 미간을 슬쩍 찌푸렸다. 유소백의 신법은 전혀 무리가 없었는데, 조일봉의 발걸음은 크게 흔들리고 있었던 것이다. 체력이 거의 바닥난 것이 틀림없었다.

'하기야, 세 달도 안 되는 짧은 시간 동안 남해의 무더위와 북해의 혹한을 경험하고 있으니 몸이 버텨내지 못하는 것도 당연해.'

장무위는 조일봉의 곁으로 다가가 손목을 잡고 혼원기를 주입해 주었다. 그러자 조일봉이 유소백 몰래 전음을 보내왔다. 유소백은 아직 멀쩡한데 자신만 지친 것이 부끄러운 모양이었다.

"형님! 감사합니다!"

"견딜 수 있겠는가?"

"형님! 형님께선 저를 너무 과소평가하시는 경향이 있으십니다. 이 정도 추위는 당연히 견딜 수 있습니다."

계속해서 혼원기를 주입해 주자 살 만한지 큰소리를 치는 조일봉이었다. 장무위의 얼굴에 미소가 떠올랐다.

"하하, 그래. 내가 실수했네. 천하가 다 알고 있는 사나이 조일봉의 강철 체력을 내가 깜빡했구먼."

제아무리 체면이 없는 사람이라도 이렇게 말하면 낯부끄러워할 만도 했다. 그러나 조일봉은 간사한 웃음을 터뜨리며 얼렁뚱땅 잘도 넘어갔다.

"헤헤헤. 그런데 형님, '보이지 않는 섬'에서 도대체 무슨 일이 있었습니까?"

"응?"

"소백이 말입니다. 제가 이렇게 지쳤는데 소백이는 멀쩡하지 않습니까? 소백이가 저보다 무공이 뛰어난 것은 사실이지만 체력은 그래도 제가 한 수 위인데, 아무래도 뭔가 이상합니다."

아무도 모르는 유소백의 비밀을 발견한 것처럼 조일봉은 전음을 보내면서도 심각한 어조였다. 장무위는 도저히 참을 수 없어 또다시 미소를 지으며 전음을 보냈다.

"하하하! 자네 아직 모르고 있었나?"

"예?!"

"소백이는 천고의 기물인 개천경을 가지고 있잖은가? 바로 그것 때문일세."

"개천경 때문이라니요?!"

"개천경을 가진 이후로 소백이는 더위와 추위를 못 느끼고 있다고 하더구먼."

순간, 조일봉의 입에서 탄성이 터져 나왔다.

"아!"

개천경이 천부를 찾을 수 있게 해주는 물건인 줄만 알았지 그런 공능이 있는 줄을 어떻게 알았겠는가? 조일봉의 통방울만한 눈동자가 방한모 속에서 떼굴떼굴 구르기 시작했다.

북쪽으로 올라가면 올라갈수록 기온이 점점 더 떨어지고 있었다. 아무리 방한복으로 중무장을 하고 있다고 해도 극심한 추위를 느낄 수밖에 없는 그런 기온이었다. 더구나 북해에 들어온 이후 가장 매서운 눈보라가 몰아치고 있는 오늘은 한기가 유난히 극심했다.

두터운 양 가죽 천막 속에서 밤을 지새운 장무위 일행은 이른 아침부터 신법을 전개해 빙천설지를 달려가고 있었다. 북해의 여름이 끝나가고 있어 시간을 지체할 여유가 없었던 것이다. 북해의 겨울은 사람이 살 수 있는 곳이 아니었다. 서둘러야 했다. 그러나 따뜻한 곳에 있다가 추운 곳에 가면 그 추위가 몇 배는 더 심하게 느껴지는 법이라 조일봉에게 개천경을 빌려준 유소백은 추위를 견디지 못하고 온몸을 사시나무 떨듯 부들부들 떨고 있었다. 장무위로서는 미안하기 그지없었다.

'괜히 일봉이에게 이야기를 한 것 같구먼. 소백이보단 일봉이가 체력이 더 강한 것 같은데. 아니야. 지금처럼 서로 번갈아가며 개천경의 도움을 받는 것이 더 좋아.'

하지만 유소백이 워낙 심하게 떨고 있는지라 그냥 보고 있을 수만은 없었다. 장무위는 유소백의 손목을 잡고 혼원기를 주입해 주었다. 그리고 여유롭게 신법을 전개하고 있는 조일봉을 바라보며 말했다.

"우리가 제대로 가고 있는 건지 확인해 보게."

"예, 형님!"

조일봉이 즉시 품속에 손을 집어넣어 유소백에게서 빌린(?) 개천경을 꺼내었다. 맑은 빛을 은은히 뿜어내고 있는 타원형의 구슬. 개천경은 끊임없이 진동을 일으키고 있었다.

웅웅웅!

"형님, 개천경의 진동이 점점 더 강해지고 있습니다. 제대로 가고 있는 것 같습니다"

"음, 알았네. 일봉이 자네는 지금부터 개천경을 손에 들고 있으면서 계속해서 진동의 강약을 살펴보게."

"예!"

장무위가 주입해 주는 혼원기 덕분에 기운을 차린 유소백이 장무위의 손을 꼭 잡으며 말했다.

"큰형님, 너무 걱정하지 마십시오. 이제 거의 다 왔을 겁니다."

"그래."

하지만 장무위의 마음은 편하지 않았다. 백야 현상 때문에 낮과 밤을 제대로 구분할 수 없어 정확한 날짜는 몰랐지만 북해로 들어온 지가 벌써 이십여 일이 넘었던 것이다. 하루빨리 천부를 찾지 못하면 다른 문제는 다 차치하고 식량 때문에라도 발길을 돌릴 수밖에 없었다. 그때, 조일봉과 유소백의 대화 소리가 들려왔다.

"일봉 형님, 이제 반 시진 남았습니다. 잊지 마십시오."

"헤헤, 알았어. 곧 돌려줄게."

의제들이 나누는 대화에 걱정스럽게 상념에 잠겨 있던 장무위가 미소를 지었다.

'좀 있으면 일봉이를 도와줘야겠구나.'

반 시진은 금세 흘러갔다. 그러나 유소백은 조일봉으로부터 개천경을 돌려받지 못했다. 점점 더 강한 진동을 일으키던 개천경을 조일봉이 냅다 앞으로 던져 버렸기 때문이다. 조일봉에게서 개천경을 돌려받기만 학수고대하고 있던 유소백은 대경실색, 비명을 내질렀다.

"앗! 일봉 형님, 도대체 왜?!"

"아니야, 난 아니야!"

"예?!"

조일봉은 얼마나 당황했는지 손까지 마구 내저으며 변명을 했다. 지금 상황이 워낙 교묘해서 '개천경을 돌려주고 싶지 않아 버렸다?'라고 오해를 받기 딱 좋았던 것이다.

"난 정말로 아니야. 개천경이 살아 있는 것처럼 저 혼자 앞으로 튀어 나갔어."

장무위와 유소백은 열심히 변명을 하는 조일봉을 멍하니 바라볼 뿐, 미처 어떻게 해야 할지 판단을 못 내리고 있었다. 바로 그 순간, 개천경이 날아간 곳에서부터 얼음이 갈라지는 소리가 들려왔다.

쩍! 쩌쩍! 쩌억!

가장 반응이 빠른 것은 역시 장무위였다. 장무위는 얼음 갈라지는 소리가 들리자마자 조화구법을 전개해 앞으로 달려갔다.

쒜에에엑!

'보이지 않는 섬'에서 염원하던 경지에 오른 장무위의 조화구법은 이미 예전의 조화구법이 아니었다. 장무위는 그야말로 눈 깜짝할 사이에 개천경이 떨어져 있는 넓은 빙판 위에 도착할 수 있었다. 그러나 장무위는 개천경을 집어 들 수 없었다. 장무위가 도착하는 것과 거의 동시에 개천경이 놓여 있던 거대한 빙판이 깨져 버리고 빙판 아래의 바닷물 속으로 개천경이 빨려 들어가 버렸던 것이다.

"이, 이런?!"

대경실색한 장무위는 조각난 빙판 중 하나를 골라 착지를 하자마자 수면에다 대고 현천도를 강하게 휘둘렀다.

콰앙!

귀청을 찢을 듯한 폭음이 울려 퍼지면서 산더미 같은 물보라가 일어났다.

촤아아아악!

하늘을 새하얗게 덮은 채 분수처럼 쏟아지던 물방울들은 차가운 대기에 닿자 순식간에 얼어붙어 빙판 위로 떨어져 내렸다.

타타타타탁!

마치 콩을 볶는 듯한 요란한 소리가 터져 나왔다. 장무위는 급히 자신이 만든 얼음 조각들을 살펴보면서 소리쳤다.

"자네들도 어서 얼음 조각들 속에 개천경이 있나 찾아보게!"

그제야 도착한 조일봉과 유소백은 어떻게 된 사정인지 물어볼 생각도 못하고 장무위가 시키는 대로 얼음 조각들을 뒤지고 다녔다. 하지만 천부를 찾을 수 있는 유일한 물건 개천경은 얼음 조각들 사이에 없었다.

"형님, 여긴 없습니다."

"여기도 없습니다."

장무위의 입에서 절로 침음성이 터져 나왔다.

"음, 이미 깊은 물속으로 빠져 버린 것 같구나. 큰일이야. 이제 천부를 어떻게 찾는단 말인가?"

장무위의 독백을 듣고 있던 조일봉의 고개가 절로 숙여졌다. 자신이 실수(?)를 하는 바람에 수호문의 반만년을 이어오던 사명이 물거품이 되어버렸던 것이다. 그것도 고생고생하면서 이 먼 북해까지 와서. 한마디로 다 된 밥에 코 빠뜨린 격이었다.

'이제 무슨 낯으로 형님과 소백이 얼굴을 볼 수 있단 말인가?'

그런 조일봉의 기색을 눈치 챘는지 장무위와 유소백이 조일봉을 위로해 주었다.

"자네 잘못이 아니야."

"일봉 형님, 너무 걱정하지 마십시오. 개천경이 그런 움직임을 보였다면 다 이유가 있을 겁니다."

그제야 조일봉이 푹 숙이고 있던 고개를 들며 사과를 했다.

"휴우! 죄송합니다. 형님과 소백이를 볼 면목이 없습니다."

"자네 잘못이 아니래도. 소백이 말대로 무슨 이유가 있음이 분명해."

바로 그때였다.

우—웅!

유소백이 조일봉을 위로하기 위해 했던 말이 사실이란 것을 증명이라도 하듯 기이한 음향과 함께 잔잔하던 바다가 크게 일렁거리기 시작하더니 이내 작은 소용돌이가 되어 빠르게 돌아가기 시작했다. 그리고 소용돌이가 한 바퀴씩 돌 때마다 그 범위가 두 배씩 넓어져 주위의 빙판들을 산산조각 내기 시작했다.

"헛!"

소용돌이의 범위가 점차 넓어지는 것을 발견한 장무위는 크게 놀라 조일봉과 유소백의 손목을 움켜잡고 뒷걸음질을 쳤다. 자신들이 서 있는 곳은 육지가 아니라 바닷물이 얼어붙은 빙판 위였다. 넋을 놓고 있다가 소용돌이에 휘말리기라도 하면 꼼짝없이 죽임을 당할 수밖에 없었던 것이다.

그런데 소용돌이는 장무위가 뒤로 물러서는 속도보다 더 빠른 속도로 넓어지고 있었다. 조일봉과 유소백도 위험하다는 것을 느꼈는지 이미 저마다 신법을 전개해 뒤로 물러서고 있는 상황이었다. 장무위도 어쩔 수 없이 조화구법을 시전해 뒤쪽으로 달려갔다. 소용돌이는 세 사람이 무려 이백여 장을 물러설 때까지 계속해서 쫓아왔다.

일각 후, 조일봉과 유소백은 눈앞에서 세차게 돌아가는 거대한 소용돌이를 보며 입을 딱 벌리고 있었다. 지름이 무려 이백여 장이나 되는 이 거대한 소용돌이는 그 속이 텅 비어 있어 소용돌이의 맞은편에 있는 거대한 물의 장벽을 고스란히 보여주고 있었다. 그때 유소백이 확신을 하듯 소리쳤다.

"이건 절대로 자연적으로 일어나는 일이 아닙니다!"

유소백의 말에 장무위의 고개가 절로 끄덕여졌다.

"자네 말이 맞아. 이 소용돌이는 개천경이 빠져 들어갔던 곳에서부터 시작됐어."

조일봉이 장무위를 바라보며 급히 질문을 했다.

"형님?! 그러면 전 아무 잘못도 없는 것이지요?"

"그래, 일봉이 자네 잘못이 아니야."

장무위가 다시 한 번 고개를 끄덕이며 대답하자 조일봉의 눈에 눈물이 글썽거렸다. 표시는 안 하고 있었지만 개천경을 잃어버린 후, 짧은 시간 동안 마음 고생이 무척 심했던 모양이었다. 장무위는 괜스레 미안한 마음이 생겨 조일봉의 어깨를 두드려 준 다음, 훌쩍 공중으로 도약해 소용돌이의 안쪽을 살펴보았다. 소용돌이의 중심부에 뭔가가 있을 것 같은 예감이 들었기 때문이다.

"아! 저럴 수가?!"

공중에 떠 있던 장무위의 입에서 놀람에 찬 탄성이 터져 나왔다. 텅 빈 소용돌이의 중심부는 바다 밑바닥까지 닿아 있었는데, 그 바다 밑바닥에는 거대한 푸른색 구조물이 턱하니 자리를 잡고 있었다. 장무위는 바닥에 착지하자마자 의제들을 돌아보며 말했다.

"아무래도 천부(天府)를 발견한 것 같아. 자네들은 여기에 있게. 나 혼자 저 소용돌이 속으로 들어가 봐야겠어."

그러자 조일봉과 유소백 모두 장무위를 뜯어말렸다.

"형님! 안 됩니다. 위험합니다."

"큰형님! 해동검객께서 말씀하시길 풍백이 있어야 천부인을 소멸시킬 수 있다고 하셨습니다. 그런데 우리에겐 지금 풍백이 없잖습니까? 위험을 무릅쓰고 들어가실 이유가 없습니다."

하지만 장무위의 결심은 이미 굳어진 후였다. 장무위는 양쪽 소매를 하나씩 붙들고 있는 의제들의 손을 하나씩 떼어놓고는 차분하게 말했다.

"위험한 것은 나도 알아. 하지만 풍백을 얻는다고 해도 우사와 운사가 없으면 어차피 천부인을 소멸시킬 수가 없잖은가? 일단 저 소용돌이가 멈추기 전에 우사와 운사부터 취해야 해."

장무위의 설명에 유소백은 입을 다물지 않을 수 없었다. 그러나 조일봉은 막무가내였다.

"그러면 저도 따라가겠습니다."

"일봉이, 이번만은 내 말을 듣고 남아 있게."

"절대로 그럴 수 없습니다. 전 세상 끝까지라도 형님을 따라갈 겁니다."

조일봉의 진심이 담겨 있는 말에 장무위는 가슴이 뭉클하지 않을 수 없었다. 하지만 조일봉을 데리고 갈 수는 없었다. 조일봉이랑 같이 들어갔다가 소용돌이가 멈추기라도 하면 조일봉을 살려서 데리고 나올 자신이 없었던 것이다. 아니, 소용돌이가 멈추면 혼자 들어가더라도 살아 나올 자신이 없었다. 억만 근이 넘는 물의 압력을 무슨 재주로 견뎌낼 수 있겠는가? 전설상의 금강불괴라 하더라도 압사하고 말 것이다. 장무위는 짐짓 조일봉을 싸늘하게 노려보면서 말했다.

"날 형으로 생각한다면 내 말을 듣게."

"…형님……."

"날 믿고 여기서 기다리게."

"…예."

장무위의 옷깃을 꼭 틀어잡고 있던 조일봉의 손에서 힘이 빠져 버렸다.

쒜에에엑!

비도행의 신법을 전개해 소용돌이의 중심부로 날아간 장무위는 중력의 법칙에 따라 빠르게 아래로 떨어져 내렸다.

콰─콰─콰─콰─콰!

지름이 이백 장이 넘는 거대한 물의 장벽이 귀가 멍해질 정도의 굉음을 내며 돌아가고 있었다. 장무위로서도 오금이 저릴 수밖에 없는 무시무시한 광경이었다. 잠시 빠르게 돌아가는 물의 장벽에 시선을 주던 장무위는 세상이 빙글빙글 돌아가는 듯한 현기증에 급히 시선을 아래로 돌렸다. 어느새 바닥이 가까워져 있었다. 장무위는 현천도를 허공으로 뻗으며 비도행의 신법을 다시 한 번 전개했다. 그러자 가속도가 붙어 점점 빠르게 떨어지던 장무위의 몸이 허공에서 주춤 멈추더니 이내 바닥으로 사뿐하게 떨어져 내렸다.

발이 질척한 땅(개흙)에 닿는 순간 장무위는 재빨리 사방을 자세히 훑어보다가 탄성을 터뜨렸다.

'정말 엄청나구나!'

소용돌이 아래에서 보는 모든 장면이 장무위의 상식 너머에 있는 것들이었다. 깊이가 무려 삼백 장이 넘고 지름이 이백 장이나 되는 거대한 소용돌이도 그러했고 눈앞에 있는 사각뿔 모양의 푸른색 구조물도 그러했다. 하단부 가로세로로 길이와 높이가 대략 십 장 정도 되어 보이는 푸른색 구조물은 장무위가 생전 처음 보는 기이한 암석으로 만들어져 있었다. 그리고 그 표면이 너무도 매끄럽고 깨끗했다. 절대로 자연적으로 생겨난 물체가 아니었다. 고대의 조상들이 무슨 재주로 어떻게 만들었는지는 모르지만.

'이 깊은 바다 속에 어떻게 이런 구조물이 자리할 수 있단 말인가? 도저히 이해할 수 없는 일이야.'

장무위는 믿기지 않는 현실에 혀를 내둘렀다. 하지만 소용돌이가 언제 멈출지 모르는 상황, 감탄만 하고 있을 수는 없었다. 장무위는 조화구법을 전개해 천부라고 여겨지는 푸른색 구조물, 아니, 천부임이 분명해 보이는 푸른색 구조물을 빠르게 살펴보기 시작했다. 모양을 보건대 안으로 들어가는 입구 같은 것이 분명히 있을 것 같았던 것이다. 아니나 다를까, 장무위는 매끈하게만 보이던 푸른색 구조물의 하단부에서 지름이 일 장 정도 되어 보이는 원형의 통로를 발견할 수 있었다.

장무위는 주저하지 않고 통로 속으로 발걸음을 옮겼다. 그 순간, 소용돌이에서 터져 나오던 굉음이 거짓말처럼 사라져 버렸다. 생각지도 못했던 기이한 현상에 장무위의 걸음이 자기도 모르게 멈춰졌다.

'이건 도대체?'

장무위는 혹시나 하는 생각에 한 걸음 뒤로 물러서 보았다. 즉시, 귀가 멍해질 정도의 굉음이 고막을 두드렸다.

콰—콰—콰—콰—콰!

크게 놀란 장무위는 안력을 돋워 지름 일 장 정도 되어 보이는 통로의 입구를 자세히 살펴보았다. 하지만 매끈하기만 한 벽에는 그 어떤 장치도 없었다.

'도대체 어떻게 이런 일이 있을 수가 있지?'

장무위는 잠시 동안 그 자리에 멈춰 서서 이 현상을 이해해 보려고 노력하다가 고개를 내저으며 발걸음을 둥근 통로 안쪽으로 옮겼다. 상식이 통하지 않는 곳에서 무슨 이해를 구하겠는가? 차라리 모든 것을 '그렇구나' 하고 받아들이는 것이 최선의 방법이었던 것이다. 곡선을 그리고 있는 통로의 길이는 대략 오 장 정도. 장무위는 금세 통로의 끝에 있는 제법 넓은 공간을 발견할 수 있었다. 그리고 푸른색 구조물의 높이와 같은 십 장 정도 높이의 천장까지 치솟아오르고 있는 찬란한 빛과 영기를 발견할 수 있었다. 너무도 밝고 영롱해 눈이 시릴 것 같은 느낌을 주는 빛과 영기. 그 근원은 넓은 공간의 중앙에 자리하고 있는 둥근 모양의 제단 위였다. 장무위의 입에서 절로 탄성이 터져 나왔다.

"아! 이것이 바로 우사와 운사구나!"

장무위는 찬란한 빛과 영기에 감싸여 있는 두 개의 물건. 제단 위에 가지런히 놓여 있는 두 개의 물건이 바로 천부인(天符印) 우사(雨師)와 운사(雲師)라는 것을 보는 즉시 알아볼 수 있었다. 두 개의 물건에서 뿜어지는 빛과 영기의 폭풍이 풍백에서 뿜어져 나오던 그것과 비슷했던 것이다. 두 개의 물건, 아니, 두 개의 신기 중 하나는 양쪽 끝이 뾰족한 반 자 길이의 납작한 막대 모양을 하고 있었고, 나머지 하나는 동전만 한 크기의 황금색 구슬의 모양을 하고 있었는데 양쪽으로 가는 홈이 파여 있었다. 어느 쪽이 우사이고 어느 쪽이 운사인지는 장무위도 알아낼 재간이 없었다.

장무위는 두근거리는 가슴을 간신히 진정시키며 두 개의 신기를 집어 들기 위해 허리를 숙였다. 바로 그 순간, 장무위는 둥근 제단의 상단에 빼곡히 적혀 있는 고대 문자들을 발견했다.

'이건 소백이가 보이지 않는 섬에서 봤다던 바로 그 문자인 것 같은데.'

하지만 유소백이 해석하지 못한 문자를 장무위라고 해서 해석할 수 있을 리는 만무했다.

비, 바람, 구름의 힘을 지닌 신기를 하나로 합쳐라. 하나가 된 신기에 근원의 힘을 한계 이상으로 주입하면 신기를 소멸시킬 수 있으리라. 그러나 명심하라. 이곳 천부만이 신기의 신능을 가둘 수 있다. 천부를 벗어나 신기를 소멸시키고자 한다면 신기가 소멸되기 이전에 대재앙이 일어날 것이다.

장무위는 문자를 유심히 바라보다가 해석하기를 포기하고 두 개의 신기를 집어 들었다. 억양의 고저장단이 없는 무미건조한 음성이 들려온 것은 바로 그때였다.

"신기를 나에게 넘겨라."

그 순간, 장무위의 반응은 그야말로 번개보다 더 빨랐다. 장무위의 몸은 '신' 자가 들리는 순간 이미 뒤를 바라보고 있었고 손에는 두 개의 신기 대신 기다란 도강을 줄기줄기 뿜어내고 있는 현천도가 들려 있었다. 통로의 입구에는 방한복과 방한모로 전신을 감춘 육 척 장신의 한 인영이 거짓말처럼 나타나 있었다. 방한모 사이로 보이는 시뻘건 눈동자를 확인한 장무위의 입에서 가늘게 떨리는 음성이 흘러나왔다.

"당신이 어떻게 여기에?"

착시 현상을 일으킬 정도로 빠른 장무위의 대응에 놀랐음인가? 혈마는 핏물에 푹 담갔다가 꺼낸 듯한 붉은 눈동자로 장무위를 한참 동안 바라보면서 아무 말을 하지 않고 있었다. 이윽고 장무위가 마음의 동요를 억누르고 재차 질문을 하려는 순간 혈마의 입술이 열렸다.

"삼 일 전부터 너희들의 뒤를 따르고 있었다."

장무위의 얼굴이 절로 찌푸려졌다. 혈마가 삼 일 동안 뒤를 따르고 있었는데도 몰랐다는 것은 자신이 혈마의 적수가 못된다는 말과 마찬가지였던 것이다. 그런 장무위의 기색을 느꼈음인가? 혈마가 예의 그 무미건조한 말투로 말을 이었다.

"멀리서 발자국을 따라왔을 뿐이다."

하지만 장무위의 찌푸려진 미간은 펴질 줄을 몰랐다. 혈마가 멀리서 발자국을 쫓아오지 않고 뒤를 바짝 쫓아왔다고 해도 알아채지 못했을 것 같았기 때문이다.

"지금 내 눈앞에 나타난 까닭이 뭐요?"

"네 품속에 있는 신기를 가져가기 위해서다."

이제 완전히 마음의 안정을 찾은 장무위는 신기를 탐하는 혈마가 이상하게 여겨져 의혹이 가득한 눈빛으로 질문을 했다.

"이유가 뭐요? 당신 같은 고수라면 신기가 없어도 모든 것을 마음먹은 대로 할 수 있을 것인데, 왜 군이 신기를 탐하는 것이오?"

"한 사람의 힘이 아무리 강하다 해도 한계가 있다. 난 조선의 왕실에 신기를 넘겨줄 생각이다. 천부인이 반만년의 세월을 지나 다시 조선으로 돌아가면 조선이 세계를 지배할 수 있을 것이다."

'조선의 왕실에 신기를 넘겨주겠다'는 말이 혈마의 입에서 나올 줄이야 어찌 알았겠는가? 장무위는 일시 말문이 막혀 아무런 말도 못하고 있다가 조선말로 물어보았다.

"당신은 조선 사람이오?!"

"그렇다."

혈마의 입에서 나온 짧은 대답은 조선말이었다. 장무위는 문득, 혈마의 시뻘건 눈동자에서 지난날 '남은 생은 여행을 하면서 보내겠다'

는 말과 함께 석양 속으로 사라졌던 한 노인의 모습을 떠올리며 온몸을 부르르 떨었다.

'설마? 아니야. 아니야! 절대로 그럴 리가 없어. 그 어르신이 어떤 분이신데.'

장무위는 머리를 내저으며 잡생각을 떨쳐 버렸다. 그리고 현천도의 손잡이를 불끈 움켜쥔 채 혈마를 노려봤다.

"나도 조선 사람이오만, 조선의 왕실에 신기를 넘겨줄 생각은 추호도 없소. 신기의 힘은 재앙을 일으킬 수도 있기 때문이오. 신기는 반드시 소멸시켜야만 하오."

"네가 어떻게 생각하고 있든 상관없다. 무상도를 터득하지 못했다면 신기를 나에게 넘기고 물러서라."

"내가 만약 무상도를 터득했다면?"

혈마의 두 눈에서 붉은 광채가 쭉 뻗어 나왔다.

"더 강한 사람이 신기를 가진다."

"좋소! 밖으로 나갑시다!"

그러자 혈마가 붉은 광채가 이글거리는 눈으로 장무위를 물끄러미 바라보다가 품속에서 무언가를 꺼내 장무위에게 던졌다. 찬란한 빛과 영기가 뿜어져 나오는 단검 모양의 물체. 풍백을 받아 든 장무위가 의아한 눈으로 혈마를 바라보자 혈마는 태연히 등을 돌려 밖으로 걸어나가면서 말했다.

"우사와 운사를 밖으로 가져가는 일이 쉬울 턱이 없지. 소용돌이가 멈출지도 모르고. 풍백을 이용해 요령껏 빠져나오도록 해라. 풍백의 신능은 선천진기를 이용해 일깨울 수 있다."

억양의 고저장단이 없는 무미건조한 음성. 어찌 보면 치사하다고 할 수 있는 내용의 소름 끼치는 그 음성에서 자상한 배려심을 느낀 것은 장무위만의 착각이었을까? 장무위는 혈마의 등을 바라보면서 내심 한숨을 내쉬었다.

'휴우, 도대체 저자의 속셈을 알 수 없구나. 하기야 저자의 말대로 운사와 우사를 가지고 이곳을 빠져나가는 일이 쉬울 리가 없겠지.'

조상들께서는 수호문의 전승자 중 한 사람이 풍백을 천부로 가져와 천부인을 모두 소멸시켜 주길 원했지, 우사와 운사가 세상 밖으로 유출되는 것을 원했던 것이 아니었다. 마땅히 우사와 운사가 세상 밖으로 유출되지 않게 하는 제약이 있을 것임이 분명했다. 그리고 그 제약은 우사와 운사의 힘으로도 막아낼 수 없는 것일 가능성이 높았다. 혈마는 그 점을 걱정해 자신에게 풍백을 건네준 것 같았다. 그러면서도 한 편으론 의혹이 증폭되었다. 혈마는 장무위가 천부를 빠져나온 이후에 풍백을 당연히 돌려줄 것이라 생각했는지, 아니면 장무위가 풍백을 돌려주지 않아도 쉽게 풍백을 회수할 수 있을 것이라고 생각했는지 풍백의 소유권에 대해 아무런 말이 없었던 것이다. 또한, 왜 장무위에게서 우사와 운사를 빼앗아갈 생각을 안 하고 풍백을 넘겼는가 하는 것도 의심스러웠다.

'나한테서 우사와 운사를 빼앗아갈 자신이 없어서인가? 아니면 우사와 운사를 가지고 나갈 때 혹시 있을지도 모르는 제약을 빠져나갈 자신이 없어서인가? 음, 아니야, 아니야. 자신이 없었다면 아예 이곳에 나타나지도 않았겠지.'

아무리 생각해 봐도 혈마의 속을 짐작할 수가 없었다. 생각하면 생각할수록 골치가 지끈거렸다. 장무위는 왼손에 들린 풍백을 물끄러미 내려다보다가 어금니를 질끈 깨물며 밖으로 걸음을 옮겼다.

콰―콰―콰―콰―콰!

조일봉과 유소백은 애타는 마음으로 거대한 소용돌이를 지켜보고 있었다. 소용돌이 속으로 들어간 장무위가 당최 나올 생각을 안 하고 있으니 속이 타지 않을 수 없었다. 장무위에 대한 걱정 때문에 두 사람은 추위마저도 못 느낄 지경이었다. 그렇게 얼마를 있었을까?

계속해서 소용돌이를 지켜보고 있던 조일봉이 마침내 죽는 소리를 하면서 빙판 위에 주저앉았다.

"아이고! 눈이 어지러워서 더 이상 못 보고 있겠구나."

어지럽기는 유소백도 마찬가지. 빙글빙글 돌아가는 소용돌이를 계속해서 지켜보고 있으려니 세상이 빙글빙글 돌아가는 듯한 느낌마저 받았던 것이다. 눈을 감았다 떴다 하면서 현기증을 억누르고 있던 유소백도 더 이상 버티지 못하고 조일봉의 옆에 털썩! 주저앉았다.

"소백이 괜찮아?"

"예, 속이 조금 매스껍기는 하지만 견딜 만합니다. 그런데 큰형님은 언제 나오시려는지… 자꾸 걱정이 됩니다."

"세상의 그 어떤 절지(絶地)라도 형님을 해칠 수는 없어. 너무 걱정하지는 마."

하지만 조일봉의 목소리에는 힘이 없었다. 장무위를 신처럼 생각하고 있는 조일봉도 소용돌이의 규모가 워낙 거대해 확신을 하지 못했던 것이다.

"예."

한동안 대화가 끊어졌다. 두 사람은 심법으로 기혈을 다스린 다음, 다시 소용돌이를 주시하기 시작했다. 그때 조일봉이 갑자기 이마를 탁! 치더니 유소백을 돌아봤다.

"참! 소백이, 좀 전에 이상한 새 한 마리 못 봤어?"

조일봉이 풀 한 포기 없는 빙천설지에서 갑자기 새 타령을 하자 유소백이 의아하다는 듯 반문했다.

"예? 새라니요?"

"좀 전에 말이야. 저쪽에서 커다란 새 한 마리가 소용돌이 속으로 날아들어 가더라고."

조일봉이 손짓을 하는 곳은 소용돌이의 맞은편이었다. 유소백이 피식 실소를 터뜨리면서 말했다.

"후훗! 이런 곳에 무슨 새가 있겠습니까? 여기는 새가 살 수 없는 곳입니다."

"엥? 그럼 내가 착각을 했단 말이야?"

유소백이 단정을 짓듯 잘라 말했다.

"예."

조일봉은 고개를 갸웃했다. 워낙 순식간에 일어난 일이라 새의 종류를 알아낼 수는 없었지만 자신의 두 눈으로 분명히 하얀색의 커다란 새를 봤던 것이다. 하지만 유소백의 말대로 이런 곳에 새가 살 것 같지는 않았다. 조일봉은 무안한 마음에 재빨리 소용돌이로 시선을 돌렸다. 그때, 조금 전 소용돌이 속으로 날아들어 갔던 새가 소용돌이를 뚫고 다시 돌아 나오는 것이 보였다. 조일봉은 급히 반색을 하며 소리쳤다.

"저거 봐! 새가 분명하잖아!"

"......!"

하지만 조일봉이 굳이 가르쳐 줄 필요는 없었다. 유소백도 이미 그 새를 보고 있었던 것이다.

'이런 곳에 새가 있다니?'

기문이고 괴사였다. 풀 한 포기 없는 빙천설지에서 새를 보게 될 줄이야 어떻게 알았겠는가? 어떤 종류의 새인지 알아보기 위해 안력을 돋우던 유소백의 입에서 헛바람 집어삼키는 소리가 터져 나왔다.

"허억! 사람이다!"

거의 동시에 조일봉의 입에서도 헛바람 빠지는 소리가 새어 나왔다.

"헉! 새가 아니구나!"

그러나 두 사람이 놀라든지 말든지 소용돌이 속에서 정말 한 마리 새처럼 훨훨 날아 나온 사람은 조일봉과 유소백이 있는 곳에서부터 십 장 정도 떨어진 빙판 위에 그림처럼 조용히 내려섰다. 상상을 초월하는 극고의 신법이었다.

유소백은 방한복과 방한모에 가려 정체를 알아볼 수조차 없는 괴인의 출현에 한참 동안 어찌할 바를 모르고 있다가 불길한 예감에 온몸을 떨었다. 장무위가 들어갔던 곳에서 괴인이 나왔으니 장무위의 안위가 걱정되지 않을 수 없었던 것이다. 유소백의 손은 자신도 모르게 허리춤에 매여 있는 검의 손잡이를 잡고 있었다.

'저자가 설마 형님을?!'

조일봉도 그런 불길한 생각을 했는지 어느샌가 칼을 뽑아 들고 있었다. 그러나 조일봉과 유소백은 괴인을 향해 어떤 행동도 할 수 없었다. 갑자기 거대한 굉음을 내며 돌아가고 있던 소용돌이에 큰 변화가 일었던 것이다. 이백 장이 넘어 보이던 소용돌이의 폭이 눈 깜짝할 사이에 백 장 정도로 줄어 있었다. 소용돌이의 폭이 줄어들면 어떻게 되는지는 물어보나마나, 대경실색한 조일봉이 목이 터져라 고함을 내질렀다.

"안 돼! 형—니—임!"

조일봉은 소용돌이가 있는 곳이 북해의 차가운 바다라는 것도 잊어버리고 신법을 전개해 앞으로 달려나가려고 했다. 유소백이 다급히 조일봉의 팔을 움켜잡으며 소리쳤다.

"일봉 형님! 조금만 더 기다려 보십시오! 물속에 뛰어들면 일봉 형님도 죽습니다."

"형님이 저 속에 계시는데 어떻게 기다려?! 놔! 빨리 놔!"

조일봉은 버럭 고함을 지르며 유소백의 손을 뿌리쳤다. 하지만 유소백의 손을 떨쳐 버릴 수는 없었다. 그러는 사이에도 소용돌이의 폭은 계속해서 좁아져 이제 소용돌이는 이 장도 안 되게 좁아져 있었다. 조일봉은 다급한 마음에 공력을 일으켜 유소백의 손을 뿌리치려고 했다. 바로 그 순간, 급격히 줄어들고 있던 소용돌이의 폭이 반대로 급격히 넓어지기 시작했다.

콰—콰—콰—콰—콰!

그리고 소용돌이의 중심부에서 찬란한 빛과 영기의 폭풍이 허공으로 치솟아올랐다. 막 공력을 일으켜 유소백의 손을 떨쳐 버리려던 조일봉은 빛과 영기의 폭풍 속에 있는 한 사람을 발견하곤 긴장이 풀려 털썩 주저앉고 말았다.

이른 아침부터 끝없는 빙천설지를 질주해 온 눈보라가 힘을 잃고 지친 몸을 쉬기 위해 차가운 대기로 흩어지려고 하는 순간, 느닷없이 얼음 바다 위에서 일어난 거대한 힘이 대기로 스며드는 눈보라를 사납게 일깨웠다.

콰—콰—쾅! 쾅! 콰콰콰쾅!

쿠—쿠—쿠—콰—콰—콰!

천둥 벽력보다 더 큰 폭음이 터져 나오면 악마의 발톱과도 같은 경기의 폭풍이 천지 사방을 할퀴고 지나갔다. 그리고 뒤따라 폭죽처럼 튀어 오른 눈과 얼음 조각들이 바람을 타고 끝도 없이 날려갔다. 천지를 뿌옇게 뒤덮고 있던 눈보라가 가라앉은 것은 두 시진 후였다.

혈마의 입에서 감정이 섞인 말이 흘러나왔다.

"대단하다. 내가 기대하던 것 이상으로 많이 늘었구나."

보이지 않는 섬에서 새로운 경지에 이른 장무위의 무공에 놀랐음인가? 혈마의 음성에는 감탄의 기색이 역력하게 담겨 있었다. 하지만 자신의 찢어진 방한복을 내려다보고 있던 장무위는 어금니를 질끈 깨물 뿐이었다. 자신의 방한복은 이미 그 본래의 기능을 상실한 지 오래였다. 그에 반해 혈마의 방한복은 멀쩡하기만 했다. 장무위는 시선을 들어 혈마의 붉은 눈동자를 노려보며 말했다.

"과찬이오. 이제 승부를 결정짓도록 합시다."

"지금까지 그 말이 나오기만을 기다렸다. 먼저 손을 써라."

장무위는 고개를 끄덕여 수락의 뜻을 밝히고 혼원기를 끝까지 끌어올려 현천도에 밀어 넣었다. 그리고 곧바로 전력을 다해 무상구도의 후이 초 백두지명을 펼쳤다. 곧추세워진 현천도가 땅을 가리키는 순간,

우—우—웅! 우—웅!

심혼을 뒤흔드는 굉음과 함께 그 어느 때보다 크고 거대하게 보이는 검은 도의 환영이 혈마를 두 쪽으로 쪼개어 버릴 것처럼 쇄도해 들어갔다. 그러자 기다렸다는 듯이 혈마의 손에서 거대한 빛의 검이 솟구쳐 올라 검은 도의 환영을 막아갔다. 두 사람 다 서로의 공격을 피할 생각은 없는 듯했다. 아니, 그것은 피할 수 있는 공격이 아니었다. 검은 도의 환영과 빛의 검은 눈 깜짝할 사이에 서로 맞부딪쳤다.

콰—콰—콰—콰—콰—광!

검은 도의 환영과 빛의 검이 맞부딪친 지점을 중심으로 천지가 함몰할 것 같은 굉음이 터져 나오고 악마의 발톱과도 같은 경기의 폭풍이 사방으로 몰아쳐 갔다.

쿠—쿠—쿠—콰—콰—콰!

촤—아—아—아—악!

두 사람이 있던 곳을 중심으로 방원 삼십 장가량의 얼음 바다가 경기의 폭풍에 의해 산산이 깨어졌고 물보라가 하늘을 덮었다. 그리고 비산했던 물보라가 차가운 대기에 순식간에 얼어붙어 우박이 되어 쏟아지는 속으로 두 명의 초고수 중 한 사람이 반력에 사정없이 뒤로 팅겨져 나가고 있었다. 바로 장무위였다.

파라라락!

장무위는 팽이처럼 몸을 회전시켜 반력을 해소시킨 후 빙판 위에 착지했다. 강한 충격에 정신이 몽롱해질 지경이었지만 다행히 부상은 없었다. 혈마의 광검을 상대한 이후 처음으로 부상을 입지 않고 막아내었던 것이다. 하지만 기뻐할 틈도 없었다. 어느새 장무위가 밀려난 거리만큼 다가온 혈마의 전신에선 불 구름과도 같은 기운이 이글거리고 있었던 것이다.

'허억!'

내심 다급성이 절로 터져 나왔다. 혈마의 오른손에선 기이한 힘이 뻗어 나와 하늘 끝까지 치솟고 있었다. 마치 형체없는 거대한 검이 혈마의 오른손에서 불쑥 솟아나 있는 것 같았다. 광검보다 수백 배는 더 크고 강해 보이는 무형의 검. 온 세상이 그 무형의 검 아래 놓여 있는 듯했다. 가슴이 터질 듯 강한 압력이 장무위를 향해 물밀듯이 밀려왔다. 아니, 그렇게 느끼는 순간 무형의 검은 이미 장무위의 오 장 앞에 다가와 있었다. 발해의 한 무인에게 고금제일인이라는 명성을 얻게 해 주었던 전설의 무공이 수백 년의 세월을 건너뛰어 다시 세상에 모습을 드러내는 순간이었다.

'무엇으로도 막을 수 없어. 믿을 수 있는 건 오직 하나뿐!'

장무위는 어금니를 질끈 깨물면서 전신의 혼원기를 한 점 남김없이 모조리 끌어모아 현천도로 밀어 넣었다. 뜻이 일면 기도 이는 경지, 혼원기는 순식간에 현천도로 물밀듯이 밀려들어 갔다.

한편, 남궁세가에서의 경험을 바탕으로 멀찍이 떨어져서 구경을 하고 있던 유소백은 장무위가 마침내 무상도를 쓰려고 한다는 것을 깨닫고 자신도 모르게 주먹을 불끈 쥐었다. 폭풍우가 쏟아지던 밤, '보이지 않는 섬'에서 보았던 기적이 다시 재현되려고 하는 것이다. 아니나 다를까, 혈마의 무형검이 일 장 앞으로 다가온 순간, 장무위의 손에 들려져 있던 현천도가 부드럽게 움직이며 기이한 선을 그리기 시작했다. 현천도가 그린 하나의 선은 수유의 시간 동안에 수백 수천 개의 선이 되어 있었다. 아무런 소리도 들리지 않았다. 수백 수천 개의 선 이외에 아무것도 보이지 않았다. 그러나 유소백은 현천도에서 상상도 할 수 없는 거대한 힘이 뿜어져 나오고 있다는 것을 온몸으로 느낄 수 있었다. 수백 수천 개의 선은 모든 것을 가르기 시작했다. 혈마의 무형검을 가르고 눈과 얼음을 갈랐으며 바람과 대기를 갈랐다. 그리고 잿빛 암울한 천공(天空)을 갈랐다.

얼마의 시간이 흘렀을까? 피투성이가 된 채 빙판 위에 누워 있던 혈마가 열심히 혼원기를 주입해 주고 있는 장무위를 올려다보며 힘겹게 말문을 열었다.

"왜? 마지막 순간에 칼을 멈추었는가?"

전신 경맥이 가닥가닥 끊어진 중상을 입은 사람의 말투치곤 너무도 조용하고 차분한 말투였다. 지고한 정신력으로 고통을 감추고 있음이 분명했다. 장무위는 혈마의 붉은 눈, 살기 대신 정이 가득 담겨 있는 피처럼 붉은 눈을 바라보며 내심 한숨을 푹 내쉬었다.

'휴우! 역시 박 어르신이었어.'

중상을 입고 쓰러진 혈마에게 혼원기를 주입해 생명을 연장시키고 있는 자신을 발견할 때까지만 해도 설마 했었다. 무상도에 의해 찢겨진 방한모 사이로 얼핏 드러나는 노인의 얼굴을 애써 외면하고 있는 자신을 발견할 때까지만 해도 설마 했었다. 하지만 찢어진 방한모와 얼어붙은 핏물 사이로 보이는 노인의 얼굴은 장무위의 불길한 예감이 사실이었음을 증명하고 있었다. 장무위는 내심 다시 한 번 장탄식을 토한 후 박효양의 질문에 대답을 했다.

"혈마를 베었으니 당연히 칼을 멈추어야지요. 제가 어르신을 벨 수는 없잖습니까?"

장무위의 목소리에 담긴 안타까움을 느꼈는지 박효양의 얼굴에 쓰디쓴 미소가 떠올랐다.

"허허, 혈마의 마성도 내 본성에서 나온 것이니 나 하나를 두고 군이 두 개의 시각으로 바라볼 필요는 없네. 나는 마인 혈마일 뿐이야. 어서 손을 쓰게."

"그럴 수 없습니다. 제가 어찌 박 어르신께 살수를 쓸 수 있겠습니까?"

장무위가 손을 쓸 태세가 아니자 박효양이 말을 이었다.

"자네가 주입해 주는 신비한 공력 덕분에 나를 지배하고 있는 마성이 잠시 억눌려 있지만, 언제 다시 마성이 폭발할지 모르네. 어서 손을 쓰게. 맑은 정신으로 죽고 싶은 내 마음을 자네도 이해할 것이라고 믿네."

박효양은 재차 장무위에게 살수를 종용하고 눈을 감아버렸다. 한계에 다다른 육체의 고통에 정신이 점점 몽롱해져 갔다. 타인의 생명을 갈취한 덕분에 꿈에도 그리던 무형검에 발을 들여놓았지만 어떠한 보람도 없었다. 아니, 보람은커녕 너무도 수치스러워 하늘을 올려다볼 수도 없었다.

'남들보다 몇 배나 긴 삶을 살았으면서도 세상에 이로운 일은 하나도 못하고 피해만 잔뜩 끼치고 가는구나.'

마침내 박효양은 자신의 삶을 한탄하며 의식을 놓아버렸다. 하지만 장무위는 박효양의 부탁을 들어줄 생각이 없는 듯 계속해서 혼원기를 박효양의 몸에 주입하고 있었다.

"큰형님, 이제 어쩌시렵니까?"

"백두산으로 돌아갈 생각이네. 수련을 계속하면서 천부인을 소멸시킬 수 있는 방법을 찾아봐야지. 박 어르신께서 심마를 극복하실 수 있도록 돕기도 하고."

"형님, 꼭 백두산으로 가셔야 합니까?"

"전에도 말했다시피 난 백두산의 결계 속이 제일 편하고 좋네. 만족할 만한 성과를 거두면 세상 구경을 하러 다시 나오겠네."

제40장

무종도담(無終刀譚)

무종도담(無終刀譚)

물처럼 흐르는 것이 세월(歲月)이라. 잊고 싶지 않은 많은 것이 있음에도 불구하고 세월은 물처럼 빠르게 흘러갔다. 반만년의 세월 동안 북쪽의 얼음 바다 밑에 잠들어 있던 천부가 다시 영원의 어둠 속으로 사라진 날로부터 이십 년이라는 세월이 흘렀다.

당대의 천하제일가이자 중원무성(中原武城)이라는 영예로운 이름으로도 불리는 조가장의 집무실.

해경방과 힘을 합해 남궁세가의 이차 발호를 막아낸 명나라 무림의 영웅 무림맹주 패도왕(覇刀王) 조일봉은 미간을 잔뜩 찌푸린 채 벽력같이 고함을 지르고 있었다.

"이런 멍청한 놈! 아녀자 하나를 못 다스려? 그러고도 네놈이 내 수제자라고 할 수 있느냐?!"

천진의 주루에서 술 퍼 먹고 행패를 부리다가 잠적해 버린 외동딸

조백산을 잡아오라고 보냈던 수제자가 혼자 뻔뻔스럽게 돌아와서 변명만 늘어놓고 있었던 것이다. 조일봉은 얼마나 크게 노했는지 평소 근엄하기로 유명한 패도왕의 명성과는 사뭇 다른 모습을 보이고 있었다.

그러자 무릎을 꿇고 있던 잘생긴 청년, 조일봉의 수제자이자 당금 명나라 무림 제일의 후기지수라고 알려진 등현상(登顯祥)이 급히 고개를 조아리면서 변명을 했다.

"사부님, 백산 사제는 저보다 무공이 강해서……."

"닥쳐라! 사나이 대장부가 아녀자 하나를 못 이기는 게 무슨 자랑이라고 떠벌리느냐?!"

"죄, 죄송합니다."

'사나이 대장부라면 죽어도 당당함을 잃지 않아야 한다'는 소신을 가지고 있는 조일봉은 식은땀을 삘삘 흘리며 떨고 있는 제자가 더욱 마음에 안 들었다. 당장이라도 한 대 패고 싶은 생각뿐이었다. 하지만 화가 나서 때리면 최소 중상이었다. 그러면 제자의 부모인 금도문주 등방과 등방의 마누라인 송청이 또 '자식 살려내라' 며 자신을 못살게 굴 것이 뻔했다. 이미 몇 번의 경험을 통해 송청이 특히 사납다는 것을 잘 알고 있었던 조일봉으로서는 그저 참는 수밖에 다른 도리가 없었다.

'저렇게 모자라는 놈이 내 수제자라니? 중원무성의 명성도 내 대에서 끝이구나.'

조일봉은 한숨을 푹푹 내쉬다가 버럭 소리를 질렀다.

"꼴도 보기 싫다. 당장 내 눈앞에서 사라져라!"

"예!"

등현상이 힘차게 대답하며 밖으로 사라지자 조일봉의 찌푸려진 미간이 더욱 찌푸려졌다. 그때, 문밖에서 헛기침 소리가 들렸다.

"험험! 장주, 들어가도 되겠습니까?"

"오! 진 형, 어서 들어오시오."

조일봉은 즉시 자리에서 일어나 청수한 용모의 중년인을 반가이 맞았다. 중년인은 조가장의 총관이라는 직책에 있는 사람으로 오늘날 조가장이 중원무성의 명성을 얻는 데 혁혁한 공을 세운 사람이었다. 그리고 장무위가 특별히 천거한 인물이었다.

진자홍은 조일봉의 안내로 의자에 앉자마자 미소를 지으며 말했다.

"장주, 오면서 들었습니다만, 걱정하실 일이 아닙니다. 백산 낭자는 지금 금도문에 있습니다."

"진 형, 그게 사실이오?!"

"이런 일은 제가 전문가 아닙니까? 금도문에 있는 게 확실합니다."

진자홍이 자신있다는 투로 말하자 조일봉의 안색이 환하게 밝아졌다.

'하기야 백산이가 아무리 잔머리를 굴린다고 해도 동창의 당두 출신인 진 형의 눈을 피할 수는 없겠지. 맞아, 그러고 보니 백산이는 전에 형님을 찾으러 간다고 가출을 했을 때 외에는 매번 금도문에 숨어 있었어.'

조일봉은 딸의 안위에 대한 걱정을 접어버렸다. 그러자 자신이 진자홍 앞에서 추태를 부리고 있었다는 사실이 떠올랐다.

"허, 이거 참. 진 형한테 못 볼 꼴을 보였소이다."

"아닙니다. 부모가 자식을 걱정하는 것은 인지상정(人之常情)이지요."

"그렇게 생각해 주시니 고맙구려. 그런데 진 형은 매일 일이 바쁘다고 하시더니 오늘은 어쩐 일이시오?"

"장 대협의 소식이 알아왔습니다."

그 순간, 조일봉이 자리에서 벌떡 일어났다. 세상에서 제일 존경하는 형님의 소식을 십 년 만에 듣는 것이다. 놀라지 않을 수 없었다. 조일봉은 다급한 마음에 진자홍을 재촉했다.

"진 형! 어서! 어서 말씀해 주시오!"

진자홍의 얼굴에 재차 미소가 떠올랐다. 자신도 개방에서 전해 온 소식을 들었을 때 꼭 조일봉처럼 행동했던 것이다. 아니, 자신보단 조일봉이 좀 더 심하긴 했다.

"예, 장 대협께서는 십 년 동안 몽골의 카라코롬에서 대장간을 열고 계셨었다고 합니다."

"그러면 카라코롬에 가면 형님을 뵐 수 있겠구려?"

"아닙니다. 누가 당신을 알아보자 카라코롬을 떠나 버리셨답니다. 지금은 어디에 계신지 아무도 모릅니다."

당장이라도 카라코롬으로 달려가려고 했던 조일봉은 그만 무릎에 힘이 빠져 의자에 주저앉고 말았다.

진자홍이 돌아간 이후 조일봉은 유소백이 선물한 책을 읽으며 눈물을 흘리고 있었다. 유소백이 의형인 장무위와의 인연을 기리기 위해 손수 한 자 한 자 정성 들여 쓴 이 책엔 장무위가 조일봉과 유소백을 만났을 때부터 수련을 위해 다시 백두산으로 들어갈 때까지의 이야기가 적혀 있었다.

백두의 기상을 가슴에 품은 무인과 영원을 향하는 칼의 이야기는 시간 속에 잊히지 않으리라.

조일봉은 책의 맨 마지막 장에 적혀 있는 내용을 소리 내어 읽다가 문득 긴 한숨을 내쉬었다.

"휴우! 형님이 보고 싶구나. 지금쯤 어디에 계실까?"

〈終〉

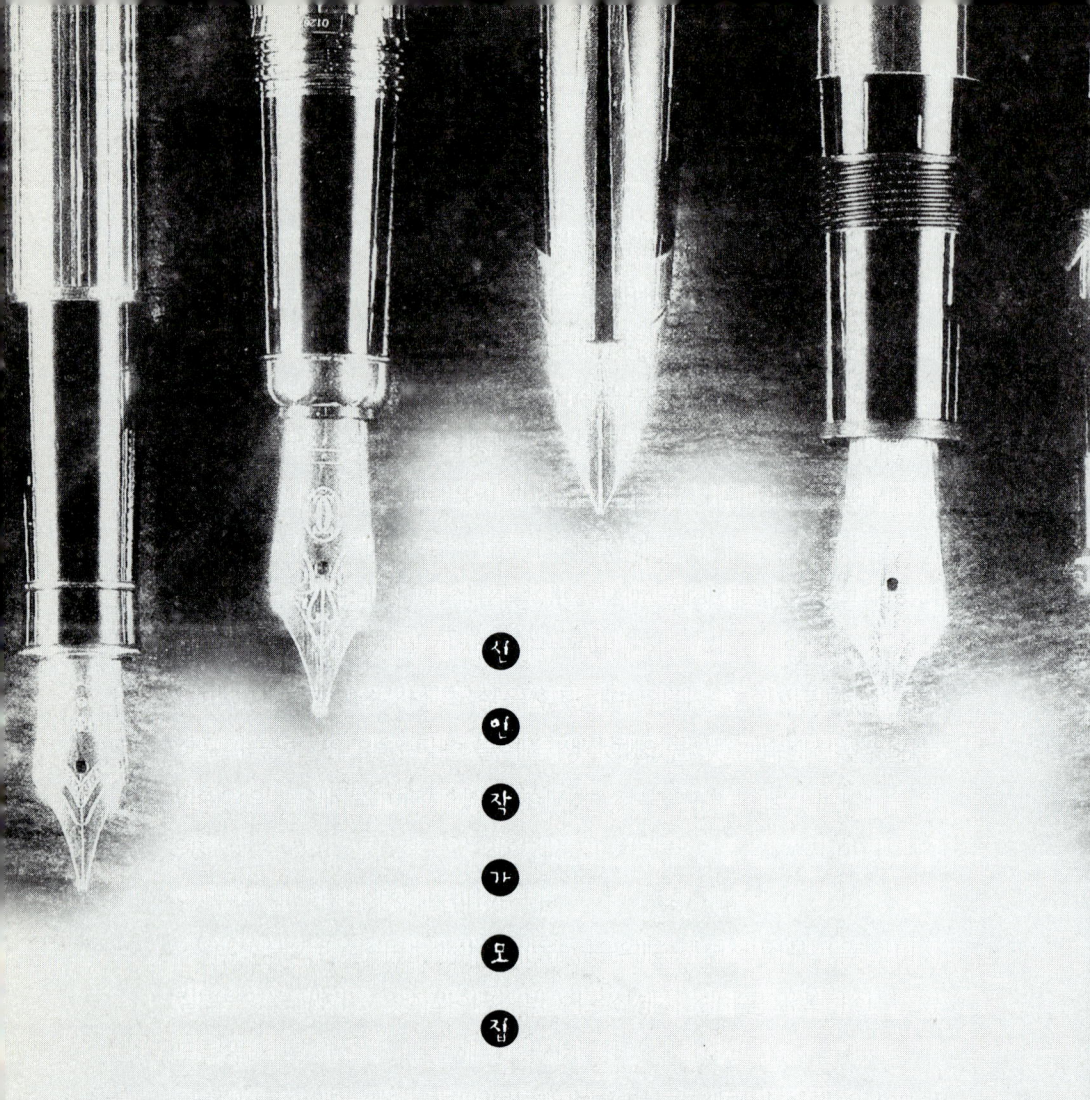

신

인

작

가

모

집

시작이 반이라고 했습니다.
작가의 길에 대한 보이지 않는 벽을 과감히 깨뜨리십시오!
청어람은 작가 지망생 여러분들의
멋진 방향타가 되어드리겠습니다.

저희 도서출판 청어람에서는
소설 신인 작가분들을 모집합니다.
판타지와 무협을 사랑하시는 분들의 많은 참여를 바랍니다.
소정의 원고(A4용지 150매)를 메일이나 우편으로 보내주시면
검토 후 출판 여부를 알려드리겠습니다.

주소:경기도 부천시 원미구 심곡1동 350-1 남성B/D 3F 우편번호420-011
TEL:032-656-4452 · **FAX**:032-656-4453
http://www.chungeoram.com
e-mail:chungeoram@chungeoram.com